노고단老姑壇

노고단 老姑壇 ❼

발행일   2025년 4월 23일

지은이   권혁태
펴낸이   손형국
펴낸곳   (주)북랩
편집인   선일영   편집   김현아, 배진용, 김부경, 김다빈
디자인   이현수, 김민하, 임진형, 안유경   제작   박기성, 구성우, 이창영, 배상진
마케팅   김회란, 박진관
출판등록   2004. 12. 1(제2012-000051호)
주소   서울특별시 금천구 가산디지털 1로 168, 우림라이온스밸리 B동 B111호, B113~115호
홈페이지   www.book.co.kr
전화번호   (02)2026-5777   팩스   (02)3159-9637

ISBN   979-11-7224-579-5 04810 (종이책)   979-11-7224-580-1 05810 (전자책)
        979-11-6539-924-5 04810 (세트)

(주)북랩 성공출판의 파트너

북랩 홈페이지와 패밀리 사이트에서 다양한 출판 솔루션을 만나 보세요!

홈페이지 book.co.kr   •   **블로그** blog.naver.com/essaybook   •   **출판문의** book@book.co.kr

---

작가 연락처 문의 ▸ ask.book.co.kr

작가 연락처는 개인정보이므로 북랩에서 알려드릴 수 없습니다.

권혁태
대하소설

7

노고단

老姑壇

북랩

차
/
례

44

쫓기는 파르티잔

38선 부근에서는 전투가 계속 치열하게 벌어지고 있다. 중공군의 참전으로 38선 부근의 정세는 한 치 앞도 내다볼 수 없을 만큼이다. 양쪽 세력은 후퇴의 기미를 보이지 않는다.

인천상륙작전의 성공으로 38선으로 후퇴하지 못하고 산속에 숨어들었던 인민군들이 수없이 죽어 나갔다. 살아남은 인민군들은 조직을 정비하기 위한 노력을 계속한다. 인민군 출신이 아닌 남한의 좌익 세력들과도 산속에서 합류했다. 각 도당과 그에 따르는 지구당 개편은 사실 어려운 상황이다. 북으로의 후퇴 길이 막혀버린 인민군의 각 사단의 명맥은 남한군의 계속되는 공격으로 유지가 어려워졌다. 많은 사단장이 죽었다. 그 뒤를 이어 부하들이 사단장으로 명맥을 이어 왔지만, 사단으로서의 역할은 이미 무너져 버렸다. 지역별로 회합을 계속하여 각각 도별끼리 도당의 형식을 겨우 유지하고 있다. 각 도당도 명목상의 명칭일 뿐이고, 적의 기습 공격으로부터 살아남기 위하여 수시로 이동하면서 소속이 바뀐다.

　덕유산 송치골에서는 남쪽에 살아남아 있는 각 도당을 대표하는 지휘부와 연락이 닿았다. 덕유산에 각 도당 지휘부 회의가 소집된다. 송진혁도 부하들과 함께 지리산에서 덕유산 송치골로 향한다. 이현상이 송치골 회의에 참석한다. 송진혁이 이현상을 만나 악수한다. 이현상은 북으로 북상하려고 강원도까지 접근하는 도중에 남쪽에 남아서 적의 후방에서 유격전을 강화하라는 지령을 받는다. 남한 지역에 남아 있는 인민군 유격대를 규합하여, 적의 전투에 쓰이는 각종 무기고를 분쇄하고 탈취하라는 것이다. 남한의 경찰과 군 지휘부를 계속 공격하고, 적의 보급로를 차단하기 위하여 교통과 통신 수단을 파괴해 적에게 계속 혼란을 주라는 지시다. 북의 지령을 수행하려면 남쪽에 남아 있는 인민군 조직을 규합해야 한다. 각 도당을 대표하여 덕유산으로 지휘부가 모여든다. 각 도당의 빨치산들끼리 사령부를 만들고, 일사불란하게 조직적인 빨치산 활동을 전개하려 하지만, 각자 살아남기 바쁜 도당 대표일 뿐이다. 경북도당, 경남도당, 전남도당, 전북도당, 충남도당, 충북도당의 명칭을 가지고 도당 대표들이 모여든 것이다. 연합군과 남한군, 경찰의 공격에서도 겨우 살아남은 자들의 대표 격일 뿐이다. 도별 지휘관이 모여서 회의를 하는 목적은 어떻게 해서라도 남한 지역에 남아 있는 인민군들을 규합해 조직적인 연락과 대항을 해 보려는 시도이다. 이현상은 남한 각 지역에 뿔뿔이 흩어져 있는 빨치산 조직을 체계적으로 만들어 보려고 노력한다. 하지만, 조직적인 빨치산 세력을 한곳에 모으고, 명령하는 체제를 구성하려는 조치는 쉬운 일이 아니다. 각 도당 대표로 참석한 젊은 지휘관들의 주장이 너무 강하다. 적은 인천상륙작전이 성공하자 남쪽에 남아 있는 인민군을 향해 무차별 공격을 감행해 왔다. 남한 지역의 좌익들과 합세한 인민군 유격대는 적의 공격에 각자 도생하여 살아남은 조직일 뿐이다. 북으로부터의 정식 지령도 안 통하는 상황이다. 북으로부터 남한에서 유격대 활동을 전개하라는 지령이 내려왔지만, 일방적인 지령에 불과하다. 북으로부터 외면당해 버린 인민군의 일개 조직이 되어 버린 마당이다. 북으로부터의 보급로도 차단되어 버렸다. 일사불란하고 조직적인 인민군 유격대를 조직한다는 것 자체가 어려운 현실이다. 이현상의 주도로 회의가 진행되자, 각 도당 젊은 대표들은 북한 당국에 대한 불만을 쏟아 내기에 바쁘다. 북한 당국에 대한 원망만 가득할 뿐이다. 북한 당국을 성토하는 자리가 되어 버린다. 특히 젊은 지휘관들은 현 체제에 대한 불만을 서슴없이 쏟아낸다. 너무나 많은 인민군 유격대가 남한의 산속에서 미군의 공중폭격으로 수도 없이 죽어 나갔다. 남침했을 당시의 사단장을 비롯하여 지휘관들은 대부분 죽었다. 그 뒤를 이어 젊은 지휘관이 각 도당 대표가 된 경우가 대부분이다. 송치골 회의에서는 앞으로 연락 사업을 통해 긴밀한 협조 체제를 갖추어야 한다고 강조한다. 긴밀한 협조 체제를 갖춘다 해도, 남한군과 경찰 토벌대에 의해 기습 공격을 받으면 속수무책이다. 수시로 적의 공격을 받아 많은 동지가 계속 죽어 나가고 있다. 적으로부터 대대적인 공격을 받고 나면, 빨치산들은 각자 살아남기 위하여 다시 흩어져 버리는 일이 반복되고 있다. 살아남은 자들끼리 규합하여 경찰대를 기습 공격하여 무기를 확보하는 일을 도모해 보지만, 남한 지역에 살아남은 인민군 유격대는 체계적인 조직을 이루어 내지 못한다. 그렇지만, 남쪽에 살아남은 인민군들을 조직적으로 규합해야 한다. 이현상을 중심으로 '남부군'이 조직된다.

쾅! 쾅! 쾅! 쾅! 쾅….

지리산을 향하여 미군 비행기를 통한 대대적인 공중폭격이 시작된다. 송진혁은 예사롭지 않은 공격임을 빨리 알아차린다. 지리산에 숨어든 송진혁 일행에는 적의 쥐잡이작전으로 많은 사상자가 발생한다. 전쟁 전에도 여수, 순천 혁명 사건을 겪은 송진혁은 지리산을 향한 진압군의 총공세에도 살아남았다. 그 경험을 살려서 지리산을 무조건 빨리 빠져나가야만 살아남는다고 여긴다. 지리산까지 동행했던 김정규와 염상석, 심탁도 보이지 않는다. 지리산 곳곳에서 비행기를 통한 공중폭격을 당할 때는 우선 살기 위하여, 있던 자리에서 필사의 탈출을 감행해야만 한다. 부대원들을 챙길 경황이 없다. 본인 주변에 있던 부하들과 함께 살아남기 위하여 빠르게 도망을 쳐야만 했다. 주변의 부대원들도 제각각 살기 위하여 몸부림을 친다. 지리산 곳곳에는 남한군들이 공격해 오고 있어서 부대원들을 소집하는 일도 쉬운 일이 아니다. 부하들도 어디로 도피를 했는지? 죽었는지 살았는지 알 수가 없다. 송진혁 주변에는 아직도 살아남은 인민군들이 제법 된다. 살아남은 송진혁은 계곡 속에서 몸을 숨기고 있다. 일행은 밤이 되자 신속하게 움직인다. 지리산을 용케도 빠져나간다. 지리산으로 빠져나온 송진혁은 38선 방향으로 향한다.

지리산을 빠져나온 송진혁 일행은 회문산으로 들어간다. 회문산에는 북으로 향하다가 더 올라가지 못해 들어온 인민군들이 이미 곳곳에 숨어들어 있다. 회문산은 지리산처럼 미군의 본격적인 공중폭격이 아직 미치지 못한 곳이다. 지리산처럼 방대한 산은 아니지만, 산중 곳곳에 인민군들이 포진해 있다. 인민군들은 북으로 향하는 길이지만 조직적이지 못하다. 부대를 이탈한 인민군들도 있고, 군인이 아닌 좌익 동지들도 곳곳에 눈에 띈다. 송진혁은 회문산에서 노현만 부대를 만난다.

"반갑습네다. 노현만입네다."

강한 북한 말투로 인사를 건넨다.

"아따, 방갑그만이라. 송진혁이구먼요."

둘은 반갑게 악수를 한다. 차림새를 보니 노현만도 지휘관이다.

"쩌그, 북한 말투가 강한 걸로 봉깨로… 고향이 어딥니까?"

노현만의 강한 북한 말투를 듣고서 고향이 어디인지 궁금하다. 노현만은 송진혁을 바라보니 젊고, 씩씩해 보인다. 지휘관 옷차림이다. 노현만은 송진혁보다 몰골이 약해 보인다. 몰골은 약해 보이지만 목소리는 카랑카랑하다.

"내래, 고향이 평양입네다. 그쪽은 어데입니까?"

"지는 고향이 절라도 구례입니다."

"아, 남쪽 출신이구먼요."

"예. 그렇그만이라."

"회문산을 인제야 올라오는데. 어데서 오는 길입네까?"

"지리산에서 급히 오는 길입니다."

"지리산에 무슨 일이라도 있습네까?"

"저희 인민군 부대는 38선을 넘어 승승장구하여 대구 근처까지 진격했었습니다. 이제 대구와 부산만 점령하면 남조선을 해방시킨다는 기대에 가득 차 있었습니다. 낙동강 전선까지는 어렵지 않게 진격했습니다. 다부동 전선과 낙동강 전선에서 일진일퇴가 거듭됐습니다. 미제 새끼들이 강력하게 저지해 오는 겁니다. 갑자기 인천상륙작전 소식으로 후퇴를 했습니다. '38선 이북으로 후퇴하라.'라는 작전 지시에 따라 북으로 향하다가 우선 급한 대로 지리산으로 피했습니다. 그동안 지리산에서 잘 버텼습니다. 지리산에 워낙 많은 인민군이 피해 있어서 동지들을 규합하여 남한군 경찰을 향해 전적도 제법 올렸습니다. 보급도 크게 문제없이 지냈습니다.

최근에는 지리산에서 갑자기 미군 비행기가 날아다니며 대대적인 공중폭격을 시작했습니다. 예전처럼 가끔 공중폭격을 하는 것이 아니라, 사방팔방에서 본격적인 공격을 해 오는 바람에 서둘러 지리산에서 겨우 도망쳐 나왔습니다. 거기 남아 있다가는 몽땅 몰살당하게 생길 만큼 대대적인 공격을 감행해 오고 있습니다. 지리산으로 숨어든 인민군 동무들이 많이 죽어 나갔을 겁니다. 지는 지리산을 피해서 북으로 올라가는 길입니다."

"지도 미제 놈들이 인천상륙작전에 성공했다고 38선 이북으로 철수하라는 명령을 받았습네다. 38선 이북으로 향하다가 미군의 공중폭격을 피해 북으로 향하다가 후퇴하는 중에 전주에서 우왕좌왕하다가 우선 급한 대로 이곳으로 도피를 했습네다. 산속으로 들어오면서 알아보니깨로, 이곳이 회문산 일대라고 들었습네다. 아직까지는 그런대로 잘 견디어 내고 있습네다."

전주라고 하니까 송진혁은 친근함이 느껴진다. 송진혁은 산동에서 방앗간을 하는 지주 집안 아들이었다. 지주인 관계로 전답도 많이 보유하고 있는 부자로 살았다. 전주에서 고등학교를 졸업할 만큼 집안이 넉넉했다. 고등교육을 받은 터라 해방 전후의 정치적 상황에 대해 민감하게 반응하고 있었다. 남한만의 정부가 수립된 것에 대해 불만이 가득했다. 여수, 순천 혁명 사건이 일어나자 주저 없이 좌익에 가담하였지만, 진압군들의 진격으로 지리산으로 숨어들었다.

송진혁 일행은 노현만 부대와 만나서 일행의 규모가 제법 커졌다. 밤이 깊어지자 부대원들은 곳곳에 모닥불을 피운다. 모닥불 곁에 모인다. 밤이면 비행기 폭격이 없으므로 불을 피워서 밥을 지어 먹는다. 모닥불을 피워서 돌을 구워낸다. 뜨겁게 구운 돌을 바닥에 깔아서 잠을 청하거나, 밤새 추위를 이겨낸다. 송진혁과 노현만도 모닥불 옆에 앉는다.

"지리산에서는 어떻게 지냈습네까?"

"우리 부대는 대구에 진입하기 위하여 경상도 다부동 부근에서 일진일퇴를 거듭했습니다. 갑자기 38선으로의 후퇴 명령이 떨어지자 북으로 곧장 가지 않았습니다. 적들이 인천에서 상륙했기 때문에 38선 부근에서 지키고 있을 것 같았습니다. 북쪽에서 적들이 진을 치고 있을 거고, 남쪽에서도 적들이 밀고 올라오고 있다고 판단했죠. 그야말로 남쪽과 북쪽에서 적이 밀고 들어오면 독 안에 갇힌 꼴이 될 거란 말입니다. 그래서 적들과 마주치지 않으려고 북으로 향하다가 방향을 서해안으로 돌렸습니다. 서해안으로 가기 위해 진주 쪽으로 향했습니다. 서해안에 도착해서 배를 타고 북으로 가려고 했습니다. 진주를 거쳐 하동까지 갔는데, 인천상륙작전으로 기세가 오른 적군들이 남쪽으로 점점 내려온다는 정보를 들었습니다. 서쪽으로 더는 전진하지 못하고 급하게 지리산 화개골로 향했습니다. 탱크까지 보유한 워낙 많은 부대원이라 적에게 쉽게 노출되었습니다. 화개골에서 적으로부터 공중폭격을 당했습니다. 폭격을 피하고자 지리산 속으로 부대원들이 흩어졌습니다. 탱크나 야포는 모두 불에 타 버렸죠. 나중에 지리산에서 부대원들을 다시 수습해 보니, 지리산에는 이미 다른 곳에서 올라온 인민군 부대원들의 숫자가 어마어마했습니다. 인민군 대열을 수습해 보니 박격포를 비롯한 총과 탄약, 수류탄까지 보유하고 있었습니다. 대오를 정비하니 그야말로 대군이 되었습니다. 제가 지휘를 하여, 적을 향해 계속 공격을 감행했습니다. 구례의 산동 지서를 공격하여 경찰대를 사살하고 탄약을 확보한 후에 지서에 불을 질러 버렸습니다. 구례읍과 멀리 떨어져 있는 토지 지서 소속 연곡출장소를 기습 공격하여 적을 사살하고 탄약을 확보하고 불을 질렀습니다. 수백 명의 부대원을 동원하여 하동읍에서 멀리 떨어진 화개 지서를 습격하여 경찰들을 사살하고 무기를 확보하였습니다. 구례 읍내 경찰서를 습격하기로 하고 지리산에 있는 인민군 부대원 천여 명 이상을 소집한 겁니다. 읍내를 포위하여 서너 곳으로 진입을 시도하여, 읍내 경찰서를 포위하여 총탄 세례를 퍼부어댔습니다. 경찰을 사살하고 탄약을 확보하는 개가를 올렸습니다. 읍내를 장악한 후에는 주민들을 상대로 미제 침략자들을 몰아내기 위한 사상 교육을 전달하고, 산으로 함께 갈 것을 설득하여 산으로 철수를 하였습니다. 백운산에 숨어든 인민군들과 합세하여 승주군 괴목 지서를 습격하여 경찰을 사살하고 무기를 빼앗는 성과를 올렸습니다. 광양 읍내에 있는 광양 경찰서를 습격하여 경찰들을 사살하고 장악하는 성과를 올렸습니다. 지리산 말고도 남쪽에 살아남은 인민군들의 유격대 활동 성과 소식이 계속 전해져 왔습니다. 그야말로 우리 인민군 대원들의 활약을 제대로 보여 준 겁니다. 철도를 통한 군수 물품 보급을 막기 위하여 전라선이 운행되지 못하도록 구례와 곡성까지 출동하여 철로를 절단해 버린 공을 세우기도 했습니다. 기차로 이동하는 보급품을 몽땅 탈취해 버렸습니다. 지리산 부근의 남원, 함양 지역 곳곳의 지서를 습격하여 불을 질러 버리고, 관공서까지 불을 질러서 행정이 마비되도록 계속 적의 후방을 괴롭혔습니다."

송진혁은 지리산에서 활동했던 성과에 대해 말하느라 신이 났다. 노현만은 송진혁의 성과에 대해 고개가 절로 숙여진다. 젊고 씩씩한 인민군 지휘관으로서 후방을 교란하는데 높이 치하해 주고 싶다.

"아, 동무래 그야말로 남조선 해방 사업을 위해 몸을 아끼지 않았구먼요. 송 동무야말로 인민의 영웅입네다."

노현만은 송진혁을 인민의 영웅이라고 치켜세운다. 노현만이 송진혁의 공적을 들으니 상기된 얼굴이 된다. 송진혁은 수많은 활동에 대해 계속 이야기하고 싶은 심정이다. 추운 날씨지만 모닥불이 활활 타오르고 있다. 송진혁의 마음도 계속 활기가 넘치고 있다.

"앞으로 어떻게 할 생각이십네까?"

노현만은 송진혁에게 묻는다. 우선 급한 대로 회문산으로 피했지만, 남한의 지리를 잘 모르는 노현만도 어떻게 북으로 향해야 할지 고민이다. 북으로 올라가고 싶었지만, 누가 앞장서서 안내해 주는 사람이 없어서 회문산에 있는 동안에도 오로지 북으로 올라갈 궁리만 하고 있었다. 회문산에 들어왔을 때도 북으로 향하려고 했지만, 38선 부근에서 치열한 전투가 벌어지고 있어서 북으로 올라갈 수 없다고 판단하여 회문산에서 기회만 엿보고 있었다. 젊고 씩씩한 남한 출신의 송진혁 지휘관을 만나서 반갑기만 하다. 송진혁에게 도움을 받고 싶은 심정이다.

"제가 판단하기로는 인민군들이 압록강까지 밀렸다가 중공군의 개입으로 38선까지 수복했다는 소식을 들었습니다. 현재 38선 일대에서는 적들과 아직도 치열하게 전투를 벌이고 있는 걸로 알고 있습니다. 그쪽 전투 상황을 상세하게 알지는 못합니다. 궁금하기만 합니다. 갑자기 남쪽의 산속에 숨어 있는 인민군 빨치산들을 향한 대대적인 공세를 본격적으로 벌이는 것으로 판단됩니다. 그동안은 지리산에 숨어 있었어도 이렇게까지 대대적인 공습은 없었거든요. 지리산 공습이 시작되자 상황을 파악하려고 높은 고지로 뛰어 올라갔죠. 지리산 높은 봉우리에 올라가 봤을 때는 계획적으로 벌이는 대공세임이 틀림없습니다. 방대한 지리산 일부만 공격해 오는 것이 아니라, 지리산 전체를 에워싸고 공격해 올라오는 것을 봤습니다. 지리산은 전라도와 경상도 일대에 자리를 잡은 어마어마하게 큰 산입니다. 구례, 남원, 함양, 산청, 하동군을 끼고 있는 지리산입니다. 지리산은 제주도와 맞먹는 크기를 자랑합니다. 남한에서 가장 방대한 크기의 산입니다. 어느 정도 큰지, 짐작이 가겠죠. 방대한 산의 규모답게 세 개 도와 다섯 개 군이 속해 있습니다. 그 방대한 지리산 전체를 둘러싸고 공격해 오는 것은 본격적으로 산속에 숨어있는 인민군들을 몰살시키기 위한 작전으로 판단됩니다. 지는 이 년 전에 여수에서 일어났던 혁명 사건 때도 비슷한 경험을 한 적이 있습니다. 그때도 혁명군들이 구례에 진입하자마자 그 대열에 참가했습니다. 겨울이 되어 눈이 내리자 진압군들이 날을 잡아서 일시에 지리산 전체를 에워싸고 총공격을 감행했었거든요. 지리산 높은 봉우리에서 내려다보면 어느 곳으로 공격을 해 오는지 파악할 수가 있거든요. 지리산 전역에서 공격해 올라오는 것이 보였습니다. 그때에도 심상치 않음을 판단하고 지리산을 빠져나가 북으로 올라가 살아남았습니다. 이번에도 그때와 같은 방법으로 지리산 전역에서 토끼몰이식으로 공격해 오고 있음을 알아차렸습니다. 토끼몰이식으로 적들이 공격해 오면 산 정상으로 몸을 피해서 달아나게 되어 있거든요. 그러면 산 정상부근을 향하여 비행기로 공중폭격을 가하는 겁니다. 적의 공중폭격에는 어떻게 할 도리가 없습니다. 속수무책입니다. 지리산에 있다가는 인민군이 모두 몰살당하게 생겨서, 일단은 급하게 지리산을 빠져나왔습니다. 지리산을 빠져나오는 데도 쉽지 않았습니다. 워낙 많은 적이 빈틈없이 포진해서 지리산을 공격해 올라오고 있었거든요. 회문산 일대도 언젠가는 적들이 대대적인 공격을 해 오리라 봅니다. 여기도 안전지대는 아니라고 판단됩니다."

송진혁의 설명에 노현만은 고개를 끄덕인다. 노현만은 남쪽 지리도 잘 모른다. 어디로 가야 할지 고민 중이었다. 북으로 가려고 마음을 먹었지만, 부대원 대부분이 북한 출신으로 이루어져 있다. 북으로 향하고 싶지만, 앞으로가 더 막막하다. 노현만은 송진혁을 따라가면 북으로 가는 길은 안내 받을 수 있으리라 판단한다. 송진혁은 남한 출신이지만, 인민군의 지휘관이다. 지금은 남이니, 북이니 출신 성분을 따질 문제가 아니다. 어쨌든 간에 송진혁에 대한 의심과 경계는 풀어 버린다. 우선은 살아서 북으로 올라갈 방법을 찾아야 할 뿐이다.

송진혁은 적의 공격이 지리산으로 끝나지 않을 거라 판단한다. 지리산에 이어서 38선 이남의 산속에 숨어 있는 인민군들을 향해 대대적인 공격을 해 오리라 여긴다. 회문산도 안전지대가 아니다. 지리산에 이어서 곧 대대적인 공격을 해 오리라 예상한다. 지리산과 회문산은 멀리 떨어져 있지 않다.

"그럼, 송 동무래 앞으로 어떻게 할 작정입네까?"

노현만은 그래도 남쪽 지리도 밝고, 지리산에서 적의 공격으로부터 도망을 쳤다니까 송진혁을 따라가려고 마음을 먹는다.

"지는 무조건 북으로 향해야 한다고 봅니다. 북으로부터 보급도 없고, 지령도 계속 전달받지 못한 마당이지만, 남쪽에 있으면 살아남지 못할 겁니다. 덕유산 송치골에서 6개 도당 지휘관들이 모여 남부군이 조직되었지만, 조직적으로 움직이지도 못하고, 힘을 발휘하지도 못하고 있습니다. 적이 본격적으로 공중폭격까지 감행하면서 공격을 해 오게 되면, 살아남기 위하여 흩어져야만 살아남을 수 있습니다. 남부군 조직은 순식간에 오합지졸이 될 것이 뻔합니다. 현재도 산속에 숨어 있던 인민군들의 신세가 외톨이 신

세가 되어 버린 상황입니다만, 어떠한 방법을 찾아서라도 북으로
올라가야만 합니다.”

　노현만은 송진혁의 강한 인상에 고개를 계속 끄덕인다.

　“북으로 가려고 해도, 미제 비행기가 계속 폭격을 하지 않습네까?”

　“그렇깨로, 낮에는 산속에 숨어 지내다가 밤에 이동해야 할 것
같습니다. 지리산에서 회문산으로 올 때도 밤에만 움직였습니다.
회문산에는 오래 있지 않을 작정입니다. 부대원들이 준비되는 대
로 덕유산을 향해서 움직이려고 합니다.”

　송진혁은 무조건 북으로 향해야 한다고 말한다.

　“그럼 내래, 우리 부대도 송 동무를 따라 함께 북으로 가겠습네
다. 괜찮겠습네까?”

　송진혁은 노현만이 북으로 향한다고 말하자 고개를 끄덕인다.
거절할 수도 없는 일이다. 부대원들이 적다고 유리하고, 많다고 유
리하다는 보장도 없는 상황이다. 언제 순식간에 미군의 공중폭격
을 당해 죽어 나갈지 모르는 일이다.

　밤이 되자 부대원들을 이끌고 덕유산을 향하여 출발한다. 송진
혁 일행은 덕유산에 도착한다. 밤이 되자 대원들이 휴식을 취한
다. 불을 피우고 음식을 해서 먹는다. 노현만 부대원들이 가지고
온 식량으로 아직은 식량 사정도 최악은 아니다. 덕유산은 지리산
처럼 남한군과 경찰의 기습 공격이 훨씬 덜하다. 이곳도 곧 산속
에 숨어 있는 인민군들을 향해서 무자비한 공격을 해 오리라 예

상한다. 밤이 되자 모닥불을 피워놓고 송진혁과 노현만이 마주 앉아 있다.

"해방 후 남한의 정세는 어땠습니까?"

노현만은 해방 후 남한의 정세가 어땠는지 궁금하다.

"해방 후 남한은 혼란 그 자체였습니다. 일제의 식민지에서 우리 민족 스스로 해방을 이루어 낸 것이 아니라는 것은 잘 아실 겁니다. 조선은 36년 동안 일본 놈들에게 그야말로 철저하게 민족 말살을 당한 겁니다. 군대도 해산되어 버린 마당에, 강대국에 의한 해방이 갑자기 이루어졌기 때문에 일본이 있던 자리에 미국과 쏘련이 한반도를 점령한 거나 다름없습니다. 조선을 독립시켜 준다는 명목은 허울뿐이었습니다. 조선 반도에 미국과 소련이 점령군 행세를 하면서 남과 북으로 갈라 놓은 겁니다. 남한에서 미국 주도로 남한만의 정부를 수립한다고 했을 때, 남한 젊은이들은 도저히 용납할 수 없었습니다. 유엔의 핑계를 대면서 미국은 점령군의 행태를 보였습니다. 5·10 남한의 총선 날짜가 잡히기 전부터 제주 도민들이 항거하고 나섰습니다. 남한의 정부가 들어선 후, 본격적으로 제주 항거를 진압하기 위해 여수에 주둔하고 있는 14연대 군인들에게 제주도를 진압하기 위한 파병 명령을 내렸습니다. 제주 도민들을 진압시키려고 파병 명령을 내렸지만, 14연대 군인들이 혁명을 일으킨 겁니다. 누가 봐도, 같은 민족인 제주 민중들에게 군인들을 시켜서 총칼로 진압하라고 하는 명령은 받아들 수가 없는 일이었습니다. 총선이 다가오는데, 제주도 전 지역에서 항쟁

해 오니까, 무자비하게 총칼로 진압을 한 겁니다. 제주 항쟁을 총칼로 진압시킨 일은 단독정부 수립 전이니까 미 군정이 저지른 짓이죠. 남한만의 단독정부 수립을 지식인들은 대부분 반대했습니다. 알 만한 지식인들은 한반도를 두 동강 낸다는 미 군정을 용서할 수가 없는 일이죠. 우여곡절을 겪은 와중에 이승만 일당을 주축으로 하는 남한만의 단독정부가 세워졌습니다. 그 와중에도 제주도에서의 봉기는 계속되고 있었습니다. 여수 14연대에게 제주도 봉기 진압을 위한 파병 명령이 떨어졌고, 군인들이 혁명을 일으키자, 대부분 지식인은 그때를 기다렸다는 듯이 혁명군의 대열에 동참한 겁니다. 14연대 혁명군의 세력은 좌익 세력이 합세하는 바람에 큰 세력이 됩니다. 무기를 가진 혁명군들과 남한의 정규군과 경찰 세력은 그야말로 남북 간의 전쟁 이전에, 이미 남한에서는 한바탕 동족 간의 피비린내 나는 전쟁을 치른 겁니다. 사람들이 엄청나게 죽어 나갔습니다. 혁명군은 물론이고, 군인, 경찰과 민간인들이 수도 없이 죽어 나갔습니다. 혁명군들이 지리산 일대로 숨어들자, 지리산 일대의 산간 마을은 진압군이 혁명군들을 잡는다는 명목으로 초토화시켜 버렸습니다. 대부분의 산간 마을에 불을 질러 버리고, 사람이 살지 못하도록 철저하게 통제를 해 버렸습니다. 제주도를 초토화한 것처럼, 지리산 일대도 초토화하면서 많은 사람이 죽어 나갔습니다. 구례 쪽만 48개 마을과 학교를 불을 질러 버렸으니까 지리산 5개 군을 합하면 제주도보다 훨씬 더 많은 산간 마을이 몽땅 불타 버렸습니다. 남한만의 단독정부가 수립되자마자 벌어진 일입니다. 저는 한창 젊은 나이라서, 눈앞에서 벌어지는 일을 보고만 있을 수 없었습니다. 혁명군들은 여수, 순천에서 좌익 세력들과 합세하여 큰 세력이 됩니다. 혁명군 수천 명이 진압군을 피해서 지리산이 있는 구례로 들어옵니다. 이때다 싶어 저를 비롯한 많은 좌익이 혁명의 대열에 동참합니다. 남한만의 단독정부 수립도 못마땅한 일인데, 여수 군인들이 혁명을 일으키자 누가 시키지도 않았는데도 친구와 함께 혁명군 대열에 동참한 겁니다. 지식인 대부분은 좌익의 편에 서서 혁명군에 가담하거나 동조 세력이 되었습니다. 남한만의 단독정부 수립에 불만이 쌓여 있었던 겁니다. 그때도 이승만 정부는 혁명군들을 미 군정과 함께 무자비하게 진압을 한 겁니다. 혁명 군인들도 민간인들과 합세하여 거대한 세력이 됩니다. 무기를 가진 세력은 엄청난 규모가 되어 버렸습니다. 여수와 순천을 비롯한 호남 동부 지역 전역과 지리산 부근 일대에서 한바탕 전쟁이 벌어진 겁니다. 지리산 일대에서 혁명군들은 진압군을 기습 공격하여 박살내 버립니다. 그야말로 혁명군들이 무기를 보유하고 있었기 때문에 승승장구를 한 겁니다. 구례 경찰서도 단숨에 장악해 버립니다. 진압군이 본격적으로 반격을 하기 위하여 지리산과 가까운 구례로 몰려옵니다. 구례 지역에서는 학교에 주둔한 하사관 부대를 혁명군들이 통째로 몰살시켜 버립니다. 읍내 학교에 주둔한 군부대 사령부를 향해 밤에 은밀히 접근하여 박격포 공격을 감행하여 피해를 주었습니다. 산동 지역에서는 무기와 보급품을 실은 차량 10대를 기습 공격하여 몽땅 탈취해 버리고 불을 질러 버립니다. 구례 지역에서 벌어진 작전에 지가 모두 참여하였습니다. 광양 지역에서도 경찰서를 습격하여 무기를 습득하고 경찰관들을 몰살시켜 버렸습니다. 그야말로 통쾌한 일이었죠. 겨울이 다가오자 진압군들은 지리산으로 숨어든 혁명군들을 향해 지리산 전체를 에워싸고 토끼몰이하듯이 지리산 정상을 향해 진압을 해 온 겁니다. 지는 그때도 지리산을 빠져나와 북으로 올라간 겁니다.”

노현만은 송진혁의 무용담에 호기심을 잔뜩 가진다.

“총선 날짜가 정해졌을 때도, 지는 그 당시에 총선을 치르지 못하도록 투표 당일, 투표를 못 하게 투표장을 박살을 내 버리고 일행들과 함께 지리산 노고단으로 도망을 쳤습니다. 구례에서 주도적으로 활동을 했던 강진태 동지가 남로당 중앙 조직과 연락이 닿았습니다. 서울까지 다녀온 후, 남로당 동지들이 구례 곳곳에서 조직적으로 대항했습니다. 남한만의 단독선거, 단독정부를 막아야만 했습니다. 오천 년의 역사를 가진 민족이지 않습니까. 조선이라는 나라가 일본에 짓밟히고 군대도 해산되어 버린 최악의 상태에서 해방이 되었는데, 또다시 미국과 쏘련에 의해 남과 북으로 갈리는 상황이 되어 버린 겁니다. 지식인이라면, 더더구나 젊은 청년이라면 절대로 용납할 수가 없는 일이었습니다. 단선, 단정은 절대로 받아들일 수가 없는 일이었습니다. 그만큼 남한만의 단선, 단정이 아닌 민족통일 정부 수립에 대한 갈망이 강했습니다. 남한만의 단독정부를 세우는 것에 대한 불만이 곳곳에서 폭발한 겁니다. 결국, 제주도는 총선을 치르지 못했습니다. 여수 14연대 군인들만 혁명을 일으킨 것이 아니고, 광주의 4연대, 대구의 6연대, 홍천의 8연대 각각의 부대 일부 병력이 전국 곳곳에서 군인들이 무기를 들고 혁명을 일으킬 만큼 남한만의 단독정부를 세우는 데 대한 불만이 폭발한 겁니다. 해방 후라서 인민들은 민주주의와 사회주의에 대한 구분이 거의 없었습니다. 지식인들과 젊은 사람들 대부분은 사회주의를 선호하였습니다. 오히려, 좌익 세력에 응집하는 힘이 강했습니다. 군인들도 해방이 되자마자 우리와 똑같은 젊은 청년 중에서 지원한 사람들이니까요. 제주도에서처럼 민중들이 일으킨 항거나, 여수 14연대나 전국 곳곳에서 군인들이 일으킨 혁명은 똑같은 겁니다. 군인들이 일으킨 반란에도 민간인들이 적극적으로 합세를 했으니까요.”

노현만은 남한에서는 이렇게 강하게 남북한 통일 정부를 세우기 위하여 강력하게 대항을 하였구나 하고, 강한 호기심을 가진다. 송진혁의 용감한 무용담에 고개를 계속 끄덕인다. 남쪽에서는 신생 정부를 상대로 혁명을 일으켰다고 하니 송진혁이 달리 보인다. 예사롭지 않은 젊은 사람으로 인식된다. 목숨도 아끼지 않고 혁명의 대열에 동참했다는 것 자체가 대견스러워 보인다. 젊은 혈기만 있다고 모두가 혁명의 대열에 동참하는 것은 아니다. 노현만도 이북에서 해방 후에 일어난 온갖 정치적인 소용돌이를 경험했기 때문이다. 마음은 있어도 행동하기는 쉬운 일이 아니기 때문이다.

“그때 혁명군들과 산으로 올라간 남로당원들이 많이 죽어 나갔습니다."

송진혁은 수천, 수백의 혁명군들이 진압군에 의해서 수도 없이 죽어 나간 일을 기억한다. 참으로 안타까운 일이다. 조선 반도에 하나의 단일 정부를 세워내지 못한 아쉬움이 계속 남아 있다.

"그럼 동무는 그때 북으로 갔던 길을 잘 기억하고 있겠네요?"

노현만은 북으로 가는 길이 궁금하기만 하다.

"그럼요. 그때는 지리산만 빠져나오기만 하면 남한의 다른 곳은 조용했습니다. 대구 6연대의 혁명 세력도 실패하고 산으로 도망을 쳤습니다. 지도 대구로 피신했는데 6연대를 만나서 태백산을 거쳐서 곧바로 38선을 넘어갔습니다. 38선이 남과 북의 경계를 두는 선이었지만, 각각의 정부가 세워졌어도 마음만 먹으면 38선을 오고 갈 수가 있었습니다. 군인들이 지키고 있었지만, 허술한 지역이 많았습니다. 38선을 지키고 있는 군인들에게 잡힌다 해도 훈방 조치되기 일쑤였습니다. 그때만 해도 남과 북이 이렇게 적으로 대적하지는 않았습니다. 남과 북이 각각 강대국에 의해 정부가 들어섰지만, 민중들은 조선 반도에 하루속히 통일 정부가 들어서는 것을 계속 원하고 있었으니까요."

노현만이 고개를 끄덕인다.

"이북은 해방 후 어땠나요?"

송진혁도 해방 후 북쪽은 어땠는지 궁금하다. 노현만도 송진혁의 무용담을 듣자 말문을 연다.

"북한도 해방이 됐지만, 쏘련군도 그야말로 점령군 행세를 했습네다. 북쪽의 지도자들과 지식인들 모두가 남과 북이 따로따로 단독정부가 들어서는 것을 반대했습니다. 남북한을 아우르는 통일정부가 들어서는 것을 원했습니다. 북쪽도 쏘련이 원하는 공산당 정권을 세우기 위해 수많은 민족 지도자들을 모두 숙청해 버렸습네다. 쏘련 공산당은 젊은 김일성을 꼭두각시로 세워 놓고, 공산당이 조종하는 정부를 설립하게 만든 겁네다. 민족 지도자들을 가차 없이 숙청하고 만든 정부입네다. 공산당 방식으로 무상몰수, 무상분배 형식으로 토지개혁을 하는 바람에 지주들도 많이 숙청 당했습네다. 해방 후 쏘련의 사주를 받은 공산당은 농지개혁을 통해서 북한의 민중들에게 환호를 받는 기폭제 역할을 했습네다. 농지개혁을 통한 지주들의 토지를 몽땅 몰수시키는 일은, 일제 치하에서도 일제에 아부하고 살아온 지주들을 그야말로 친일파의 역할을 해 왔다고 여긴 거죠. 그런 친일파인 지주들을 일시에 몰아냈을 때, 민중들은 공산당에게 환호를 한 거죠. 민중 대부분은 땅 한 평 없는 소작농이 대부분이었습네다. 공산당이 들어서서 무상으로 땅을 분배해 줬으니, 민중들은 공산당이 하는 일이라면 박수를 쳤습네다. 새파란 젊은 김일성을 내세워서 공산당이 북한을 장악해도 당연한 것으로 여긴겁네다. 하루아침에 공산당에 의해 처절하게 몰락한 지주들은 살기 위하여 남으로 도망을 친다는 소문이 자자했습네다. 쏘련의 조종에 따라, 북한만의 단독정부를 세운다고 했을 때, 젊은 지식인들은 저항을 강하게 했지만, 대부분 숙청을 당해서 많은 북한 지도자들이 죽어 나갔습네다. 쏘련 공산당은 많은 사람을 무자비하게 숙청하였습네다. 젊은 청년들이 왜 반대를 하지 않았겠습네까? 저같이 젊은 청년들이 반항하면 할수록 무지막지하게 많은 사람을 쥐도 새도 모르게 죽여 버렸습네다. 공산당은 어떠한 집회의 자유도 허락하지 않았습네다. 젊은 청년들이 조직적으로 반항도 못 하게 막았습네다. 공산당의 특성이 일단 목표를 세우면, 사람의 목숨이고 인권은 무시해 버리는 조직이긴 합네다. 공산당의 목표를 달성하기 위해서 반대하는 사람들을 숙청하는 일은 눈 하나 껌뻑거리지 않고 저지르는 특성이 있습네다. 북한은 공산당 일색이어서 남한처럼 자유가 허락되지 않았습네다. 공산당은 사유재산을 인정하지도 않았습네다. 공산당이 아니면 반대파는 무조건 죽이는 판국이었습네다. 공산당이 아닌 타 조직이나 정당은 허울뿐이었습네다. 공산당 이외의 어떠한 정당도 인정하지 않았습네다. 특히 기독교를 믿는 사람들이 강하게 반대를 하고 나섰습네다. 종교 지도자들이 대부분 선교사가 세운 중등학교를 졸업하여 신학문을 일찌감치 배운 사람들이고, 학력도 높고, 대부분 지식인들이었습네다. 평양은 '동방의 예루살렘'이라 할 만큼 기독교 교세가 강한 지역이고 교회 활동도 왕성한 지역이었습네다. 신학교도 조선에서 최초로 세워진 곳이고, 숭실대학교도 조선 최초로 선교사들이 세운 대학교였습네다. 기독교 종교 지도자들은 일찌감치 선교사들의 영향을 받았습네다. 선교사들이 세운 학교에서 고등교육을 받은 사람들이라서, 일제 치하에서도 3·1 만세운동을 주도했었고, 신사참배도 일제를 향해 목숨을 걸고 반대를 해 왔습네다. 일본 천황을 신처럼 모시게 동방요배를 강요할 때, 기독교인들은 목숨을 걸고 반대를 했습네다. 서슬이 퍼런 일제의 압박도 무서워하지 않던 사람들입네다. 독립운동가 대부분이 기독교를 받아들인 사람들이 대부분이었습네다. 조만식도 기독교인이라는 명목으로 정치 활동도 못 하게 하고 공산당에게 잡혀가 살해당했습네다. 상해 임시정부 요인 대부분이 기독교 교인으로 채워질 만큼 기독교인들의 영향이 컸습네다. 종교적인 신념이 강한 사람들이었기 때문에 목숨을 걸고 독립운동에 참여한 겁네다. 해방 후, 쏘련 공산당이 들어왔을 때도 기독교인들은 하나님을 믿는 사람들이라 두려워하지 않았습네다. 공산당 정부가 들어서는 것을 목숨을 걸고 반대를 했습네다. 종교가 없는 일반인들은 공산당을 반대하다가 포기를 했지만, 기독교인들은 목숨을 걸고서라도 신념을 밀고 나갈 수 있는 겁니다. 기독교 지도자들은 공산당을 강하게 반대하고 나섰지만, 쥐도 새도 모르게 모두 죽어 나갔습네다. 공산당에게 목숨을 걸고 반대하는 목사들이 공산당에게 연행되었다 하면, 행방불명되어 버리는 것이 다반사였습네다. 행방불명 자체가 죽여 버렸다는 증거인 겁네다. 죽은 사람들의 사체도 못 찾게 만들어 버린 겁네다. 아주 무시무시한 죽음의 공포 그 자체였습네다. 공산당은 특히나 종교를 인정하지 않았기 때문에, 기독교 지도자들이 계속 처형당하였습네다. 일제 경찰의 가혹한 압박보다 몇십 배 더 강하게 집회, 결사의 자유를 철저하게 차단했습네다. 일제하에서는 그나마 법으로라도 판결을 하는 절차를 밟았지만, 공산당은 법의 판결도 없고, 무조건 죽여 버리는 악행을 서슴지 않았습네다. 항의하려고 해도 항의할 방법이 전혀 없는 게 공산당입네다. 천주교, 개신교 할 거 없이 기독교 세력들을 죽이고, 또 죽여도 공산당을 강하게 반대하자, 기독교 세력을 자유롭게 놔두지 않고 회유책을 내세웠습네다. 공산당의 관리하에 둔 겁네다. 종교를 통제하기 위해서 교회를 국가가 관리하기 시작한 거죠. 기독교 지도자들이 조직적으로 활동하지 못하도록 강하게 압박을 한 겁네다. 그렇다 보니, 살아남은 기독교 지도자들과 교인들은 남으로 도망을 쳤습네다. 북한에서는 남한에서처럼 조직적인 저항을 하지 못했습네다. 집회, 결사의 자유를 허락하지 않았으니까요. 쏘련의 사주를 등에 업은 공산당 세력들에 의하여 힘을 쓸 수가 없었습네다. 공산당을 유지하기 위해서는 서로 감시하게 하고, 의심만 가도 고발하게 하는, 그야말로 인간 말살의 시대를 만들어 버린 겁니다. 해방 후의 북한도 모두가 통일 정부를 바라고 있었습네다. 남침 준비를 하자 북한 젊은이들은 은근히 환호를 보낸 분위기도 있었죠. 공산당에 의해 세뇌되었기 때문이죠. 공산당의 결정에 저항할 수 없는 분위기도 있었습네다. 쏘련의 도움을 받아 무기도 지원받고, 남침을 강행하면 곧바로 남북통일이 되는 줄로만 여겼으니까요. 북한도 쏘련의 지원을 받기 전에는 무기도, 탱크도 없었던 것처럼, 남한에도 북한처럼 탱크도 없고, 무기도 변변치 못하다는 걸 이미 알고 있었거든요. 아시다시피 인민군들이 북에서 남으로 밀고 내려가자, 미군도 철수했겠다, 추풍낙엽처럼 남한군은 저항도 해 보지 못하고 쓰러져 버렸잖아요. 그야말로 신나는 일이었죠. 제대로 싸우지도 않았는데, 사흘 만에 서울을 정복한 거 아닙니까."

북한도 마찬가지로 소련군이 주둔하여 북한만의 정부를 세우느라 많은 사람을 희생시켰으리라 본다. 남한도 반대가 심해서 제주와 여수에서 혁명이 일어나는 바람에 많은 사람이 죽어 나갔지만, 한반도에 남북으로 미국과 소련이 점령군의 행세를 하면서 민중들을 수도 없이 죽였으리라 본다. 힘없는 민족은 강대국의 억압과 횡포를 벗어나지 못하고, 죽어 나가는 신세가 계속되는 것이다.

"내가 혁명 사건 후에 북한으로 올라가서 환영을 받았습니다. 남한에서 일으킨 혁명사업으로 영웅 대접을 받은 겁니다. 곧바로 군인이 되어 승진을 얻었습니다. 전쟁을 일으키려고 하는데, 남한 출신의 혁명 세력이 필요했던 거죠. 북한 당국에서는 남한의 지리나 현지 사정을 조금이라도 잘 아는 제가 필요했던 겁니다. 그래서 북한에 올라가자마자 지휘관 자리를 주면서, 전쟁을 준비하는 핵심 부서에 곧바로 투입되었습니다. 제가 북한 인민군들에게 지도를 펴 놓고, 남침할 때 필요한 지리적 상황에 대해서도 미리 교육을 했습니다. 북한에서 먼저 전쟁을 일으킨다고 하여 준비를 하면서도, 이번 기회에 뭐가 됐든 간에 남북이 하나가 되어서 통일 정부를 세운다는 것에 고무적이었습니다. 이 젊음을 불살라 남북한 통일 정부가 들어선다면 목숨도 아깝지 않을 만큼 용기가 솟아났습니다. 남북이 각각의 정부를 가지고 있다는 데 대해 늘 불만이었거든요."

송진혁은 그야말로 남북을 통일시킨다고 하여, 북한에서 먼저 남침을 시작하였을 때, 인민군의 지휘관이 되어 있었다. 남침이 시작되자 인민군들이 부산까지 단숨에 점령할 거라는 기대를 걸고 있었다. 아니나 다를까 남조선은 수월하게 정복되는 듯했다. 남조선은 전쟁에 대한 대비가 전혀 없어 보였다. 38선 자체가 무방비 상태나 다름없었다. 탱크 하나 갖추지 못하였다. 소련제 탱크로 무장한 인민군들이 38선을 밀고 내려가자 남한군들은 인민군의 공격을 견디어 내지 못했다. 3일 만에 서울 정복에 이어서 대전까지도 단시일 내에 점령해 나갔다. 대구 근처에서 저항이 거세졌다. 낙동강 전선을 돌파하여 대구와 부산만 점령하면, 남쪽을 해방시키는 일은 시간문제였다. 인민군의 사기는 충천했다. 남북통일의 기대에 가득 찼다. 남조선을 곧 해방시킬 것만 같았다. 미국 본토에서 태평양을 건너온 미군과 유엔군의 세력들이 남한 땅에 속속 도착하자 낙동강 전선이 형성되었다. 낙동강 전선에서 일진일퇴가 거듭됐다. 고지를 뺏고 빼앗기는 전투가 반복됐다. 미군의 무차별 공중폭격으로 인민군들이 죽어 나가면서 점점 세력이 약해지고 있었다. 그러는 와중에 인천상륙작전 소식이 날아든 것이다.

송진혁은 북으로 올라갈 대원들을 점검한다. 휴식을 취한 후에 속리산을 향하여 계속 움직인다. 속리산에 도착한 송진혁 일행은 주변 정세를 탐문한다. 태백산을 거쳐서 북으로 향하는 길을 모색한다. 38선 일대에서는 아직도 전투가 치열하게 전개되고 있다는 정보다. 압록강까지 밀린 인민군은 중국군의 개입으로 38선 부근까지 다시 회복하였다. 38선 부근에서 전투가 계속되고 있다. 치열하게 전투가 벌어지는 중이라 북으로 올라가는 길은 쉽지 않아 보인다. 태백산으로 향하는 길로 잘못 들었다가는 남한군과 유엔군에게 붙잡히기 십상이다. 38선 일대에는 워낙 많은 군인이 배치되어 있다는 정보다. 태백산은 그야말로 전투가 활발하게 이루어지고 있는 전선의 확대 지역이다. 송진혁 일행이 북으로 향하는 길은 막혀 버린다. 38선 인근에 접근하는 것 자체가 곧바로 죽음의 길이라고 판단된다. 송진혁 일행은 태백산으로 향하는 길은 포기한다.

송진혁은 속리산에서 무주로 입성한다. 노현만 부대와 송진혁 부대는 덕유산에서 더 많은 인민군 부대와 합류한다. 무주 경찰서를 습격하여 식량도 조달하고, 남한 인민들을 괴롭힌 경찰에게 보복한다는 계획을 세운다. 덕유산에 남아 있는 부대를 규합한다. 무주 읍내는 그야말로 소읍이다. 송진혁과 노현만이 앞장서서 지휘한다. 송진혁과 노현만은 양쪽으로 나누어 읍내로 서서히 접근해 나간다. 인민군의 주도 세력은 양쪽으로 협공한다는 작전이다. 또 다른 지역에서도 읍내로 계속 접근을 시도한다. 선발대를 먼저 조심스럽게 읍내에 파견한다. 읍내는 아직 평온하다. 경찰서 동태를 파악한다. 송진혁이 앞장서서 은밀하게 읍내 가까이 접근하는 데 성공한다. 읍내로 들어오는 길은 모두 통제해 버린다. 외부에서 지원 세력이 달려온다 해도 들어오지 못하도록 철저히 막아버린 것이다. 읍내는 인민군의 세력에 의해 철저히 고립된다. 경찰서의 동태를 파악한다. 읍내 경찰서라고 하지만 경찰들이 많지 않다. 송진혁은 저 정도의 경찰 숫자라면 단숨에 제압할 것 같다. 기습 선제공격을 감행하여 기선을 제압한다는 전략이다.

송진혁의 신호에 따라 대원들이 일시에 경찰서로 진입한다.
탕탕탕탕탕….
갑작스러운 인민군의 기습 공격에 무주 경찰서는 순식간에 인민군의 천하가 된다. 송진혁 부대가 무기를 가지고 있고, 경찰력이 소수인 관계로 경찰 방어선은 금방 무너져 버린다. 인민군의 큰 희생 없이 단숨에 무주 경찰서를 제압한 것이다. 인민군들은 경찰에게 총을 겨누며 무기와 탄약을 빼앗는다. 창고에 있던 곡식도 확보한다. 인민군들의 손에 들어온 곡식은 주민들에게 배분해 주기도 한다. 큰 성과를 얻은 송진혁과 노현만은 동지들을 규합하여 식량과 무기를 챙겨서 서둘러 덕유산으로 복귀한다.

백수찬 장군은 쥐잡이작전으로 지리산에서 비행기를 동원한 공중폭격으로 많은 빨치산을 섬멸하였다. 인천상륙작전의 성공으로 워낙 많은 빨치산이 북으로 도망가지 못하고 산속으로 숨어들었다. 지리산에서 쥐잡이작전을 하는 와중에도 지리산이 아닌 후방 곳곳에서는 빨치산들이 아직도 교란을 벌이고 있다는 보고가 계속 올라온다. 읍내 경찰서를 습격하기도 하여 경찰관이 죽고 무기도 빼앗긴다는 보고가 올라온다. 각 면에 있는 소규모의 지서를 습격하는 일은 수도 없이 반복되고 있다. 달리는 열차를 습격하여 군수 물품을 탈취하는 사례가 종종 있다는 보고가 계속 올라온다. 도시의 변전소를 폭파하여 도시를 암흑으로 만들어 버리고 마비시켜 버린다. 통신선을 절단해 버리고, 주요 도로와 교량을 폭파해 버린다. 인민군들의 주력 세력인 빨치산들은 강하게 저항을 해오고 있다. 지리산에서 시작된 쥐잡이작전을 백운산, 회문산, 마이산, 덕유산, 황석산, 가야산, 속리산… 38선 이남 일대의 산을 향하여 작전을 계속 펼친다. 곳곳에서 빨치산들과 전면전을 치르고 빨치산들을 사살시키고 생포를 한다. 수차례에 걸쳐 전라도와 경상도, 충청도 일대의 고지를 공격하여 빨치산들을 계속 사살하고 생포를 한다. 낙엽이 진 후, 겨울에 시작된 작전은 이듬해 봄까지 쥐잡이작전이 계속 전개된다.

쾅- 쾅- 쾅- 쾅- 쾅….

미군 비행기로부터 공중폭격이 시작된다. 인정사정없이 덕유산 전체를 쑥대밭으로 만들어 버린다. 갑작스러운 공중폭격을 당한 송진혁 부대는 산속 계곡 속으로 흩어진다. 무차별 공중폭격에서 살아남아야 한다. 지리산에서 토끼몰이 방식으로 공격해 오던 남한군과 미군 비행기의 폭격을 떠올린다. 지리산에 이어서 덕유산까지 폭격이 시작되었으리라 판단한다.

"악! 아!"

대원들이 폭탄에 맞아 소리를 지른다. 곳곳에서 인민군들이 폭탄을 맞고 공중으로 솟구친다. 수많은 시체가 곳곳에서 널브러진다.

"흩어져라! 한곳에 모여 있지 마라! 능선으로 올라가지 마라!"

"계곡 속에서 큰 바위나 은폐물을 이용하여 몸을 숨겨라!"

송진혁과 노현만은 큰 소리로 부하들에게 명령한다. 부대원들은 각자 살아남기 위하여 몸을 숨긴다. 계곡 능선으로 피하면 대원들이 어디 있는지 노출된다. 대원들은 폭탄을 피하면서도 능선으로 올라가지 않는다. 지리산처럼 산 전체를 포위하여 토끼몰이식으로 대대적인 공격은 해 오지 않는다고 판단한다. 그렇게 하려면 많은 수의 인원이 동원되어야 하는 상황이기 때문이다. 지리적으로 산 전체를 포위할 수 없는 상황이라고 여긴다. 송진혁은 몸을 숨기고 공중 공격을 피한다. 부하들도 많이 살아남았다.

봄이 되자 송진혁 일행은 다시 지리산으로 향한다. 남한 땅에서 제일 산세가 넓은 방대한 지리산 속으로 피하는 것이 유리하다고 판단한다. 노현만과 함께 송진혁 일행은 지리산으로 들어선다. 송진혁은 지리산의 지리와 생태를 잘 알고 있다. 워낙 방대한 산이라서 남한군의 대대적인 소탕 작전이 소강상태에 접어든다면, 그래도 남한 지역에서는 지리산이 버틸 만한 장소로서 여건이 좋을 것으로 판단한다. 날씨도 풀리면 지리산에는 산나물이 지천이다.

산나물이 올라오는 봄날만 되면 지리산 속에서 얼마든지 식량을
조달할 수 있다고 판단한다. 만약에 남한군들이 지리산을 향하여
다시 토끼몰이식으로 대대적인 공격을 해 온다면, 지리산에서 도
망쳐 나오면 된다고 여긴다. 송진혁은 지리산으로 향하면서도 북
으로 향하는 길을 모색하려고 한다. 육로를 통한 길은 막혀 버렸
지만, 바다를 통하여 북으로 가려는 길을 찾아내려고 한다. 지리
산에서 해안가로 접근하는 일은 어렵지 않은 일이다. 문제는 해안
가에 접근하여서 북으로 올라갈 배를 구하는 일이 쉽지 않은 일
이다. 남한으로 진격했던 인민군들이 죽거나 북으로 후퇴하는 바
람에 좌익들과 연락하는 일이 어렵게 되어 버렸다. 민간인 신분
좌익들의 도움을 받아야만 해안가로 접근하는 일이 쉽게 풀릴 수
있지만, 빨치산이 마을에 접근하기만 해도 군인이나 경찰에 신고
하는 체제가 점점 확립되어 가고 있다는 것이다. 어떻게 해서라도
북으로 올라가는 일은 포기하지 말아야 한다.

　판문점에서 휴전 회담이 열리고 있다는 소식이 들려온다. 단편
적인 소식들이 간간이 소문을 타고 전해진다. 포로 문제 때문에
휴전협정이 길어진다는 소문이다. 남한 산악 지대에서 계속 전
투를 벌이고 있는 인민군 유격대(빨치산)들에 대해서는 아무런 말
이 없다고 한다. 남한에 남아 있는 인민군 유격대들은 혹시나 하
고 기대를 했다. 모두가 죽었다고 여기는 걸까? 북으로 올라가려
는 이현상에게 남쪽에 남아서 후방을 교란하는 유격전을 하라는

지령을 내려서 남부군까지 조직되었는데, 연락조차 안 되고 있어서 몇 명이 살아남았는지조차 모르는 걸까? 남한의 산악 지대에서 전투를 벌이고 있는 인민군 유격대에 대한 조치는 들리지 않는다. 포로 문제 외에는 남한 산악 지대에서 생사의 갈림길에 서 있는 인민군 유격대에 대해서는 아무 소식이 없음이 불만이다. 북한 당국으로부터 철저히 외면당하고 있다. 북한 당국도 어쩔 수 없는 사정이 있으리라 판단한다. 수만 명에 달했던 인민군 유격대들은 이제 얼마나 살아 있는지조차 파악이 안 되고 있다. 각자 살아남기 위하여 도망 다니기 바쁘다. 산속에 흩어져 있는 부대를 규합하는 데 집중이 안 된다. 남한군과 경찰의 계속되는 섬멸 작전 때문에 간간이 충돌할 뿐이다. 남쪽에 살아남아 있는 유격대들을 규합하여, 정식 루트를 통해 북한 당국에 연락조차 어려운 상황이다. 그저 살아남기 위하여 사력을 다할 뿐이다.

북한의 인민군은 유엔군의 북진으로 그야말로 초토화되어 버린다. 유엔군의 비행 공격으로 압록강 부근까지 공중폭격을 당한다. 그야말로 북한 전역은 폐허의 도시가 되어버린다. 그렇지만 중공군의 개입으로 38선 이북의 땅이 모두 중공군에 의하여 수복된다. 현재 38선 부근에서 치열한 공방전을 펼치고 있다. 유엔군의 화력으로 폭격을 하면 금방이라도 인천상륙작전으로 인한 북진을 강행한 것처럼 전선의 전세는 역전할 수도 있겠지만, 한 치의 양보도 없는 고지 쟁탈전이 계속되고 있다. 송진혁은 남한의 산속에 숨어서 계속 게릴라전을 펼치고 있다.

송진혁은 휴전협정이 조인되었다는 소식을 듣는다. 남쪽 산속에 숨어 지내는 인민군 유격대에 대해서는 한 마디도 없었다는 소식이다. 휴전협정으로 38선 대신에 휴전선이 생겼지만, 해방 후 38선을 경계했을 때와 비슷한 전선이 형성된 것이다. 휴전이 얼마나 오래갈까? 휴전됐다면, 전쟁 전처럼 미군이 철수하고 유엔군도 모두 철수하겠지. 소련군은 이미 북한에서 철수하였는데, 중공군이 북한에 다시 주둔하게 될까? 그러면 김일성이 소련과 중공의 도움을 받아서 다시 남침하지 않을까? 압록강까지 밀렸던 인민군들이 중공군의 도움으로 38선 일대를 모두 회복하지 않았는가. 그때까지 남한의 전선에서 유격 활동을 벌이다 보면, 김일성이 다시 남조선을 해방하기 위하여 남으로 다시 밀고 내려오지는 않을까? 한반도가 두 동강이 나서는 안 되는 일이다. 남북한이 하나의 정부로 통일이 되어야만 할 일이다. 송진혁은 별별 생각에 빠져든다. 그렇다면 그동안에 남쪽에 남아 있는 인민군들에 대해서 별도의 지시를 했을 텐데…. 왜 아직도 아무런 지시가 없는 걸까? 미군을 주축으로 하는 유엔군은 인천상륙작전의 성공으로 인민군들이 몽땅 몰살당했다고 여기겠지만, 아직 남한의 산악 지대에서 살아남아 있는 인민군 유격대가 있지 않은가? 이현상을 통해 북의 지령까지 내려졌지 않은가? 북으로 올라간다면 그동안에 남한에 남아 있었던 인민군 유격대에 소홀했던 일들에 대해 강력하게 항의를 할 작정이다. 휴전 후 전투가 소강상태가 되었지만, 김일성과 소련 공산당은 이대로 끝내지 않을 거라는 생각을 해 본다. 한반도 통일 문제는 우리 민족에게 포기할 수 없는 부분이다.

빨치산들을 섬멸하기 위한 경찰들의 공격은 계속되고 있다. 보급도 끊어지고, 북과의 연락이나 도움도 없어진 마당에 언제까지 버틸 수 있을까? 생각할수록 복잡한 생각만 든다. 젊은 혈기로 남로당에 가입하여 오로지 한반도 통일을 위하여 젊음을 바쳤지만, 지금의 신세가 처량하기만 하다. 인민군 유격대는 겨울을 지나면서 발이 동상에 걸리는 환자가 계속 늘어난다. 제대로 된 신발이나 의복이 없는 관계로 대부분은 남한군의 시체를 발견하면 옷을 벗겨서 인민군 유격대의 의복이 된다. 추위를 견디려면 어쩔 수가 없는 일이다. 신발도 적의 시체에서 벗겨낸 신발을 꿰차고 다니면 그만이다.

송진혁은 북으로 올라가야 한다고 생각한다. 휴전했다면 남한에 있다가는 살아남기 어렵다고 판단한다. 서너 명의 대원들을 소집한다. 우선 선발대로 태백산맥을 거쳐서 북으로 가는 길을 모색해 본다. 북으로 가는 길이 성공하면, 북한 당국에 연락하여 남한의 사정을 알려 남쪽에 남아 있는 인민군 유격대와의 소통은 물론이고, 지원까지 받아내야 한다는 전략을 세운다. 젊고 날쌘 동지들을 선발하여 북으로 파견한다. 북진이 성공하면 지리산으로 연락을 취하기로 약속을 한다. 송진혁은 나머지 일행을 이끌고 지리산으로 향하여 움직인다. 지리산에서 북으로 올라갈 방법을 계속 모색해야 한다.

　북풍이 몰아치는 추운 날씨가 이어진다. 지리산에는 다양한 출신의 인민군들이 모여든다. 여수 14연대 출신으로 혁명사업을 일으킨 젊은 지휘관도 살아남았다. 전쟁까지 겪으며 전남도당의 임원으로 지리산으로 입성하였다. 전쟁이 계속되는 동안에 이 산 저 산을 돌아다니며 꿋꿋이 버티어 낸 입지전적 인물들이다. 인민군 빨치산 대원 중에는 여자 대원들도 살아남았다. 김영애라는 가수도 노현만 일행과 합류한다. 문화선전대로 남쪽으로 내려왔다가 북으로 가는 길이 막혀 버렸다. 노현만과 함께 평양에서의 생활을 이야기하다가 금방 친해진다. 타향살이에 고향이 같은 것만으로도 밤새 이야기에 여념이 없다. 대학을 나온 노현만은 평양에서의 생활에 대해 할 얘기가 많다. 평양에서 가수 활동을 왕성하게 했던 김영애 동무도 말이 청산유수다. 김영애 동무는 남한 출신의 여성 동지들과도 산속에서 함께 지내 왔다. 남한군의 공격에도 잘도 버티어 낸 씩씩한 동지들이다. 여성 동지 중에는 간호원 출신들도 있다. 여성 동지들은 빨치산들이 다쳤을 때 간호원 역할을 톡톡히 해낸다. 웬만한 상처는 응급처치할 수 있다. 여성 동지들은 산속에서 음식을 만드는 데도 많은 희생을 마다하지 않는다. 식량만 구해다 주면, 음식을 만들어 내는 수고는 여성 동무들이 손을 걷어붙인다. 여성 동지 중에서도 김영애 동무는 성격이 활달하다. 노현만과 거리낌 없이 의견을 주고받는다. 밤이 되자 모닥불을 피워 놓고 동지들이 모여든다. 추위를 피하기 위해서는 모닥불이 최고이다. 김영애는 가수답게 노래를 부르기 시작한다. 김영애가 나서서 모닥불 앞에 모인 동지들에게 노래를 부르게 한다. 노래를 부르고 나면 힘이 솟는다. 같은 동지 의식이 느껴진다. 김영애 동지는 인민군 유격대에 노래를 부르게 함으로써 인민 유격대의 사기를 북돋우는데 한몫을 단단히 해내고 있다. 노현만이 전쟁 중에 산속에 처음 들어왔을 때는 수십 명이 산이 떠나가라고 노래를 합창하면 속이 후련해졌었다. 그야말로 사기가 하늘을 찌를 듯했다. 전장 중에 노래는 힘을 가져다주고 동지간의 결속력을 강화하는 힘이 있었다. 김영애의 지도로 지금은 몇 안 되는 인민군 유격대들이 함께 부르는 합창 소리이지만, 그래도 노현만은 힘을 얻는다. 김영애는 가수답게 신나게 노래를 선창한다. 유격대원들도 함께 따라 부른다.

태백산맥에 눈 나린다 총을 메어라 출진이다.
눈보라는 밀림에 우나 마음속엔 피 끓는다.
높은 산을 넘어 넘어 눈에 묻혀 사라진 길을 열고
빨치산이 영을 내린다 원쑤를 찾아 영을 내린다.

참고 견디는 고향 마을 만나러 가자 출진이다.
고난에 찬 산중에서도 승리의 날을 믿었노라.
높은 산을 넘어 넘어 눈에 묻혀 사라진 길을 열고

빨치산이 영을 내린다 원쑤를 찾아 영을 내린다.

유격대들은 함께 노래를 부르니 힘이 솟는다. 추운 산속에서도 견딜 수 있는 용기가 살아난다. '조선 의용군의 노래'도 힘차게 부른다.

날아가는 까마귀야 시체 보고 울지 마라
몸은 비록 죽었으나 혁명정신 살아 있다
만리장성 무주고론 홀 섰는 나무 밑에
빨치산의 노래를 부른다.

'조선민주주의인민공화국 국가' 노래를 부른다. 노래가 시작되자 모두가 일어선다. 주먹을 쥔 손을 힘차게 흔든다. 손을 힘차게 흔들다가 어깨동무를 한다. 좌우로 흔들며 '조선민주주의인민공화국 국가'를 힘차게 부른다. 노현만도 큰 소리로 노래를 부른다.

아침은 빛나라 이 강산
은금의 자원도 가득 찬
삼천리 아름다운 내 조국
반만년 오랜 역사에
찬란한 문화로 자라난 슬기론 인민의 이 영광
몸과 맘 다 바쳐 아끼고 길이 받드세

찬란한 문화로 자라난 슬기론 인민의 이 영광

몸과 맘 다 바쳐 아끼고 길이 받드세

동지들이 어깨동무하고 목이 터져라, 큰 소리로 부른다. 지리산 계곡에 메아리가 되도록 힘차게 부른다. 노현만은 오랜만에 부르는 국가에 목이 멘다. 눈물이 그렁그렁해진다. 가슴이 벅차오른다. 얼마 만에 조국의 국가를 불러 보는 건가. 그것도 빨치산이 되어 조국으로 돌아가고 싶어도 갈 수 없는 신세가 되어 버린 자신이 서럽기도 하다. 어깨동무를 함께 했으니 동지 의식이 강하게 전파되는 순간이다. 노래를 마치자 만세를 부른다.

"조선민주주의인민공화국 만세!"

"만세!"

"만세!"

두 손을 치켜들고 만세 삼창을 한다. 인민공화국 만세 소리가 저절로 나온다.

국가를 부르자 힘이 솟는다. 누가 시키지 않아도 노래를 부르는 순간은 모두가 한마음이 된다. 노래를 통한 결속력은 힘을 합하는 마력이 있는 것이다. 김영애도 눈물을 찍어낸다. 국가를 부르는 동안 가슴이 뭉클해지면서 눈물이 저절로 고였다. 김영애는 인민군 동지들이 처한 위기를 잘 안다. 김영애는 산속에서 인민군 동지들이 풀이 죽어 있는 모습을 종종 발견한다. 이럴 때일수록 노래를 목청껏 부르고 나면 속이 시원해진다. 애국심도 솟아난다.

동지애도 살아난다. 미군들의 공중폭격을 수시로 당하고, 옆 동지들이 죽어 나간 모습을 보고서 무력감을 느끼고 있던 찰나에 용기를 북돋아 줄 문화원 동지 역할을 담당한다.

송진혁 일행은 지리산 달궁 계곡으로 다시 숨어든다. 젊음을 불사르며, 오직 한반도 통일 염원으로 인민군 유격대의 산속에서의 게릴라전은 쉬운 일이 아니다. 보급이 가장 어려운 문제다. 남한의 좌익 인민들로부터 지지나 도움을 얻을 수 없는 일이다. 게릴라전을 지속해서 하려면 여러 가지로 부족한 부분이 많다. 후방을 교란하는 데는 많은 공을 세웠지만, 북한 당국과의 긴밀한 협조를 얻어 내지 못하고 있는 부분이 아쉽기만 하다. 그렇다고 무기를 버리고 경찰에게 항복할 수는 없는 일이다. 최후 저항을 하다가 붙잡혀서 감옥에 가는 일이 있더라도 빨치산으로 남아서 계속 버텨 내야 한다. 경찰 세력과 잦은 충돌을 피하고자 더 깊은 계곡으로 올라간다. 심원골이 가까워진다. 화전민 농가가 몇 가구 있었지만, 모두 불타 없어져 버렸다. 집터 흔적과 농사터가 보인다. 요봉재를 넘어서기만 하면 구례 산동 지역이다. 고향집이 있는 곳이다. 반란 사건 때 진압군이 산동을 장악하여 좌익의 주동 인물인 김정욱을 잡으려고 혈안이 됐던 일을 기억한다. 김정욱을 잡으려고 아버지를 고문하는 바람에 사망했다는 소식은, 산으로 도망을 친 김정규에게서 들은 소식이다. 혁명사업을 계속하려면 가족을 차라리 보지 않고, 집안 사정을 모르는 것이 약이라고 여긴다. 집과 가장 가까운 거리에 왔지만, 곧바로 노고단으로 올라가 버린다. 노고단에 도착한다. 노고단은 처절하게 파괴되어 버렸다. 송진혁이 몇 년 전에 보았던 광경은 하나도 남아 있지 않다. 남한만의 총선거가 치러지는 것을 절대로 용납할 수가 없었다. 김정욱과 투표장을 박살 내 버린다. 주동자들을 잡기 위한 수배령이 내려지자, 노고단 외국인 별장으로 도피를 했었다. 여수 14연대 주동으로 혁명 사건이 일어나자. 혁명군에 합류하였다가 진압군을 피해 노고단으로 올라갔을 때도 노고단 별장 건물은 멀쩡했었다. 오랫동안 방치되는 바람에 곳곳이 뜯겨나가기는 했지만, 수리만 잘하면 쓸 수 있는 건물 형태를 갖추고 있었다. 반란 사건과 전쟁을 겪은 노고단은 얼마나 폭탄을 퍼부었는지 민둥산이 되어 버렸다. 건물 하나, 나무 한 그루 남아 있지 않다. 수십 채의 선교사 별장 터와 불타 버린 벽체만 앙상하게 남아 있다. 노고단은 워낙 유명한 고지이고, 군인과 경찰이 쉽게 접근할 수 있는 곳이라 머무를 곳이 못 된다고 여긴다. 멀리서 망원경으로 노고단을 바라보면 민둥산이 되어 버린 노고단 정상은 사람의 움직임을 모두 관찰할 수 있다고 여긴다. 적에게 노출되는 곳은 일단 피해야 한다. 노고단에서 임걸령을 지나서 피아골로 숨어든다. 피아골도 험준한 산세로 경찰이 접근하기 힘든 곳이다. 피아골에 들어서자 산간 마을의 동태를 파악한다. 보급 투쟁을 나간다.

피아골 계곡으로 내려갈수록 깎아지른 비탈을 일구어 놓은 계단식 다랑이 논배미가 눈에 들어온다. 보통의 계단식 논이 아니다. 산비탈에 이루어 놓은 수십 계단을 석축으로 쌓은 계단식 논들이 장관을 이룬다. 어른 키만 한 높이의 계단식 논도 눈에 띈다. 엄청난 높이의 계단식 논들이 수직으로 뻗어 있다. 한 뼘이라도 땅을 더 넓히기 위해 비스듬한 경사가 아니라 수직으로 논배미를 만들어 놓았다. 한 뼘 정도밖에 안 되는 논배미도 있다. 농부가 일을 하다 삿갓을 벗어 놓았다가, 다시 삿갓을 쓰려는 찰나에 삿갓 속에서 발견된 논배미 하나를 덮을 만큼의 크기여서 삿갓배미라고 한다. 항아리 뚜껑만 한 논배미는 항아리배미라고 부르고, 여인의 치마폭만 한 크기의 논배미는 치마배미라고 부른다. 오래전부터 난을 피해서 하나둘 인적이 드문 지리산 깊은 계곡으로 숨어들어 와 살던 사람들이 먹고살기 위하여 땅을 개간한 가슴 아픈 사연이 있다. 벼 대신 피를 재배하여 식량을 조달했던 시절, 피를 재배하는 곳이 많아서 피밭골이다. 오랜 세월이 지나면서 피밭골이 피아골로 부르게 된 곳이다. 피아골은 그만큼 농지가 열악한 지역이다. 예부터 재난을 피해서 피난민들이 피아골로 숨어들어 농지가 부족한 관계로 계단식 논을 만들어 놓은 지역이다. 피아골 인근 마을에서 보급 투쟁으로 식량을 조달한다. 피아골에서는 식량 보급이 어려울 거라는 판단을 한다. 계곡물이 흐르는 지역 부근에 아지트를 마련한다.

피아골에서 며칠간 휴식을 취하고 식량 보급을 위하여 악양골에 접근한다. 악양골은 하동 지역 안에서 제법 넓은 들이 있는 곳이다. 넓은 들에서 나오는 식량이 풍족한 지역이라서 식량을 조달하기는 어렵지 않을 거라 여긴다. 옛말에 거지가 악양골 주변 마을을 한 바퀴 돌고 나면 3년이 걸린다고 했던 곳이다. 3년은 빌어먹고 살 수 있는 곳이라 할 만큼 넓은 들을 가진 지역이다. 인심도 좋은 곳이다. 지역적으로도 화개와 하동 읍내 중간지역이다. 대규모 경찰 지원 부대가 도착하려면 거리상으로 신속하게 도착하기 힘든 지역이다. 송진혁은 대규모 부대원을 총동원하여 악양 지서를 습격한다는 전략이다. 무기도 획득하고 식량 조달을 위해서다.

송진혁은 대원들을 이끌고 진두지휘한다. 악양 지역에 지서가 어디에 자리 잡고 있고, 곡식 창고가 어디에 있는지 미리 파악해 둔다. 주 임무는 식량을 조달한다는 계획이다. 밤이 되자 송진혁은 대원들을 비밀리에 악양 지서 가까이 침투시킨다. 지서 근처 담 밑에 폭약을 묻어 두고 퇴각하는 일에 성공을 거둔다. 선발대가 임무를 마치자 대원들과 함께 작전을 개시한다.

밤이 되자 악양 지서를 향하여 서서히 접근한다. 보초를 일시에 제압해 버린다. 송진혁이 신호를 보낸다. 일시에 총구가 불을 뿜는다.

탕! 탕! 탕! 탕! 탕…

지서를 공격하는 동안, 일부 대원들은 노현만의 주도로 곡식 창고를 장악한다. 김영애와 여자 대원들도 총을 들었다. 노현만을 따라서 창고를 습격하는 데 함께한다. 지서를 방어하고 있는 인력이 만만치가 않다. 갑자기 총격 세례를 받은 경찰과 청년단들은 사력을 다해 반격해 온다. 송진혁 부대를 향해 일제히 총을 쏜다. 송진혁은 담 밑에 묻어 두었던 폭탄을 향해 총구를 겨냥한다. 총구는 묻어둔 폭약을 명중시킨다. 폭약은 큰 폭발음을 내면서 한꺼번에 폭발한다.

쾅! 쾅! 쾅!

경찰과 한청 단원 일부가 폭약 파편에 맞고 쓰러진다. 악양 지서를 일시에 제압해 버린다. 경찰서에 있는 무기를 획득한다.

지서 쪽에서 전투가 벌어지는 동안 노현만은 곡식 창고를 장악한다. 곡식 창고를 지키는 곳에는 많은 경계병을 두지 않았다. 허술한 경계병을 일시에 제압한다. 곡식 창고 문을 열고 곡식을 어깨에 들쳐 멘다. 일부 대원들은 여자 대원들과 함께 가정집에 총을 들고 들이닥친다. 된장, 고추장과 소금을 확보하는데 열을 올린다. 집 안에 있던 사람들은 벌벌 떨면서 빨치산에게 몽땅 빼앗긴다. 초가집에 들이닥친다. 노파가 총소리에 벌벌 떨면서 이불을 뒤집어쓰고 있다. 산속에서 추위를 견디려면 이불도 가져가야 한다. 노파가 뒤집어쓰고 있던 이불을 잡아당기자, 노파는 이불을 뺏기지 않으려고 힘을 가한다.

"이불은 안 된다. 이놈들아!"

이불을 뺏기지 않으려고 실랑이를 벌인다. 노파가 이불을 뺏기지 않으려고 잡아당겨 보지만, 힘센 빨치산에게는 당해내지 못한다. 이불을 챙긴 대원들은 신속하게 마을 뒤로 모여든다. 모든 대원이 식량과 보급품을 각각 어깨에 짊어진다. 신속하게 산속으로 운반하는 데 성공한다.

　밤이 되자, 산속에서는 악양골에서 공수해온 쌀로 밥을 짓는다. 그동안 산속을 이동하면서 며칠째 배부르게 먹지 못해 허기가 진 상태다. 김영애와 여자 대원들이 불을 피워서 음식을 만들어 낸다. 오랜만에 뜨끈뜨끈한 쌀밥을 먹느라 정신이 없다. 식량 확보로 며칠간은 배부르게 먹는다. 보급해 온 식량도 산속 곳곳에 감추어 둔다. 계속 짊어지고 다닐 수도 없다. 한 여자 대원은 추운 산속에서 전투하는 동안에 신발이 벗겨지는 바람에 발이 얼어서 이미 동상을 입고 있었다. 날씨가 추운데 악양리로 보급 전투를 다녀온 후라, 발이 젖어 버렸다. 동상 증세로 발이 가렵다. 발을 불에 쬐어 발을 말리느라 정성을 쏟는다.

　경찰대 지휘부에 빨치산들이 악양골을 습격했다는 소식이 전해진다. 악양 지서가 피해를 보았다. 경찰이 죽고, 무기도 빼앗겼다. 곡식 창고에 있는 쌀과 각 가정에서 된장, 간장, 이불과 옷가지를 몽땅 빼앗겼다는 소식이 신고된다. 경찰대는 대규모 인원을 동원하여 악양골에 모여든다. 빨치산을 소탕하기 위하여 공격을 시작한다.

지리산에는 눈보라가 거세게 몰아치고 있다. 온 세상이 하얀 눈으로 뒤덮인다. 경찰대는 빨치산을 소탕하기 위하여 지리산 속으로 점점 다가간다. 빨치산을 발견하자마자 총격을 가한다.

탕탕탕탕탕….

송진혁 일행은 경찰의 기습 공격으로 경찰대와 대적한다.

탕탕탕탕탕….

총격전이 잠시 벌어지지만, 송진혁 일행은 지리산 속으로 도망치기에 바쁘다. 대대적인 경찰대와 대적할 대원들도 부족하고, 총알이 보급되지 않아 길게 대항할 수 없다. 한곳에 모여 있으면 경찰대에 발각되기가 쉽다. 각자 살아남기 위하여 뿔뿔이 흩어진다.

노현만과 김영애는 전투가 벌어지자 함께 도망을 친다. 김영애 옆에는 여자 대원들이 따른다. 경찰대를 피해 악양골을 벗어났지만, 지리산에 대한 정보가 어둡다. 어느 곳으로 도망을 쳐야 할지 갈팡질팡한다. 송진혁 일행은 어디로 도망을 쳤는지 알 수가 없다. 우왕좌왕하는 사이에 경찰대는 끈질기게 추격해 온다. 경찰대는 노현만과 김영애 일행을 발견한다.

탕탕탕탕탕….

경찰대의 총격 소리를 들은 노현만과 김영애 일행은 능선을 피해서 더 높은 곳으로 피신을 한다. 능선으로 피하면 경찰에 발각되기 쉽다. 계곡 깊은 곳에 은신처를 마련한다. 계곡 은신처는 사람 눈에 발각되기 어려운 곳이다. 경찰대는 노현만 일행이 숨어 있는 곳을 발견하지 못한다. 경찰대의 공격이 잦아든다. 눈 덮인 지리산은 고요 속에 잠긴다.

휭휭휭~.

거센 바람이 계속 불어댄다. 영하의 추운 날씨는 모든 생명을 움츠리게 한다. 쌓여 있는 눈을 헤치며 도망을 치느라 노현만 일행은 온몸이 젖어 있다. 영하의 추운 날씨를 견디느라 몸은 꽁꽁 얼어 버렸다. 동상에 걸린 여자 대원은 도망을 치면서 신발도 잃어버렸다. 응급처치할 시간을 놓쳐 버렸다. 몇몇 대원들도 맨발로 눈길을 헤쳐 나왔다. 발이 동상에 걸려 버렸다. 갑자기 도망을 치느라 몸에 지닌 비상식량만 가진 채 빠져나왔다. 먹을 것도 부족하다. 원래 장소로 되돌아가서 식량을 찾아올 수도 없는 노릇이다. 어디가 어딘지도 잘 모른다. 계곡 속에서 계속 숨어 있을 수는 없는 노릇이다. 경찰대가 물러갔는지 확인을 해야 할 일이다. 태양이 떠오르자 노현만은 일행과 함께 계곡을 빠져나와 주변을 살핀다. 북풍이 씽씽 계속 불어오고 있다. 눈에 덮여 있는 지리산은 개미 새끼 한 마리 얼씬거리지 않는다. 노현만 일행은 숨을 장소를 다른 곳으로 옮기자고 결정을 한다. 혹시 경찰대에 발각되더라도 어쩔 수 없는 일로 받아들인다. 살아남기 위해서는 각각 행동할 것이 아니라, 함께 움직여야 한다고 결정한다. 지리산의 지리를 잘 알고 있는 송진혁 일행을 만나려면 계속 움직여야 한다. 영하의 날씨이고, 눈이 많이 쌓여 있어서, 이곳을 빠져나가면 다시 되돌아올 수 없는 주변 환경이다. 먹을 것도 구해야 한다. 동상에 걸린 대원들을 위해서라도 보급품을 조달해야 한다. 노현만 일행이 꺾어 놓은 나뭇가지를 발견한다. 다행히 송진혁 일행이 도망을 치면서 나뭇가지를 꺾어서 방향을 알려 놨다. 송진혁 일행이 그쪽으로 갔다는 표시이다. 빨치산들은 산에서 경찰대의 공격을 받고 흩어지더라도 나뭇가지를 꺾어서 방향을 알리기로 미리 약속을 해 뒀다.

노현만 일행은 다시 계곡으로 돌아와 밤이 되기를 기다린다. 밤이 되자 일행들을 데리고 움직인다. 동상에 걸린 여자 대원은 움직임이 힘들 정도로 동상이 점점 악화하고 있다. 동상 걸린 여자 동무를 놔두고 갈 수는 없는 일이다. 노현만이 동상 걸린 여자 동무를 업는다. 지리산 속에 갇혀 버린 노현만 일행은 밤이 되자 계곡을 빠져나온다. 송진혁 일행을 만나기 위하여 은신처를 찾아 나선다. 계곡 은신처에서 빠져나와 다른 계곡 속으로 숨어든다. 밤이 되자 불을 피워 몸을 녹인다. 불을 피울 때 돌을 구워서 온기를 계속 유지한다.

경찰대는 빨치산을 수색하느라 소대 단위로 계속 움직이고 있다. 산속을 수색하다가 눈 위의 사람 발자국을 확인한다. 경찰대는 노현만 일행이 숨어 있는 곳을 포위한다. 총을 거누며 점점 다가간다. 경찰대 인원은 점점 보강된다. 노현만 일행을 발견한다. 경찰대는 서서히 다가가 총격을 가한다.

탕탕탕탕탕….

"악! 아!"

노현만은 경찰이 쏜 총에 맞고 피를 흘리며 쓰러진다. 김영애도 총소리를 듣고 몸을 웅크리며 고개를 숙이고 있다. 눈이 쌓여 있는 계곡에서는 움직이지 않는 게 최선의 방어라고 여긴다. 경찰대에 발각되었다면, 도망을 칠 수도 없는 상황이다. 경찰대는 총을 겨누며 점점 다가온다. 김영애 일행을 발견한 경찰대는 총격을 가하지 않고 소리를 지른다. 빨치산을 최대한 생포해야 한다.

"손들엇! 손을 들고 나오면 살려 준다!"

고개를 숙이고 앉아 있던 김영애 일행은 손을 들고 천천히 일어선다. 동상에 걸린 대원과 여자 대원들도 손을 들고 서 있다. 경찰대는 총을 겨누며 가까이 다가온다. 총을 빼앗기고 무장해제된다. 동상에 걸린 여자 대원은 치료를 받지 못해 발이 시커멓게 변해가고 있다.

송진혁 일행은 악양골에서 화개골로 들어선다. 대성골과 빗점골로 향하는 계곡으로 향한다. 화개골 계곡을 따라 험준한 계곡이 이어진다. 산을 계속 오른다. 의신마을 가까이 도착한다. 의신마을은 그야말로 화전민 마을이었다. 화개골 제일 높은 곳에 있는 마을이다. 화개 장터에 약초를 팔러 나갈라치면 동이 트자마자 새벽에 출발하면, 점심때쯤에 겨우 화개 장터에 도착한다. 일을 마치고 곧바로 점심때 출발하면, 컴컴한 저녁 늦은 시간이 되어야 돌아올 수 있을 만큼 깊은 계곡 꼭대기에 있는 마을이다. 의신마을도 모두 불타 버리고 집터만 남아 있다. 산골의 농가에 불을 질러 버린 것도 남한의 군인과 경찰이다. 마을에는 개미 새끼 하나 얼씬거리지 않는다. 빨치산들의 근거지를 없애기 위한 남한의 군인과 경찰이 저지른 악행이다. 워낙 깊은 계곡이라서 군이나 경찰도 접근하기도 쉽지 않은 계곡이다.

일행이 대성골로 들어선다. 대성골에서 살아남은 동지가 선두에 서서 길을 안내한다. 지리산을 향해 공격을 해 왔던 대공습의 상황을 말해 준다.

남한군과 미군들은 지리산을 향하여 지상과 공중에서 대대적인 공격을 감행하였다. 지리산 전역을 쥐 잡듯이 작전을 펼쳐 왔다. 남한군들이 펼치는 쥐잡이작전은 지리산으로 숨어든 인민군 유격대를 점점 더 막다른 골목으로 몰아붙인다. 인민군 유격대는 화개골의 가장 험난한 지역인 대성골로 몸을 피했다. 남한군은 대성골에 숨어든 빨치산들을 소탕하기 위한 대대적인 작전을 계속했다. 남한군은 대성골에 빨치산들이 숨어들어 있다는 정보를 입수했지만, 쉽게 접근할 수 없는, 그야말로 험준한 산악 지역이다. 남한군은 대성골로 숨어든 빨치산을 추격하면서 많은 사상자가 발생했다. 남한군들이 빨치산들의 근거지를 발견하여 대대적으로 공격을 해 온다 해도, 대성골 높은 지역에서 시야를 확보한 빨치산들은 인정사정없이 공격을 감행하여 남한군들을 몰살시켜 버렸다. 대성골에 빨치산들이 숨어 있다는 정보를 알고 있으면서도 공격을 감행하면 할수록 남한군의 사상자가 많이 나오고 있다. 많은 사상자가 발생한 남한군 지휘부는 미군에게 공중폭격을 지원 요청한다. 도보로 접근하기 어려운 지역임을 알린다. 미군과 남한군은 대성골을 공략하기 위한 작전을 고민한다. 네이팜탄으로 공중폭격을 해서는 해결할 수 없다는 판단을 한다. 대성골의 넓은 지역을 일시에 공격하려는 고민을 계속한다. 지휘부는 고민 끝에 기상천외한 방법을 쓰기로 한다. 대성골 전역에 불을 지르는 작전이다. 나뭇잎도 이미 떨어져 낙엽이 되어 버렸다. 겨울이라 눈이 내린 지역이다. 곳곳에 눈이 쌓여 있다. 대성골 전역에 불을 지르는 무시무시한 방법밖에 없다. 대성골 전역에 개미 새끼 한 마리 살아남지 못하게 하는 작전이다. 비행기를 통하여 공중에서 대성골 전역에 기름을 뿌린다. 기름을 뿌려서 계곡 전체를 불을 지르는 작전이다. 겨울이라서 계곡 전체에 불을 지르려면 기름을 퍼부어야만 불이 붙을 수 있다고 판단한다. 어지간한 양으로는 불을 지르기가 쉽지 않다. 기름이 들어 있는 드럼통을 비행기에 실어서 기름을 뿌려댄다. 대성골 넓은 지역에 기름이 골고루 떨어지도록 기름을 퍼부어댄다. 기름을 뿌리고 남은 드럼통을 통째로 떨어트린다. 수십 개의 드럼통이 대성골 계곡에 떨어진다. 기름을 공중에서 뿌린 후에는 대성골을 향하여 폭탄을 투하한다. 폭탄도 네이팜탄을 투하한다. 폭탄이 대성골 전체에 연쇄적으로 폭발하도록 한다.

쾅! 쾅! 쾅! 쾅! 쾅…

비행기에서 무차별적으로 대성골을 향하여 폭탄이 투하된다.

대성골이 불길에 휩싸인다.

펑~ 펑~ 펑~ 펑~ 펑….

드럼통에도 불이 붙는다. 대성골 전체가 불길에 휩싸여 드럼통이 계속 폭발한다. 기름이 일시에 사방팔방으로 튀어 오른다. 폭탄의 화력에 기름을 부었으니, 폭발력은 어마어마한 규모로 퍼진다. 타오르는 불꽃 기둥이 하늘로 솟구친다. 활활 타오르는 대성골 계곡은 지옥의 불구덩이로 변해 버린다. 귀가 찢어질 듯한 폭음으로 귀가 먹먹해진다. 매캐한 화약 냄새와 기름 냄새가 코를 찌른다. 기름과 사람 생살을 태우는 고약한 냄새가 숨만 크게 쉬어도 살아 있는 사람의 호흡을 멈춰 버리게 만든다. 나무에도 불이 붙는다. 기름과 사람을 태우면서 나는 검은 연기가 하늘로 계속 솟구친다. 뜨거운 열기가 온몸에 달려든다. 폭탄을 맞은 빨치산들은 몸이 산산조각이 나 버린다. 폭탄 파편과 바위 파편이 순식간에 온몸을 덮친다. 갑작스러운 무차별 공중폭격을 맞아 몸이 공중으로 솟구친다. 그 자리에 털썩 주저앉아 살려 달라고 소리를 친다. 대성골에 은신하고 있던 빨치산들은 도망갈 곳을 찾아보지만, 계곡 전체가 활활 타오르는 불구덩이다. 살아남은 빨치산들도 온몸에 불이 붙었다.

"악! 아! 악~ 아~ 앗~ 뜨거워!"

"뜨거워요! 살려 주세요!"

"엄마!"

대성골은 아비규환의 생지옥이다. 뜨거운 불구덩이에서 살아나려고 발버둥을 치며 소리를 지른다. 계곡물은 꽁꽁 얼어 있다. 엄청난 화기에 얼음 계곡이 녹아내린다. 계곡물이 졸졸졸 흘러내린다. 기름이 둥둥 떠다니며 불길에 계곡물이 부글부글 끓어오르고 있다. 살아나려고 졸졸졸 흐르는 계곡으로 몰려든다. 계곡물도 안전하지 못하다.

"뜨거워요! 살려 주세요!"

온몸에 화상을 입은 부상병들이 살려 달라고 악을 쓰고 있다. 화상만 입은 것이 아니라, 폭탄 파편이 몸을 강타했다. 피부가 화상으로 오그라들고 있다. 활활 타오르는 불구덩이 속에서 몸부림치고 있다. 고통을 참지 못하고 계속 소리를 지르고 있다. 계곡으로 모여든 인민군 유격대는 살려고 물을 찾으며 발버둥을 친다. 죽음의 순간에 인간이 몸부림칠 수 있는 모든 행동을 보인다. 목숨이 붙어 있는 사람은 엉금엉금 기어서 대성골을 벗어나기 위하여 안간힘을 쓴다. 대성골 주변에 있던 동지들이 다친 사람들 곁으로 몰려든다. 상처를 입어 몸부림치고 있는 동지들을 살려내려고 안간힘을 쓴다. 아직 몸이 성한 자들이 달려와 부상당한 동지들을 계속 돌보고 있다.

"악! 아~ 살려 주세요! 엄마!"

살려 달라는 소리는 대성골에 메아리칠 뿐이다.

"동무! 정신 차리세요!"

"인민공화국 만세!"

죽어 가는 인민군들이 인민공화국 만세를 부르며 죽어 간다.

윙~.

하늘에는 여러 대의 비행기가 대성골 하늘을 계속 선회한다.

쾅! 쾅! 쾅! 쾅! 쾅….

비행기를 통한 공중폭격은 인정사정없이 계속된다. 대성골 전체가 더 큰 불길에 휩싸여 활활 타오른다. 대성골에 숨어 있던 빨치산들은 뜨거운 불구덩이에서 살아남으려고 발악을 한다. 그야말로 활활 타오르는 지옥의 불구덩이 속에서 살아나려고 발버둥쳐 보지만, 까맣게 타 죽어 나간다. 살아있는 생명체는 몽땅 몰살을 당한다. 점점 검은 숯 덩어리로 변해 버린다. 잔인한 공격이다. 인간 말살의 살육 현장이다. 대성골에 숨어 있는 사람을 향해 계곡 전체에 불을 질러 버렸다. 인간으로서는 상상할 수 없는 잔인무도한 짓이다. 개미 새끼 한 마리 살아남지 못하도록 불을 지른 것이다. 빨치산들은 불구덩이에서 몸부림쳐 보지만, 헤어 나오지도 못한다. 살아남은 인민군 유격대는 대성골을 피해 사방팔방으로 흩어진다.

남한군들은 활활 타오르고 있는 대성골을 피해 계곡 멀찌감치에서 주시하고 있다. 불길이 점점 잦아들자, 대성골 부근으로 서서히 진격해 오고 있다. 대성골에서 벗어난 인민군 유격대는 남한군과 경찰대를 만난다. 빨치산들을 발견하자마자 총격을 가한다. 인정사정없다. 남한군도 빨치산들을 죽이기 위한 복수심에 불타오르고 있다.

탕탕탕탕탕….

대성골에서 겨우 살아남은 빨치산들도 몰살을 당한다. 수많은 빨치산이 포로로 잡힌다. 남한군의 공격에 살아남은 인민 유격대는 화개골을 벗어나 인근 계곡 속으로 몸을 피한다.

그 당시의 상황을 설명하는 동지는 차마 말을 계속 이어 가지 못한다. 고개를 숙이고 눈물을 흘린다. 송진혁도 눈이 붉어지며 충혈된다.

송진혁 일행이 대성골에 천천히 들어선다. 곳곳에는 아직도 사람 해골이 계곡 곳곳에 방치되어 있다. 타다 남은 나뭇가지가 앙상하게 남아 있다. 숯 토막들이 곳곳에서 나뒹군다. 나무가 타다 남은 것인지, 사람 시체의 뼈다귀가 타다 남은 것인지 분간이 어렵다. 불에 탄 바위도 시커멓게 그을려 있다. 송진혁은 차마 눈을 뜨고 보지 못할 광경에 경악한다. 그 당시의 불구덩이 상황은 어땠을까? 대성골 전체가 몇 날, 며칠 동안 불이 활활 타올랐으리라 여긴다. 짐작이 갈 만큼 곳곳에 숯 토막과 그을린 바위가 그 당시의 상황을 대변해 주고 있다. 얼마나 많은 인민군 유격대가 죽어 나갔을지 짐작이 간다. 그야말로 처절한 광경에 그만 고개가 숙여진다. 인간이 이토록 잔인하단 말인가? 사람이 사람을 죽이려고 혈안이 되어 버리는 것이 전쟁이다. 피도 눈물도 없다. 적을 죽여야만 우군이 살아남는 게임이 전쟁이다. 전쟁의 잔인함은 복수심으로 활활 타오른다. 전쟁은 사람을 죽이는 게임과도 같다.

　대성골에서 발길을 돌려 의신마을 터를 지나 빗점골로 들어선다. 계곡에 흐르는 물줄기를 따라 깊숙이 들어간다. 경사가 급한 계곡이라서 계곡물이 숨어 버린다. 한참을 더 올라가자 다시 계곡물이 나타난다. 빗점골 중에 계곡물이 철철 넘쳐흐르는 곳을 찾아낸다. 계곡을 건너서면 가파른 바위투성이의 험준한 계곡이다. 산 정상 쪽에서 아래쪽으로는 도저히 접근하기도 어려운 가파른 급경사 지역이다. 산 아래에서만 접근이 가능한 요새 지역이다. 산 아래에서부터 적이 접근해 온다 해도 계곡을 건너기가 쉽지 않은 곳을 찾아낸다. 비밀 아지트를 만들기에는 적격의 요지이다. 송진혁 일행과 산에서 만난 인민군 부대는 빗점골에 자리를 잡는다. 식량만 구해 오면 군인이나 경찰이 접근해 와도 얼마든지 격퇴할 수 있는 곳이다. 사정이 불리하면 더 높은 봉우리로 올라가 몸을 피하고, 다른 계곡으로 이동한다는 계획도 세워 놨다. 적과 정면으로 마주치지만 않으면 살아남을 수 있다. 항상 긴장의 끈을 놓치지 않는다.

　전쟁 중에도 많은 병력의 대오를 갖춘 경찰대는 빨치산들을 섬멸하기 위한 작전을 수시로 벌인다. 일시에 대대적인 병력을 투입하여 토끼몰이식 작전을 하지는 않지만, 계속해서 지리산 곳곳을 뒤지면서 빨치산들을 섬멸하기 위한 작전을 해 오고 있다. 특히 보급 투쟁의 여파로 빨치산들이 나타났다는 신고가 접수되면, 즉시 경찰 부대가 수색작전을 벌인다. 송진혁 일행도 이제 몇 명 되지 않는다. 3년간의 전쟁을 치르는 동안에 많은 동지가 죽어 나갔다. 그야말로 끈질긴 생명력을 가진 대원들만 남아 있다.

　송진혁은 북으로 파견한 동지들이 아직도 연락이 없음은 북으로 가는 전략이 실패했다는 것임을 인지한다. 북으로 올라갔다면, 약속했던 대로 지리산으로 연락병을 보냈으리라 본다. 태백산맥을 통하여 북으로 가는 길은 어려웠으리라 본다. 휴전되자마자 전쟁 중에 확보한 현 전선이 휴전선으로 결정되었다. 한 치도 양보 없이 군인들이 철저히 전선을 지키고 있다는 정보다. 그 틈을 헤치고 북으로 올라가는 것은 점점 더 어려워지고 있다고 한다.
　송진혁 일행은 바다를 통하여 북으로 올라갈 방법을 계속 모색한다. 남쪽 해안가 어디를 공략하는 것이 좋을지 계속 고민한다. 지리산까지 다시 내려왔지만, 전쟁 후의 후방 상황은 점점 어려워지고 있다. 지리산에서 버텨 내기도 힘들 정도이니, 후방 세력과 연락이 닿기는 불가능하리라 판단된다. 여수 혁명 사건과 인민군들이 남한을 정복하였을 때에 조직된 후방 좌익 세력들도 모두 등을 돌렸으리라 판단한다. 후방에 있는 좌익들의 도움을 받아야 하지만, 도움을 받을 수가 없다. 지리산에 살아남은 빨치산들은 전쟁이 휴전하였는데도 수시로 경찰대의 대대적인 기습 공격을 피하느라 바쁘다. 지리산에서도 한곳에 머무르지 못한다. 계속 아지트를 이동하고 있다. 지리산에서 가까운 하동이나 산청을 지나서 해안가로 일단 접근해야 한다. 사람들로 북적거리는 부산으로 진입해야 한다는 걸 알지만, 우선 도망 다니기 바쁘다. 경찰대에 포로로 잡혀간 동지들도 배신하고 있다는 정보가 계속 올라온다. 인민군 유격대가 숨어 있는 아지트를 계속 알려 줘서, 오히려 그들을 앞세워 아지트를 급습하는 일이 벌어지고 있다는 것이다. 포로로 잡힌 동지들도 총을 들이대면 살기 위하여 어쩔 수 없이 산속 비밀 아지트를 향해 올라오리라 본다. 포로로 잡히는 빨치산 중에는 수류탄으로 자폭을 하거나, 잡혀가더라도 입을 절대 열지 않고 감옥으로 가는 동지들도 많다. 개중에는 빨치산들이 숨어 있는 곳을 알려 주면 살려 준다는 꼬임에 넘어가 경찰대와 함께 다시 산으로 올라오는 보아라 부대원이 되어 버린다는 것이다. 보아라 부대원이 되어서 산속에 숨어 있는 빨치산들을 향해 회유하는 임무를 수행한다. 여수 혁명 사건 때도 산에 올라온 좌익들을 붙잡아 살려 주는 대신, 별도 부대를 만들어서 산속으로 다시 올려 보내어 인민군 유격대가 숨어 있었던 곳과 숨어 있을 만한 장소를 알려 주게 하였다. 김정규가 산으로 내려가서 자수한 후에 그 일을 했다고 하지 않았던가? 지금도 마찬가지로 보아라 부대와 함께 경찰대를 대대적으로 파견하여 기습 공격을 계속해 오고 있다는 정보이다. 그렇지 않으면 방대한 지리산 속에 꼭꼭 숨어 있는 빨치산들을 발견해 내기란 거의 불가능에 가깝다. 험준한 산악 지역은 접근하기조차 힘들기 때문이다. 접근해 온다해도 무기를 가진 빨치산을 섬멸하기란 어려운 일이다. 산속 높은 곳에서 적에게 발견되기라도 하면 먼저 기습 공격을 당하여 경찰대가 몰살당하기 쉽다.

　송진혁 일행은 빗점골 골짜기까지 경찰 수색대가 접근해 오지 않으리라 여긴다. 긴장을 조금 늦춘다. 그야말로 거대한 물줄기가 흐르는 계곡에는 집채만 한 거대한 바윗돌이 듬성듬성 자리를 잡고 있다. 큰비가 오는 장마철에 지리산 계곡은 무서우리만큼 계곡 물이 엄청난 기세로 흘러내리면서 집채만 한 바윗덩어리가 굴러떨어진다. '우당탕탕 쾅 콰르르 쾅쾅' 하면서 천둥, 번개 치는 소리를 내면서 계곡을 집어삼킨다. 빗점골 계곡 냇물을 건너기만 하면 또 다른 딴 세상에 온 듯 주변 환경이 그야말로 별천지다. 그 주변에는 깎아지른 듯한 돌덩이들이 경사진 계곡을 덮고 있다. 급경사의 계곡 부근에는 물줄기가 산속으로 숨어 버렸다가 다시 솟아나 흐른다. 엉금엉금 기어올라야만 산 정상 쪽으로 접근이 가능한 곳이다. 그야말로 은신처로서는 요새인 곳이다. 사람이 접근하기 힘든 주변 정세다. 계곡물이 흐르는 곳에서 휴식을 취하고 있다. 밤이 되면 계곡물 근처에서 불을 피워도 밖에서는 보이지 않는 곳이다. 안심하고 불을 피워 음식을 해 먹는다. 살아남은 자들은 경찰대의 공격만 없으면 산속에서 어떻게든 살아 나간다. 냇가에서 음식을 해 먹고는 돌덩이로 뒤덮인 계곡을 타고 올라가 비밀 아지트에 몸을 숨긴다. 바위 틈새의 아지트에서 겨울을 지낸다. 송진혁은 전쟁이 터지고 3번째 겨울을 지내고 있다. 밤이 되면 추운 날씨가 이어지지만, 밤이면 불을 피워서 돌을 구워 낸다. 구운 돌을 바닥에 깔고 마른 나뭇가지나 마른 풀을 가져다가 덮어 주면 등을 따뜻하게 해 준다. 그 온기로 밤새 추위를 견디어 낼 수 있다. 산속에서 살아남기 위한 지혜가 계속 축적되어 강추위에도 바위틈 아지트에서 견뎌 낸다. 빨치산들을 수색하러 경찰대가 계곡 근처에 왔다가 빨치산들을 발견해도 손을 쓸 수가 없는 환경이다. 보급을 위하여 민가에 내려가지 않으면 오랫동안 숨어 지내도 걱정 없는 공간이다. 공중폭격만 당하지 않으면 끄떡없는 요새이다. 보급 투쟁으로 얻어진 식량을 산속 깊은 곳으로 운반한다. 비밀 아지트에 숨어 있으면 토벌대가 산속으로 올라와도 무섭지 않다.

겨울이 지나고 봄이 되자 초록이 점점 무성해진다. 산에는 온갖 산나물이 움을 트기 시작한다. 고사리와 취나물이 제법 올라왔다. 각종 산나물도 지천으로 널려 있다. 동지들은 가만히 있지 않는다. 모두가 나서서 산나물을 채취하는 데 공을 들인다. 전쟁 직후어서 민간인 입산 금지가 되었다. 산나물을 채취하러 올라오는 민간인도 발견하지 못한다. 산나물을 채취하여 물을 끓여서 데쳐 낸다. 식사 대용으로 먹는다. 산나물로 허기진 배를 채운다. 봄에 나오는 산나물은 아주 소중한 식량이 되어 준다. 산나물로는 식량으로 만족하지 못한다. 화개골로 보급 투쟁을 나간다. 쌍계사 근처 마을까지 내려가 보급 투쟁을 하여 식량 확보에 성공한다. 식량을 가지고 빗점골로 돌아온다.

쌍계사 인근 마을에서 빨치산들에게 식량을 빼앗겼다는 신고가 접수되었다. 경찰대는 빨치산들을 소탕하기 위하여 병력을 투입한다. 경찰대는 대규모 인원을 동원하여 화개골 계곡을 향해 서서히 수색해 올라가고 있다. 의신마을 터에는 불태워진 집터만 남아 있다. 의신마을을 지나서 빗점골을 향하여 서서히 접근한다. 경찰 수색대가 살금살금 빗점골 계곡 가까이 접근한다. 그야말로 험준한 산악 지대를 발견한다. 지리산 상류에서 발원한 물이 급경사를 만나 세차게 흘러내린다. 계곡을 흐르는 물소리가 주변의 모든 소리를 집어삼켜 버린다. 경찰대가 여러 조를 편성하여 접근해 오고 있다. 계곡에서 흐르는 물소리가 점점 가까워진다. 물소리가 나는 계곡에 접근할수록 긴장감이 높아진다. 빨치산들은 계곡물이 흐르는 계곡 근처에 은신해 있을 수 있다. 빗점골 계곡 물길은 급경사 주변에서는 물길이 숨어 버리다가도 다시 솟아나 큰 물길을 형성하고 있기 때문이다. 주변은 키가 큰 소나무가 울창하다. 땅에는 산죽대가 무릎까지 꽉 들어차 있다. 빨치산이 산죽대 밑에 몸을 숨기고 있다가 갑자기 달려들어 공격해 오면 속수무책으로 당할 수밖에 없는 음산한 곳이다. 경찰대가 산속 곳곳을 수색한다. 깊은 곳은 계속 접근하기도 힘든 곳이다. 산속에 수색하다가 빨치산을 만나면 제대로 습격을 받아 쥐도 새도 모르게 죽어 나간다. 2인 1조를 지어서 산속을 수색한다 해도 빨치산을 만나서 육박전이라도 붙게 되면, 그 자리에서 목숨은 끊어져 버리기 일쑤이다. 소대 단위로 수색작전을 계속 벌인다. 소대 단위로 움직이다가 빨치산이 발각되면, 소대 단위 전체가 빨치산의 공격으로 한꺼번에 몰살되지는 않는다. 빨치산이 발각되면 공중으로 총을 쏘아 위치를 알리거나, 무전으로 연락을 취하여 위치를 정확하게 알린다.

경찰대는 바짝 긴장하여 수색을 멈추지 않는다. 보아라 부대원을 앞세우고 빗점골 아지트를 향해 올라가는 중이다. 경찰대가 걸음을 멈추어 선다. 계곡 쪽에서 인기척이 들린다. 앞서 나가던 경찰이 걸음을 멈추라고 수신호를 한다. 적이 가까이 있다는 신호다. 수신호로 다른 수색조와도 연결하여 긴밀한 협조 체제를 이룬다. 소리가 나는 계곡 쪽으로 더 걸음을 옮긴다. 계곡 부근에서 송진혁 일행을 발견한다.

송진혁 일행은 경찰대가 다가오는지도 모르고 바위에 걸터앉아 담소를 나누고 있다. 계곡을 흐르는 물소리에 주변에서는 큰 소리가 나지 않으면 들리지 않는다. 경찰대가 천천히 걸음을 옮긴다. 뒤따른 경찰대도 함께 걸음을 움직인다. 송진혁 일행이 시야에 들어오자 그 자리에 조용히 앉는다. 산죽대가 은신처가 된다. 인기척만 내지 않으면 보이지 않는다. 산죽대가 바람에 부스럭거린다. 산죽대의 부스럭거리는 소리에도 놀란다. 긴장이 점점 고조된다. 소리를 절대 내면 안 된다. 소리를 내면 적에게 발각되기 때문이다. 누가 먼저 발견하여 총을 쏘느냐에 달려 있다. 먼저 총을 쏘는 자만이 살아남는다. 천천히 자리에 앉아서 송진혁을 향해 총구를 겨눈다. 이런 험한 주변 환경에서는 기습 공격만이 적을 제압할 수가 있다. 조준 사격이 첫발에 빗나가기라도 하면 빨치산을 잡는 일은 허사로 돌아간다. 적은 총소리를 듣고 몸만 숙이고 있어도 찾기 힘들 만큼 큰 바윗돌들이 주변에 널려 있다. 다행히 빨치산이 총구의 조준 사격 범위에 들어온다.

탕! 탕! 탕! 탕! 탕…

총소리가 빗점골 계곡에 인정사정없이 메아리친다. 경찰대 모두가 빨치산들을 향해 조준 사격을 한다. 총구에서 일시에 불을 뿜는다. 총알이 빨치산을 명중시킨다.

"악!"

송진혁의 몸에 총알이 관통한다. 갑작스러운 기습 공격에 몸을 피할 새가 없다. 순식간에 일어난 일이다. 주변에 있던 대원들이 사력을 다해 흩어진다. 계곡 깊은 곳으로 몸을 피한다. 도망치는 빨치산들을 향해 총구는 계속 불을 뿜는다.

탕! 탕! 탕! 탕! 탕…

도망치는 빨치산 몸에 총알이 명중된다. 빨치산이 피를 흘리며 그 자리에서 고꾸라진다. 송진혁과 함께 있던 빨치산도 쓰러진다. 갑작스러운 총소리에 잽싸게 몸을 피한 송진혁 부대원들은 비밀 아지트로 몸을 숨긴다. 경찰 수색대가 더 높은 비밀 아지트로 다가오면 총을 쏠 준비를 한다. 경찰 수색대가 더 올라오면 높은 곳에서 경찰대를 향하여 조준하여 사격하면 백발백중이다. 살아남은 동지들은 총에 맞고 쓰러진 송진혁과 대원들을 구하러 갈 수가 없어 안타깝다. 산속 더 깊은 골짜기로 숨기 바쁘다.

경찰 수색대는 송진혁이 쓰러진 곳 옆으로 총구를 겨누며 천천히 다가선다. 움직임만 있으면 다시 방아쇠를 당길 자세다. 총알이 송진혁 몸을 관통했는지, 피를 흘리며 쓰러져 있고, 움직이지 않는다. 숨이 멎은 듯하다. 송진혁 옆에도 빨치산이 쓰러져 있다. 경찰대는 계속 긴장을 늦추지 않는다. 한쪽에서는 경찰대원이 무전기를 통하여 빨치산을 사살하였다는 보고를 한다. 무전 연락을 받은 경찰 수색대가 속속 모여든다. 경찰 수색대는 주변 경계를 철저히 한다. 경찰대는 계곡물이 흐르는 건너편 빗점골 능선을 바라본다. 바위투성이의 계곡이 급경사로 되어 있다. 바위 위를 지나서 빨치산을 섬멸하기 위해 더는 진격이 어렵다고 판단한다. 살아남은 빨치산들은 적이 쫓아오지 못하도록 험준한 계곡 쪽으로 도망을 쳤으리라 예상한다. 계곡을 향하여 더 진격하기는 너무나 험준한 지형이다. 경찰대는 더 이상의 수색은 포기하고 빗점골을 내려온다.

45
치매

산동 지역은 반란 사건 때 반란군들과 진압군 간의 치열한 싸움으로 다른 지역보다 훨씬 많은 사람이 죽어 나간 곳이다. 반란군과 진압군들도 많이 죽어 나갔지만, 산동 주민들도 반란군들이 총을 들이대는 바람에 짐을 산으로 지고 올라가서 돌아오지 못하고 죽어 나간 주민들도 많다. 반란군들에게 협조하였다고 좌익으로 몰려서 진압군들에게 억울하게 죽어 나간 남자들도 많다. 반란군들을 잡기 위하여 진압군들에 의하여 산간 마을에 불을 질러 버렸다. 그야말로 산간 마을이 초토화되어 버렸다. 반란군들을 소탕한다고 산간 마을 주민들은 면 소재지 인근으로 모두 철수를 당했다. 그 여파로 인하여 많은 피난민이 생겨나서 면 소재지 인근 마을과 교회 마당에까지 움막이 생겨서 교회에서 돌보고 있다. 반란 사건이 진압되고 대부분의 주민은 다시 산간 마을로 돌아갔지만, 집으로 돌아가고 싶어도 돌아갈 집이 없는 사람들이다. 남편이 죽는 바람에 새집을 짓고 싶어도 엄두가 나지 않는다. 부인과 어린아이들만 있는 상황에서는 집보다는 타지로 나가는 사람들이 점점 늘어나고 있는 형편이다. 반란 사건 후 집이 없어진 사람들의 피난처가 되어 준 교회 마당은 여전히 천막으로 가득 차 있다. 산동 산간 마을 주민들의 안식처가 되어 준다. 반란 사건의 여파가 채 가시기도 전에 전쟁이 일어났다. 전쟁이 일어나고 인민군들이 남으로 계속 내려오고 있다는 것이다.

펑… 펑… 펑….

대포 소리가 점점 가까이 들려온다. 피난민들이 밤재를 넘어서 산동으로 내려온다. 피난민들이 산동을 계속 지나간다. 인민군들이 점점 내려오고 있다고 한다.

추상윤 목사는 피난하러 가야 할지, 말아야 할지 고민한다. 생사가 달린 문제이다. 교회에서 혼자서 간절히 기도한다. 공산당들이 북한에서 종교를 아편이라 하여 기독교 목사들을 처형하였다는 소식은 익히 들었던 터다. 전쟁 전에도 공산당의 처형을 피하려고 순교를 한 목사들도 많지만. 공산당을 피해 남으로 내려온 목사와 교인들도 많다는 소문을 들었다.

교회 마당에는 반란 사건 후에 교회에서 피난살이를 하는 주민들과 어린아이들이 아직 남아 있다. 나 혼자 살겠다고 피난하러 가야 할지. 교인들을 놔두고 피난하러 간다는 일에 고민을 계속 해 왔다. 나 혼자 살겠다고 양 떼를 두고 목자가 피난 가는 일이 옳은 일인가? 어떠한 고난이 닥치더라도 교인들을 버리고 피난 갈 수는 없는 일이다. 교회 마당 천막에서 겨우 목숨을 부지하고 있는 사람들을 두고 어떻게 피난을 한단 말인가? 추 목사는 기도하면서 결심을 한다. 공산당이 들이닥친다 해도 하나님께 모든 걸 맡기고 버텨 보기로 한다. 죽으면 죽으리라, 공산당과 맞서기로 다짐을 한다.

인민군들이 총을 들고 교회로 들이닥친다. 추 목사가 교회 앞에 당당히 서서 공산당과 마주한다. 교회 곳곳을 뒤지며 수색을 한다. 교회 안에는 수십 명의 아이가 남아 있다. 공산당들은 종교를 인정하지도 않지만, 갈 곳이 없는 산동 주민들과 아이들을 아직도 돌보고 있는 추 목사를 반동분자로 몰고 가지는 않는다. 인민군 지휘관은 산동교회의 현재 상황에 대해 보고를 받는다. 반란 사건이 난 후의 산동 사정을 듣게 된다. 반란군을 잡기 위하여 산동 지역의 산간 마을을 몽땅 불태워 버렸다는 진압군의 횡포에 치가 떨린다. 아무리 반란군들을 잡기 위한다는 핑계로 어떻게 인민들이 사는 마을을 몽땅 불태워 버린단 말인가? 그 와중에 산동교회에서 주민들에게 보살핌을 베풀어 준 것에 대한 미안함과 감사에 저절로 머리가 숙여진다. 지휘관은 불쌍한 주민들을 계속 돌볼 수 있도록 오히려 산동교회를 지원하도록 명령한다. 추 목사를 그동안의 노고에 인민의 영웅으로 치켜세운다. 추 목사는 다행이라고 여기며 불안한 마음을 내려놓는다.

인민군들과 좌익들은 이제 곧 남한 전체를 해방할 거라며 큰소리치면서 떵떵거리며 활보를 한다. 좌익들도 활개를 치며 돌아다닌다.

인천상륙작전의 성공 소식이 들려온다. 그 여파로 인민군들이 하루아침에 북으로 도망하기도 하고, 산속으로 들어가 버렸다. 인민군들이 철수하면서 교회와 추 목사에게 해코지는 하지 않는다. 전쟁 중이라 인민군들이 총을 들이대는 바람에 강제로 짐을 짊어지고 산속으로 연행되어 간 산동 주민들은 더 늘어났다. 산속으로 인민군들과 함께 올라간 남자들의 소식이 없다. 주민들은 인민군들에게 붙잡혀 내려오지 못하고 있다.

인민군들이 물러나고 국군과 미군들이 들이닥친다. 도망을 쳤던 순경들이 다시 지서를 장악한다. 공산당의 세력이 물러간 후에 좌익 편에 섰던 자들을 잡아들이기 시작한다. 38선 부근에서는 아직도 치열하게 전쟁 중이지만, 밤이 되면 수시로 빨치산이 된 인민군들이 산간 마을로 수시로 내려온다. 산동 주민들에게서 식량과 각종 물품을 뺏어 가며 주민들을 괴롭히고 있다. 국군은 갑자기 인민군들을 몰아내는 쥐잡이작전을 한답시고 다시 산간 마을로 돌아간 주민들을 다시, 면 소재지 인근 마을로 모두 철수시킨다. 반란 사건 때보다도 더 엄하게 주민들을 몰아세운다. 반란 사건 때처럼 갈 곳이 없는 산간 마을 주민들은 교회 마당으로 다시 돌아온 셈이다. 교회 마당에는 임시 천막이 점점 더 늘어난다. 부모를 잃은 아이들도 점점 더 늘어만 간다. 추 목사는 고아들과 갈 곳이 없어 교회로 모여든 피난민들을 위한 구제 사업에 열을 올린다. 추 목사는 반란 사건 후에 교회 마당에서 신세를 졌던 복자를 다시 불러들인다. 교회에서 아이들을 돌보는 일에 협조하도록 당부를 한다. 복자는 팔을 걷어붙이고 교회에서 온종일 아이 돌보는 일에 헌신한다. 복자는 반란 사건 때부터 신세를 진 교회에 빚을 갚고 싶은 마음이 간절하다. 집도 불타고 갈 곳이 없던 식구들을 돌봐준 곳이 교회였다. 반란군을 따라 산으로 올라갔던 정규를 자수시킨 것도 추 목사이다.

전쟁이 끝났는데도 산동의 산간 마을은 출입이 계속 금지되고 있다. 산속에 숨어 지내는 빨치산을 잡기 위하여 계속 작전 중이다. 반란 사건 때보다 더 엄하게 산동 주민들을 철저히 통제한다. 빨치산들이 밤에 내려와 산간 마을 주민들을 압박하여 식량을 조달하지 못하도록 고립시켜 버리는 작전을 하는 중이다. 도로와 산간 마을은 개미 새끼 한 마리 얼씬거리지 못하게 하고 있다. 산동 전 지역 도로 곳곳에서는 군인과 경찰이 철저한 통제를 하고 있다. 특별히 허가를 받아야만 왕래가 가능하다. 그야말로 모든 생활 자체가 어렵게 되어 버렸다. 산간 마을 주민들은 강제적으로 면 소재지 인근 마을로 분산 수용되고 있다. 특히 면 소재지인 원촌마을은 장터와 교회 부근에 많은 천막이 추가로 들어섰다. 각 가정의 마당과 헛간에도 산간 마을 사람들이 임시로 지내고 있는 형편이다. 갈 곳이 없는 사람들은 냇가에도 곳곳에 임시 천막을 치고 살아가고 있다. 교회 마당에는 움막이 반란 사건 때보다 더 늘었다. 발 디딜 틈이 없이 임시 천막 속에서 사람들이 살아가고 있다. 살아가는 것이 아니라, 겨우 버텨 내고 있다.

미국이 경제원조 계획에 의하여 보내온 무상 식량이 한국에 도착한다. 산동교회에도 구호 식량이 주어진다. 우윳가루와 옥수숫가루가 지원된다. 우유와 옥수숫가루를 가마솥에 끓여서 아이들에게 먹인다. 하지만 정작 교회에 있는 사람들의 숫자에 비해서는 턱없이 부족하다. 교인들이 십시일반으로 식량과 채소, 과일을 가져와 배고픈 아이들에게 먹이고 있다.

부모가 없는 아이들도 있지만, 산간 마을에 살던 주민 중에는 아버지가 전쟁 통에 죽고, 집은 불타 없어져 버린 사람들이 많다. 엄마와 아이들만 남은 상태다. 돌아가고 싶어도 돌아갈 집도 없다. 돌아가려면 집을 새로 지어야 할 형편이다. 군인들이 빨치산들을 잡기 위하여 마을을 통제하여 어쩔 수 없이 면 소재지인 원촌마을로 쫓겨난 사람들이다. 살아남은 엄마와 함께 갈 곳이 없어 교회에서 근근이 버티는 중이다. 아이들 엄마들은 교회 마당 모퉁이에서 음식을 장만하거나 들에 나가서 일하느라 분주하게 움직이고 있다. 그 사이에 아이들은 복자를 비롯하여 서너 명의 선생들이 돌보고 있다.

산동교회는 어린아이들로 북새통이다. 그야말로 수십 명의 아이가 복자를 따라다닌다. 한쪽에서는 우는 아이도 있어서 아이들의 울음소리에 교회는 시끌벅적해진다. 선생님들이 아이들을 부르는 소리, 아이들의 울음소리, 아이들을 달래는 소리…. 교회는 그야말로 혼란스럽다. 식사 시간이 다가오자 복자가 큰 소리로 아이들을 불러 모은다.

"자, 이리로 와서 줄 맞춰 섭니다!"

복자의 카랑카랑한 목소리가 아이들을 불러 세운다. 아이들은 우르르 복자 앞으로 몰려든다. 초롱초롱한 눈망울로 선생님 말씀에 귀를 기울인다. 아이들은 항상 배가 고프다. 허기진 배를 채워야 할 시간을 귀신같이 알아차린다. 식사하려면 선생님의 말씀을 잘 들어야 한다. 그나마 조금씩 주는 식사를 받아먹기 위하여 아이들의 시선은 온통 선생님에게 쏠려 있다. 죽을 그릇에 받아서 허겁지겁 먹어치운다.

전쟁이 길어지고 있다. 복자는 산동교회에서 아이들을 돌보는 일로 바쁘게 보내고 있다. 반란 사건 때에도 교회에 신세를 진 복자는 일손이 부족한 교회에서 살다시피 하며 밤낮으로 아이들과 함께한다. 교회는 수많은 아이를 돌볼 선생님이 부족하다.

절골댁의 환갑이 다가온다. 집안은 아직도 뒤숭숭하다. 전쟁 중에 남편이 공산당에게 죽고, 아들 둘도 연이어 잃었다. 절골댁은 누워 있는 시간이 점점 길어진다. 한약을 달여 먹이고 기를 보충

해도 절골댁은 점점 생기를 잃어가고 있다.

　인철이 백경과 읍내 다방에서 만난다. 이종사촌지간이지만 서로 바쁘게 살아가느라 만날 기회는 자주 없었다. 차를 마시며 서로의 근황을 주고받는다. 백경은 고모는 잘 계시는지 안부를 묻는다. 인철은 절골댁의 건강이 점점 나빠지고 있음을 알린다. 전쟁 통에 가족들이 죽어 나가는 바람에 아직도 그 슬픔에서 벗어나지 못하고 있다고 전한다. 그런 여파도 있고 해서, 절골댁의 환갑잔치를 거나하게 치를 계획이라고 말한다. 백경에게 특별히 절골댁의 환갑잔치에 공연을 부탁한다. 백경은 인철의 부탁을 흔쾌히 수락한다.

　공연하려면 미리 연습이 필요하다. 율객들을 모아야 한다. 구례는 판소리를 잘하는 소리꾼도 많이 배출한 고장이다. 특히 백경은 악기 연주에 남다른 재주를 가지고 있다. 특히 거문고와 단소를 다루는 솜씨가 남다르다. 절골 백경의 집으로 율객들이 모여든다. 인철도 함께한다. 잔칫날 공연할 연주곡을 미리 연습한다.

　환갑잔칫날이 점점 다가오자, 음식도 거나하게 미리 장만한다. 환갑잔치인 만큼 경자는 음식도 다른 때보다 더 많이 준비하고 신경을 쓴다. 환갑잔치 상에 올릴 음식을 미리 준비해야 한다. 집안 친척들이 하나둘 모여든다. 한과를 만드는 일은 몇 날 며칠이 걸리는 음식이다. 잔치 전날이다. 마당에서 집안 여자들이 전을 부치느라 부산하다. 남자들은 돼지를 잡느라 시끌벅적하다.

절골댁의 환갑잔치가 벌어진다. 집안 친척들이 모여든다. 소작
인들과 마을 사람들도 모여든다. 절골의 백경이 고모의 잔치에 구
례에서 활동하고 있는 율객들을 모두 불러들였다. 백경은 심신이
나약해진 고모의 환갑잔치에 공연으로나마 축하하는 자리를 마련
하자고 한 것이다. 백경도 음악을 하고 있고, 인철도 제법 악기를
다루는 솜씨가 있다. 구례는 국악을 하는 분들과 판소리를 하는
분들이 많이 활동하고 있는 고장이다. 절골 수오당에서 가끔 모이
는 율객들이라 쉽게 연락이 닿았다. 고모 집의 우람한 저택은 연
파마을의 가장 높은 곳에 있다. 연락을 받은 율객들이 대문 안으
로 들어선다. 한복으로 곱게 단장한 차림이다. 백경도 마당에 들
어선다. 광의면 고모 집은 절골의 수오당보다 더 우람하다. 저택의
처마가 하늘을 찌른다. 절골 수오당보다 더 우람한 저택에 눈이
휘둥그레진다. 어느 절간에 들어온 듯한 분위기다. 저택 마당에서
바라보는 풍광이야말로 절경이다. 광의와 용방을 아우르는 수십
만 평의 중방들 넓은 들판이 한눈에 들어온다. 누마루에서 율객
들이 자리를 잡는다. 마당에 잔칫상이 차려지고 절골댁도 한복을
곱게 입고 앉아 있다.

집안에 사람들이 계속 몰려든다. 소작하는 사람들도 선물꾸러
미를 들고 마당으로 들어선다. 달걀, 과일, 술을 들고 와서 김 서
방에게 전달한다. 김 서방은 선물꾸러미를 잔칫상에 올려놓는다.

한복을 곱게 차려입고 앉아 있는 절골댁에게 축하 인사를 건넨다. 아들과 며느리들이 한복을 곱게 차려입고 일렬로 서 있다. 절골댁에게 큰절을 올린다. 손자들도 할머니에게 큰절을 올린다. 환갑기념으로 가족 모두가 모여서 사진을 찍는다.

넓은 마당에는 덕석이 깔리고, 하객들이 모여 앉는다. 술상에 음식을 올려놓고 주거니 받거니 술잔이 오고 간다. 환갑잔칫날에 모두가 배부르게 먹고 마시는 분위기다. 화창한 날씨와 더불어 잔칫집은 분위기가 한층 고조된다.

삘리리 리리 릴리~ 퉁뚜둥 따당당~ 당당당당~

누마루에서 풍악이 울려 퍼진다. 거문고, 가야금, 세피리, 대금, 해금, 단소, 장고가 어울려 합주가 시작된다. 구례향제줄풍류 소리가 울려 퍼진다.

우람한 저택은 두둥실 바람을 탄다. 풍악 소리에 새들도 신이 나서 힘차게 날아오른다. 풍악 소리는 바람을 타고 멀리멀리 퍼져나간다. 어디에서도 쉽게 들어보지 못한 음악 소리다. 마당에 모여 있는 많은 사람이 풍악 소리에 흥이 저절로 난다. 인철도 율객들 사이에 함께 앉아 대금을 불고 있다. 볼이 씰룩거리며 대금을 불어댄다. 백경도 단소를 율객들 사이에 앉아서 불어대고 있다. 장구 소리와 거문고 소리도 퉁퉁거리며 박자를 맞춘다. 은은하고, 유유자적하다가, 밝고 화창한 소리로 이어진다.

절골댁도 악기 연주 소리에 기분이 좋아진다. 절골댁은 풍악 소리에 신이 나서 덩실덩실 춤을 추고 싶은 심정이다. 오랜만에 집 안이 풍악 소리로 가득해지자 그동안의 시름을 모두 날려 보내고 있다. 근심 걱정이 모두 훨훨 날아갔으면 한다. 절골댁도 오랜만에 웃음을 짓는다. 소리꾼들이 나선다. 춘향가를 부르며 잔치에 흥을 돋운다. 고수가 먼저 북채를 쥐고 신호를 보낸다.

두둥~ 탁!

백백홍홍난만중 백백홍홍난만중. 어떠한 미인이 나온다. 해도 같고 달도 같은 어여쁜 미인이 나온다. 저와 같은 계집아이와 함께 그네를 뛰랴 허고 녹림 숲속을 당도 허여 휘늘어진 벽도가지의 휘휘 칭칭 그네 매고, 섬섬옥수를 번뜻 들어 양 그네 줄을 갈라 쥐고 선뜻 올라 발 구를 제, 한 번을 툭 구르니 앞이 번뜻 높았고 두 번을 툭 구르니 뒤가 번뜻 솟았네. 난만도화 높은 가지 소소리 쳐 툭툭 차니 춘풍취화 낙 홍설이요. 행화습의 난홍무라. 그대로 올라가면 요지황후를 만나 볼 듯. 그대로 멀리 가면 월궁항아 만나 볼 듯. 입은 것은 비단이나 찬 노 리개 알 수 없고 오고 간 그 자취 사람은 사람이나 분명한 선녀라. 봉 을 타고 내려와 진루의 농옥인가. 구름 타고 올라간 양대의 무산선녀 어찌 보면 훨씬 멀고 어찌 보면 곧 가까워. 들어갔다 나오는 양 연축 비화낙무연. 도련님 심사가 산란허여.

"이 애, 방자야! 저 건너 녹림 숲속에 울긋불긋 오락가락허는 게 저게 무엇이냐?"

"아니 무얼 보란 말씀이오? 소인 놈 눈에는 아무것도 안 보이오."

"네 이놈! 이리 가까이 와서 내 부채발로 보아라."

"부채발이요? 도련님! 부채발은 말고요, 미륵님 발로 보아도 안 보이요?"

"네 이놈! 자세히 보아라!"

"아, 금매 자시는 말고 축시에 보아도 안보인단 말이요!"

"옳지 저기 올라간다. 올라가. 내려온다. 내려와!"

"아! 도련님! 그것이 다른 것이 아니오라, 병든 솔갱이가 깃 다듬느라고 두 날개를 척 벌리고 움쑥움쑥허는 걸 그걸 보고 말씀이요?"

"네 이놈! 내가 병든 솔갱이를 모르겠느냐? 어서 똑똑히 보아라!"

"옳지, 저기 들어간다, 들어가. 나온다. 나와."

마당에 모인 사람들은 소리꾼의 소리에 푹 빠진다. 얼굴은 온통 웃음꽃이다. 환갑잔치 마당에서 소리꾼의 소리로 귀가 호강을 하고 있다. 소리꾼의 창 소리에 어깨가 들썩인다.

한복을 곱게 차려입은 여자들이 누마루에 늘어선다. 곡이 연주되자 육자배기를 목청껏 뽑아낸다. 환갑잔치 분위기는 점점 고조된다.

산이로구나 헤~

백초를 다 심어도 대는 아니 심으리라 살대 가고 젓대 우니 그리나니

붓대로다 어이타 가고 울고 그리는 그대를 심어 무엇 헐 거나 헤~

연당호 밝은 달 아래 채련하는 아이들아 십리장강 배를 띄우고 물결이
곱다고 마러라 그 물에 잠들 용이 깨고 나면 풍파일까 염려로구나 헤~

사랑이 모두 다 무엇인지 잠들기 전에는 못 잊것네 잊으리라 잊으리라
벼개 베고 누웠으나 내 눈에 얼굴이 삼삼하여서 나는 못 잊것구나 헤~

절골 외갓집을 자주 드나들던 인철은 백경과 함께 음악을 하는
동지가 되었다. 인철이 읍내 사람들과 어울리는 시간이 점점 많아
진다. 절골 수오당에서 율객들과 함께 줄풍류를 합주하기도 하고,
소리꾼이 한바탕 벌이는 판소리를 듣는 일도 신나는 일이다. 백경
이 읍내 중학교에서 아이들을 가르친다. 중학교에서 근무하는 백
경의 추천으로 인철도 읍내 중학교 선생을 하게 된다. 인철은 아
이들을 가르치는 일이야말로 중요한 일이라 여기고 있던 참이다.
인철은 해방 전에도 광의 장터 국민회관에서 야학을 운영했었다.
일본 유학 생활도 그만두고, 만주까지 달려가 독립군 활동을 하다
가 몸을 다쳐서 되돌아왔지만, 일제 경찰의 서슬 퍼런 압박 속에
서도, 대전교회 야학에서 비밀리에 숨죽여 가며 아이들에게 한글
을 가르쳤던 일이 생각난다. 해방 후에도 광의 장터 국민회관에서
도 중학교에 진학하지 못한 아이들에게 중등과정을 가르쳤다. 아
이들이야말로 미래의 자산이다. 인철은 읍내 중학교에서 아이들

을 가르치는 일에 팔을 걷어붙인다. 인철은 학교에서 아이들을 가르치는 일이야말로 즐거운 일이다. 읍내까지 걷거나, 자전거를 타고 가야 하는 먼 길이지만 즐겁게 학교로 출근한다.

광의면에 양조장이 새로 들어선다. 강진태가 운영하던 기존 양조장은 오랫동안 방치되어 폐허가 되어 버렸다. 가족들은 반란 사건 중에 야반도주한 후에 전쟁이 끝나도 돌아오지 않는다. 읍내에서 온 서상문은 연파리로 올라와 양조장 장소를 물색한다. 면 소재지인 연파마을에 도로를 낀 넓은 장소를 물색한다. 새 양조장은 면사무소 옆에 넓은 면적을 확보한다. 공사를 시작하여 양옥으로 지은 근사한 별채 2층 집이 완공된다. 한옥 안채 마당에는 깊은 우물 샘을 팠다. 도르래를 설치하여 술을 담그는데 필요한 맑은 물을 길어 올린다. 샘 옆에는 일본식 정원까지 갖추어 각종 나무와 꽃이 만발한다. 광의 양조장이 완공되자 구경거리가 될 만큼 명소가 된다. 양조장을 구경하려고 사람들이 모여든다. 아래채에는 막걸리 제조 공장이 자리를 잡는다. 어른 키만 한 수십 개의 항아리에서 술 익는 냄새가 코를 찌른다. 막걸리 주문이 들어오자, 말이 끄는 수레에 막걸리 통을 가득 실어서 각 마을로 배달한다. 양조장 뒤편 천은천 백사장에는 말을 매어 놨다. 말을 구경하는 사람들도 점점 늘어난다.

정기훈은 지서로 출두하라는 통보를 받는다. 서둘러 기훈이 지서로 들어선다. 기훈이 지서에 앉아 있다. 기훈은 몸이 점점 쇠약해진다. 고향으로 돌아온 기쁨도 잠시뿐이었다. 마음이 영 편치가 않다. 휴전협정이 되어 북에서 남으로 살아 돌아온 포로 모두를 거제도에 수용시켰다. 그곳에서도 얼마나 간첩 혐의로 시달렸는지, 아직도 악몽을 꾸고 있는 것만 같다. 고향에서도 마찬가지일 거라는 생각을 가지고 지서에 출두하였다. 기훈이 긴장한 얼굴로 앉아 있다.

박 형사가 앉아서 기훈의 인적사항을 훑어보고 있다. 박 형사의 눈빛이 예사롭지가 않음을 느낀다. 또 어떤 조사를 할 건지 긴장된다. 박 형사가 기훈의 얼굴을 천천히 바라본다.

"집에 돌아온 지 며칠 됐지?"

박 형사의 말투가 퉁명스럽다. 기훈은 긴장한 채 대답한다.

"보름 지났습니다."

"그동안 집에만 있었나?"

"예. 집에만 있었습니다."

기훈의 대답이 영 시원치가 않다. 박 형사가 기훈을 바라본다. 기운이 없어 보인다.

"몸은 어떤가?"

박 형사는 기훈을 바라보면서 건강 여부를 묻는다.

"점점 좋아지고 있습니다."

"아…."

박 형사는 무슨 말을 하려다가 머뭇거리며 뜸을 들인다. 전쟁에서 살아 돌아온 사람 아닌가? 북한 땅 포로수용소에서 살아 돌아온, 집념이 강한 사람으로 보인다. 그렇지만 요시찰 인물이 되어 계속 감시를 해야 할 인물이다. 상부의 지시에 의하면 간첩으로 치부하라는 것이다. 간첩으로 여기고 감시를 철저히 하라는 지시다. 전쟁이 끝났지만, 지리산 속에는 아직도 빨치산들이 활개를 치고 있다. 전쟁 중에 쥐잡이작전으로 산속에 있는 빨치산들을 일망타진했다고 하지만, 아직도 가끔 빨치산들이 마을에 출몰하고 있다는 보고가 계속 올라온다. 구례 지역은 지리산과 인접해 있어서 산에서 내려온 빨치산들이 산간 마을로 접근하여 먹을 것을 강탈해 가는 사례가 수시로 나타나고 있다. 빨치산들을 잡기 위한 작전이 수시로 벌어진다. 빨치산들은 경찰들을 수시로 괴롭히고 있다. 가끔 빨치산들이 경찰서에 잡혀 오는 사례도 생기고 있다. 구례는 빨치산이 출몰하는 지역이라서 사상이 의심되는 인물들을 더욱더 철저히 감사하라는 명령이 하달된 상태이다.

전쟁이 끝나서 북에서 내려온 포로들을 거제도 외딴 섬에 가두어 뒀다가 철저한 검증을 통해서 풀어 주었다. 북에서 풀려난 포로들은 무조건 사상이 의심되는 자들로 간주한 것이다. 고향으로 돌려보내 주었지만, 빨치산들과 내통하는지 철저히 감시하라는 것이다. 언제, 어디서 빨치산들과 수작을 부릴지 모른다는 것이다. 기훈은 사상이 의심되는 위험인물로 낙인이 찍혔다. 기훈의 몰골을 보니 인정을 베풀고도 싶지만, 박 형사는 기훈에게 전달할 사항을 검토한다.

"당신은 타지로 출타를 할 때는 지서에 미리 신고해야 한다, 경찰의 허락을 받을 때만 출타를 할 수 있다. 알겠나?"

박 형사는 아주 강압적으로 기훈을 죄인 대하듯이 한다. 기훈은 저항도 하지 못한다. 저항해 봤자 씨알도 안 먹힌다는 걸 알기 때문이다. 거제도 용초도에서 귀환한 포로들을 향해서, 견디기 힘든 고문과 자백을 강요받았던 기억을 떠올린다. 사실대로 대답해도 소용없는 일을 경험했다. 나는 사상 교육을 받지 않았고, 간첩이 아니라고 항변을 계속해도 결국에는 '빨갱이 새끼!'라고 내뱉은 조사관 음성이 생생할 뿐이다. 그 고문과 억지 자백으로 많은 군인이 자살하여 죽어 나갔던 일이 생각난다. 고향 지서에서 기훈에게 대하는 이 정도 강압쯤이야 견딜 만하지 않은가?

"예."

기훈은 기운도 없다. 대답도 우렁차지 못하다. 박 형사는 그런 기훈이 못마땅하다.

"만약에 지서에 알리지 않고 타지에 갔다가 적발되면, 당신은 사상범의 딱지를 벗지 못한다. 반드시 신고하고 가야 한다. 알겠나?"

"예."

"수상한 사람들과 접촉해도 즉시 보고해야 한다. 만약에 신고하지 않았다가 발각되면 가중 처벌되어 즉시 감옥으로 보낼 수 있다는 것을 항상 명심해라. 알겠나?"

"예."

"당신이 수상한 짓을 하면, 바로 간첩으로 간주해서 즉시 감옥으로 가야 한다는 걸 명심해라. 알겠나?"

"예."

기훈은 박 형사의 계속되는 명령에 주눅이 들어 버린다. 기어들어 가는 목소리로 마지못해 대답한다. 경찰의 강압적인 질문에 계속 대답을 하면서도 기훈은 기분이 나쁘다. 타지를 가더라도, 누구를 만나고 왔는지, 무슨 일을 하였는지, 경찰에 보고해야 한다. 외부 사람을 만나는 것도 안 된다고 하니, 참으로 어이가 없다. 기훈은 국가를 위해서 목숨을 걸고 전쟁에 참여했던 몸이다. 오로지 조국을 위해 인민군과 중공군을 물리치기 위하여 압록강까지 진격했던 몸이다. 전투 중에 얼마나 많은 전우가 죽어 나갔던가. 그야말로 조국을 위해 몸을 바친 사람을 환영해 주고 용기를 주지는 못할망정, 포로수용소에서 살아 돌아왔다는 것 하나만으로 사상범으로 취급하는 상황을 견딜 수가 없다. 기훈은 박 형사의 말을 듣자, 슬슬 화가 올라온다. 거제도 섬에서도 그렇게도 사상을 의심했는데, 고향에 와서까지 의심을 하고 있다고 생각하니 화가 난다. 고향으로 돌아왔지만, 손발을 묶어 놓을 속셈이다. 타지로 갈 일도 없지만, 계속 감시를 받고 있다고 생각하니 억울하다. '나는 조국을 위해 목숨을 바치며 전투에 참여한 사람입니다. 나라를 위해 공산당을 무찌른 사람입니다.' 그런 생각이 머릿속에서는 뱅뱅 돌지만 참아낸다. 화가 머리끝까지 솟아오르지만, 참아내야 한다. 그저 이 상황을 묵묵히 받아들여야만 한다. 언젠가는 내 마음을 알아주리라 믿는다.

보름달이 환하게 비추고 있다. 기훈은 고향 하늘에서 보름달을 쳐다보니 눈물이 찔끔 난다. 가슴이 아려 온다. 압록강변 포로수용소에서 보름달을 보았던 순간을 떠올린다. 수용소에서는 항상 배가 고팠다. 겨울에는 살을 에는 듯한 극심한 추위와의 싸움이었다. 포로들은 밤새 추위에 오돌오돌 떨다가 견디지 못하고 죽어 나갔다. 아침만 되면 포로들의 시체가 늘비했다. 밤이 되면, 이 밤을 잘 견디게 해 달라고 그야말로 죽음의 사선에서 살아남기 위한 몸부림을 쳤다. 오로지 목숨을 부지하기 위하여 달을 쳐다보며 얼마나 서럽게 울었던가. 전쟁의 기구한 운명 한가운데 서 있는 자신이 초라하고 불안하였다. 달을 보면서 눈물을 머금으며, 얼마나 하나님께 기도를 드렸던가? '하나님 저를 살려 주십시오. 내일이면 목숨이 어떻게 될지도 모를 일입니다. 저는 오직 하나님만 믿습니다.' 오로지 살아서 고향에 돌아가야 한다는 신념뿐이었다. 고향에 있는 처자식과 어머니를 그리며 견디어 냈다.

고향에서 바라보는 보름달이 유난히 빛나고 있다. 잠시나마 고향 하늘의 보름달을 바라보면서 여유를 가져 본다. 오늘따라 보름달이 유난히 밝게 빛나고 있다. 고향으로 살아 돌아왔지만, 기훈은 간첩으로 몰려서 억울한 누명을 쓰고 있다. 멍하니 앉아서 긴 한숨을 쉬는 날이 점점 길어진다. 자신의 현재 모습을 생각하면 너무 서럽고 억울하기만 하다. 조용히 묵상 기도를 하는 것만이 위안을 가져다준다. '하나님. 저를 살려 주신 것 감사합니다. 저를 이 고통 속에서 빠져나올 수 있는 길을 허락하여 주시옵소서. 저는 간첩이 아닙니다. 저를 지켜 주시옵소서.’ 기도하고 나서도 기운이 없다. 초라하기 그지없다. 견디기 힘든 날의 연속이다.

만식과 기훈이 장정지 당산나무 아래에 서 있다. 만식과 기훈은 전쟁을 피해서 부산으로 함께 피난하였다. 부산에서 갑자기 기훈이 초량동 뒷산 움막으로 돌아오지 않자, 만식은 별별 생각을 다 하고 있었다. 전쟁 통에 죽었는지, 살았는지? 전쟁이 끝나고 기훈이 살아 돌아왔다는 소식을 듣고 뛸 듯이 반가웠다. 기훈이 전쟁 중에 군인으로 잡혀갔다가, 포로가 되었다는 소식이 무척 궁금하던 차다.

“기훈아, 군인으로 잡혀갔다가 포로가 되어 살아 돌아왔다니 고생 많았다. 부산에서 어떻게 된 거야?”

“말도 마시오. 부산 영도다리를 구경하기 위하여 시청 앞을 지나가는데, 군인들이 쫙 깔려 있더라고요. 몸이 성한 젊은 사람들을 무조건 붙잡더라고요. 고향에 처자식이 있다고 해도 소용이 없더라고. 신분이 확인되는 대로, 그 자리에서 군인들에게 붙잡혀서 끌려간 거여요. 성에게 연락하고 싶어도 갑자기 일어난 일이라서 연락할 수가 없었어요.”

“그랬구나. 나는 너를 얼마나 기다렸는데. 갑자기 아무 연락도 없이 움막으로 돌아오지 않아서 별별 생각을 다 했거든. 머칠이 지나서도 연락이 계속 없어서 얼마나 걱정을 했는데…”

“나도 끌려가면서 만식이 성을 걱정했지. 만식이 성이 나를 눈이 빠지게 기다릴 텐데, 걱정을 많이 하고 있겠구나 했지."

"우리가 부산에서 헤어진 지 삼 년이 다 되어 가네."

"그렇지. 전쟁이 나서 부산으로 피난을 갔다가 헤어졌으니까."

"그러네. 벌써 삼 년이 되었나?"

"그렇다니까."

"군대는 어디로 잡혀간 거야?"

"곧장 제주도로 갔지. 제주도에서 형식적인 훈련만 받고 곧바로 전쟁터에 투입된 거야. 한 달 정도 훈련을 받았을까? 그야말로 제식훈련에 총 쏘는 법만 배우고 곧장 전선으로 투입된 거지. 대구를 지나서 다부동 전선으로 투입된 거야. 전투 경험도 없는 신병들을 무조건 전쟁터로 투입시킨 거지. 그만큼 그때 사정이 절박했나 봐. 인민군들에게 남한군들은 계속 남으로 밀려나고, 수도 없이 죽어 나가지, 병력은 부족하니까 신병들을 전선으로 무조건 투입시킨 거야. 전쟁터는 그야말로 온통 죽음이야. 아군이나 적군이나, 얼마나 많은 사람이 죽어 나가는지 말로는 다 표현을 못 해. 매일 전투가 벌어지니까. 고지를 향한 돌격 명령이 떨어지면 총알이 빗발쳐도, 오로지 전진만 해야 하는 거야. 후퇴는 용납되지 않은 것이 전투 현장이야. 시체를 밟고서라도 고지를 점령해야 하는 상황이 연속되는 거야. 죽은 사람 시체에서 나는 악취로 숨도 제대로 쉴 수가 없을 만큼, 고지 전체가 시체 더미로 쌓여 있는 거야. 웬만한 사람은 견딜 수가 없을 거야. 매일 사람이 죽어 나가고, 계속 신병들은 투입되고, 민간인 지게 부대들도 짐을 지고 계속 고지를 점령하기 위하여 투입된 거야. 죽기 아니면 살기로 고지를 빼앗기 위한 전투가 계속되는 거야. 말로는 표현할 수 없을 만큼 치열한 전투가 계속 벌어지는 거야. 사람이 죽든 말든, 상관하지 않는 것이 전쟁이야. 전투가 벌어지면 시체가 산더미처럼 쌓이고, 곳곳에서 시체 썩는 냄새가 진동을 해. 다른 냄새는 맡아도, 사람 시체 썩는 냄새는 도저히 맡을 수가 없더라고. 곳곳에서 사람들이 '웩웩' 거리지, 날씨는 덥지, 피비린내가 나는 곳에서 오로지 살아남기 위하여 총을 계속 쏴야만 한다고 생각해 봐. 그야말로 전쟁은 끔찍한 일이야. 내가 거기서 살아났다는 게 신기할 정도로 전선은 말로는 표현을 못 할 정도로 위험한 곳이야. 고지를 점령해도 쉴 수가 없어. 진지를 구축하느라 꼬박 밤을 새워서 진지 복구 작업을 해야 하거든. 적이 곧바로 고지를 탈환하기 위해 공격을 계속해 오거든. 신병들이 계속 추가 병력으로 들어오지만, 신병 중에는 중학교를 갓 졸업한 앳된 학도병도 포함되어 있어. 어린 학도병이 뭘 알겠어? 그들도 조국을 구하기 위해서 자진해서 뛰어든 전쟁이거든. 참으로 전쟁은 살아남은 사람들에게는 끔찍한 일이지. 다행히도 인천상륙작전의 성공으로 인민군들이 도망을 치자, 우리 부대는 북진을 계속한 거야. 서울을 지나서도 북진을 계속했지. 우리 부대는 평양을 지나서 함경도 초산까지 진격한 거야. 그야말로 승승장구한 셈이지. 그렇게도 강력했던 인민군들이 추풍낙엽 떨어지듯 계속 밀리는 거야. 얼마나 신이 났던지, 우리 부대는 단숨에 평양을 지나서 함경도 초산까지 점령해 버린 거야. 초산을 점령했을 때의 감격이란 이루 말을 할 수가 없었어. 도도히 흐르는 압록강을 보고 있노라니, 그야말로 감격의 눈물이 나더라고. 이제 남북이 하나로 통일이 된다고 생각하니 가슴이 벅차오르더라고. 초산까지 점령했던 국군은 서로 얼싸안고 '대한민국 만세'를 목이 터져라 불렀지. 초산까지 진격하여 압록강 물을 수통에 담아서 마셨다니까. 압록강변에서 중국 땅을 바라보며 보초를 서면서, 전쟁은 이제 끝나는가 했더니, 중공군의 기습 공격으로 포로가 되어 버렸지. 갑자기 들이닥친 중공군들에게 포위를 당해 버린 거야. 남쪽으로 도망을 칠 새도 없었어. 중공군들이 압록강을 건너와서 북한의 산악 지역에 땅굴을 파고 이미 곳곳에 포진해 있었던 걸 남한군은 몰랐던 거야. 압록강 인근의 덕동 포로수용소로 끌려갔어. 포로수용소에서 견디다가 휴전협정으로 살아 돌아올 수가 있었어. 그야말로 내가 살아 돌아왔다는 게 믿기지 않았어. 덕동 포로수용소에서는 매일 포로들이 푹푹 쓰러지면서 죽어 나가는데, 참으로 견디기 힘들었거든. 춥고, 배고프고… 인간으로서는 견딜 수 있는 한계에 계속 다다른 거야. 그야말로 동물처럼 오로지 살기 위해서 견디어 낸 거야. 다행히도 나는 하나님을 믿는 사람이어서 순간마다 하나님께 간절히 기도했어. '하나님! 제발 살려 주십시오!' 그야말로 간절히 기도만 했어. 내가 할 수 있는 일은 기도뿐이었어. 아, 오늘도 살아남았구나. 하나님 감사합니다. 그렇게 하지 않고서는 미쳐 버릴 것 같았어. 매일 죽음의 문턱에서 살아남아야만 했거든. 휴전협정으로 다시 남한으로 돌아와서 이제 그토록 그리운 고향으로 돌아가는구나. 기대를 잔뜩 했는데, 남해안 거제도 섬으로 우리를 보냈어. 북한 포로를 수용했던 곳이라고 하더라고. 그곳에서 본격적으로 사상검증이 시작된 거야. 남한군은 우릴 북에서 보낸 간첩쯤으로 여긴 것 같았어. 포로수용소에 있는 동안에 사상이 변했을 거라고 미리 단정해 버린 것 같았어. 남한의 포로수용소에서 이념 교육을 했듯이, 북한에서도 이념 교육을 철저히 했으리라 여겨 버린 거야. 북한 포로수용소에서 매일 이념 교육을 했지만, 민주주의를 경험한 남한의 포로들은 공산주의의 허구에 대해서 쉽게 받아들이기가 힘들었거든. 나는 하나님을 믿는 사람이었기 때문에 공산당이 더욱 받아들여지지 않았어. 남해안 섬에 별도로 분리 조치를 한 거야. 돌아온 국군 포로들을 매일 심문하는데, 거짓 자백이라도 해야만 살아 돌아갈 수 있을 만큼 심문이 계속됐어. 고문은 예사고, 같은 말만 계속하면서 스스로 빨갱이라고 자백하라는 거야. 우릴 완전히 빨갱이 취급을 해 버리더라니까. 국군 포로들이 고립된 섬에서 매일 사상검증을 강요받아서, 그 압박을 견디지 못하고 매일 자살하는 포로들이 늘어났어. 북한 포로수용소에서는 몸이 아파서 죽으면 죽었지, 심문을 못 견디고 자살하는 포로들은 없었거든. 포로수용소보다도 더 견디기 힘든 일은 사상검증을 자백받으려고 계속 심문을 하는데, 미치지 않고는 견딜 수 없게 만들어 버리는 거야. 총으로 쏴 죽이는 것보다 더 힘든 것이 사상검증을 강요하는 거였어. 귀환 포로들은 강도 높은 심문을 견디지 못하고 죽음으로 결백하다는 걸 증명하는 거나 마찬가지였어. 아무리 내가 북에서 사상 교육을 받은 간첩이 아니라고 해도 소용이 없는 거야. 나도 죽음으로써 사상이 결백하다는 걸 보여 주고 싶은 충동으로 자살을 여러 번 생각했었어. 생각하면 생각할수록 억울해서 견딜 수가 없는 거야.”

기훈은 너무 화가 나고, 기가 막혀서 울음이 터져 나온다. 눈물을 훔치며 만식에게 그동안의 고통을 털어놓는다. 기훈이 고개를 숙이고 울먹거리자, 만식은 기훈의 손을 잡아 준다. 뭐라고 위로의 말을 해 줘야 할지 난감할 뿐이다.

“고향에 와서도 경찰들을 시켜서 사찰 대상에 포함하고, 내가 누구와 접촉을 하는지 항상 감시하고 있다는 것이 너무 억울해. 타관으로 갈 일이 생기면 지서에 신고까지 하라니? 나를 완전히 빨갱이 취급을 하고 있다니까! 이거 억울해서 살겠냐고?”

기훈은 억울한 심정을 만식에게 털어놓는다. 그동안 억울해도 누구에게도 말하지 못했던 말이 저절로 나와 버린다. 만식과는 해방 후에 청년단 활동도 함께했고, 부산으로 피난도 함께 갈 만큼 가까운 사이가 아닌가. 이 기회에 만식에게라도 하소연을 해 보는 것이다. 기훈의 하소연에 만식은 기훈에게 가까이 다가선다. 두 팔을 벌려 기훈을 따뜻하게 안아 준다. 달리 기훈을 위로할 말이 없다. 기훈은 만식이 안아 주자 울컥해지며 눈물이 난다. 누군가에게 위로를 받고 싶은 기훈이다. 아무도 기훈을 따뜻하게 안아 주지 않았다. 만식은 기훈이 눈물을 흘리자 등을 계속 쓰다듬어 준다.

"기훈이가 그동안 마음고생을 많이 했구나."

기훈의 말을 듣다 보니, 만식도 화가 난다. 공산당을 무찌르기 위해서 목숨까지 바치며 전투를 벌인 국군들에게 포상은 못 줄망정, 사상범으로 몰고 갔다니. 만식도 화가 가라앉지 않는다. 사찰 대상이라니? 만식은 기훈을 위해 발 벗고 나서서 억울한 누명을 풀어줘야겠다고 다짐한다. 기훈은 만식의 위로에 눈물을 계속 글썽인다. 누구에게 이 억울한 마음을 전한단 말인가. 기훈은 만식이 손을 잡아 주고 따뜻하게 안아 주니 고맙기만 하다. 마음이 조금은 후련해진다.

"너도 잘 알겠지만, 전쟁이 끝났다 해도, 지리산 부근인 구례에는 아직도 빨치산들이 자주 출몰하고 있어. 그래서 경찰들도 신경이 날카로울 거야. 빨치산 출몰로 작전을 하면 전쟁터나 마찬가지이니까. 그래서 너 같은 사람에게 더욱더 너그럽지 못할 거야."

기훈은 고개를 끄덕인다.

"아직도 구례는 지리산 부근에 자주 출몰하는 공비들 때문에 골치를 썩는 중이야. 경찰들도 빨치산이라면 골치 아픈 존재로 여길 거야. 그래서 빨치산이라면 아주 엄하게 다스리는 중이야. 기훈이 네가 조금은 이해를 해야 할 거야. 구례야말로 너도 알다시피 반란 사건과 전쟁으로 인해 빨치산들 때문에 몸살을 앓고 있잖아. 경찰이 너그럽게 나오지는 않는다는 것 너도 잘 알고 있을 거야. 내가 지서장과 박 형사에게 잘 말해 볼랑깨로."

기훈은 고개를 푹 숙이며 만식의 위로를 듣는다. 만식은 기가 죽어 있는 기훈에게 경찰이 처해 있는 상황을 설명해 준다. 기훈이 빨리 기운을 차리고 좋아지기를 바란다.

정만식이 지서로 들어선다. 박 형사와 면담을 요청한다. 전쟁 후 새로 부임한 박 형사는 만식이 피난을 다녀온 후, 한청 단장으로 활동하면서 수시로 만나는 사이다. 전쟁이 끝났지만, 지리산 곳곳에는 아직도 빨치산들이 활동하고 있다. 빨치산들의 출몰 소식이 신고되면 한청 단원들과 경찰은 한청단과 함께 즉시 출동을 하고 있다. 만식은 박 형사에게 기훈에 대하여 상세하게 말해 주고 선처를 부탁한다.

"기훈은 반란 사건 때도 한청 단원으로 열심히 활동을 한 사람입니다. 앞으로도 한청단에서 꼭 필요한 사람입니다. 전쟁이 나고 인민군들이 내려오자, 저와 함께 부산까지 피난을 함께 갔던 사이였습니다. 반란 사건 때도 저는 피난하러 가서 반란군들에게 잡히는 화는 면했지만, 한청단 활동을 했던 기훈은 반란군들에게 잡혀 산으로 끌려가다가 도망치는 바람에 겨우 목숨을 건진 사람입니다. 반란 사건 때, 피난을 안 하고 반란군들에게 잡혀간 사람들은 공동묘지에서 몽땅 죽임을 당했거든요. 그래서 전쟁이 터지자 피난을 가지 않으면 공산당들이 무슨 해코지를 할지 짐작이 갔기 때문에 피난하러 간 겁니다. 기훈이 부산에서 군인으로 강제 징집을 당했지만, 오로지 나라를 위하여 목숨을 바칠 각오로 전투를 한 사람입니다. 목숨을 걸고 전쟁에서 겨우 살아 돌아온 국군을 포상은 하지 못할망정, 경찰의 사찰 대상으로 빨갱이 취급하는 것은 너무한 거 아닙니까? 기훈에게 들어 보니까, 기훈의 부대는 북진을 거듭하여 평양을 거쳐 함경도 초산 지역까지 점령하였다고 합니다. 압록강변까지 진격하여 감격에 겨워 서로 얼싸안으며, '대한민국 만세'를 불렀다고 합니다. 압록강에서 수통에 물을 받아 마시고, 압록강변에서 보초를 서다가 중공군의 기습 공격으로 포로가 되었다고 합니다. 전쟁이 휴전되고 살아 돌아왔지만, 기훈의 사상은 의심 안 해도 됩니다. 보증이 필요하다면, 제가 보증을 서겠습니다."

만식은 박 형사에게 그동안 기훈과의 친분을 알린다. 기훈의 억울함을 설명한다. 선처를 부탁한다. 박 형사는 만식의 애기를 듣고 고개를 끄덕인다.

"경찰도 정상 참작은 하고 있지만, 상부의 지시라 어쩔 수 없습니다."

만식도 경찰의 상황을 이해하면서 지서를 나온다.

경찰은 마을 이장에게도 기훈이 출타를 하는지 감시하라는 통보를 해 주었다. 이장도 전쟁 중에 부산으로 피난을 함께 하였던 만식이를 통해서 기훈의 사정을 듣게 된다. 기훈에게는 미안한 일이지만, 눈치채지 못하게 기훈을 감시한다. 기훈이 경찰의 감시를 받아야 하는 신세임이 마을에 점점 알려진다. 부산으로 피난하러 갔다가 군인들에게 붙잡혀서 소리 소문 없이 군대에 갔다 왔는데,

전쟁 중에 공산당에게 포로로 잡혀서 북한 땅에 잡혀 있다가 돌아왔다는 소문이 점점 퍼져 나간다. 기훈이 집 밖을 나가기만 하면 사람들이 쳐다본다. 마을 사람들도 기훈이 집을 나서기만 하면 경찰에 당장 알릴 기세다. 관내에서 돌아다니는 것이야 별 탈이 없지만, 가끔 읍내 장터를 다녀오는 것도 눈치가 보인다. 마을을 벗어나기만 하면 여지없이 경찰에 연락이 가기 때문이다. 기훈이 마을 사람들을 만나면 포로로 잡혀갔다 온 사정을 물어보기도 하고, 억울한 사정을 계속 이야기해 보지만, 사람들의 반응은 제각각이다. 경찰의 말대로 북에서 무슨 일을 하고 돌아왔는지 모르는 일이라고 숙덕거린다. 마을 사람들도 기훈의 억울한 사정을 이해하는 사람도 있지만, 그렇지 않은 사람들도 있다. 반란 사건 후부터 빨갱이라면 적대시하는 분위기가 계속되어 왔기 때문에 이유 없이 기훈을 의심하는 분위기다. 기훈은 전쟁 중에 군대에 가서 죽지 않고 살아 돌아온 것만으로도 위안으로 삼으려 하지만, 기분이 나쁘다.

기훈은 교회에 열심이다. 교인들은 그나마 기훈을 많이 위로해 준다. 교회에서만큼은 기훈도 주변 사람의 눈치를 보지 않아도 된다. 교회에서 염 목사를 만난다. 기운이 축 처져 있는 기훈을 염 목사가 반갑게 맞이한다. 기훈은 염 목사도 북에서 내려왔다고 하니 공산당 치하에서 어떤 어려움을 겪었는지 궁금하기도 하다. 공산당 치하를 경험한 사람끼리 동병상련을 느낀다. 기훈이 먼저 염 목사에게 자초지종을 털어놓는다. 포로수용소가 압록강변 벽동에 있었다고 전한다. 염 목사는 함경도 함흥이 고향이라서 벽동을 잘 안다고 말한다. 엄동설한의 추위를 어떻게 견디어 냈느냐고 반문한다. 염 목사는 기훈의 딱한 사정을 듣고 고개를 끄덕인다.

"압록강 주변이라면, 그곳이 얼마나 추운 곳인데… 고생 많으셨습니다."

염 목사가 기훈의 손을 잡아준다. 염 목사의 따스한 온기가 느껴진다. 기훈은 염 목사가 손을 잡아 주자 갑자기 울컥해진다. 기훈이 고개를 숙인다. 뜨거운 눈물이 나온다. 한동안 둘은 잡았던 손을 놓지 못한다. 염 목사도 울컥하여 눈물을 흘린다. 염 목사는 기훈에게 너무 자책하지 말고 용기를 가지라고 말해 준다. 공산주의가 얼마나 무서운지를 경험한 염 목사는 기훈에게 자신의 경험담을 말해 준다. 본인도 함흥에서 이곳까지 온 일을 말하기 시작한다. 죽음의 사선에서 피난한 이야기도 들려준다.

"그야말로 하나님의 은혜였습니다."

하나님의 은혜가 아니면 살아남지 못했다고 말한다. 전쟁의 참혹함에 대해 염 목사는 눈물을 흘린다. 염 목사는 기훈의 손을 잡고 기도를 해 준다.

기훈이 우울함을 극복하는 일이 우선이다. 자존감을 살려 주는 일이 중요한 일이다. 이런 상태가 계속되어 패배감을 느끼면 끝장이다. 본인이 스스로 일어설 힘을 길러야 한다. 타인을 의식하지 않는 법을 배워야 한다. 내가 떳떳하면 타인의 시선을 신경 쓸 필요가 없다. 우울감이 계속되면 이러다가는 사회 부적응자로 남아 있을 가능성이 있다고 판단한다. 마음의 병이라는 것은 타인의 시선을 의식하기 때문이다. 타인을 의식하지 않게 하는 게 중요한 일이다. 염 목사는 기훈에게 용기를 가지게 해 달라고, 하나님께 간절히 기도하라고 한다. 패배감이 들 때마다 감사의 기도를 하라고 한다. 그 길만이 살길이라고 말한다. 빌립보서 성경 구절을 읽어 준다.

"아무것도 염려하지 말고, 다만 모든 일에 기도와 간구로 너희 구할 것을 감사함으로 하나님께 아뢰라."

기훈은 고개를 끄덕인다. 하나님께 간절히 기도해야겠다고 다짐한다. 기훈은 남의 눈치를 의식하지 않으려면, 나 자신이 양심적으로 공산당이 아니라고 다독여야 한다고 본다. 남들이 뭐라고 하든 간에 꿋꿋이 이겨내야 할 일이라고 여긴다. 남들이 어떻게 생각하든 나 스스로가 흔들리지 말아야 한다고 다짐한다. 그러나 수시로 무너지는 순간에 부닥친다. 이 어려운 상황을 이겨내려면 기댈 곳은 하나님밖에 없다고 생각한다. 아무도 알아주지 않은 본인의 억울함을 호소할 곳은 하나님께 매달리는 일이다. 교회를 열심히 다니는 일이라고 여긴다.

절골댁은 방 안에 누워 있어도 정신이 점점 혼미해져 버린다. 일본군에 강제로 징집된 인수를 잃었다. 아들을 잡아먹은 일제로부터 드디어 해방되었다. 남한만의 정부가 수립되었다. 남북이 분단된 후에 반란 사건에 이어서 전쟁이 일어났다. 전쟁을 겪으며 공산당에게 남편과 막내아들 인호를 잃었다. 눈에 넣어도 아프지 않은 막내아들의 죽음은 계속 잊히지 않는다. 절골댁 눈에는 앳돼 보이는 인호가 죽었다니, 아직도 믿기지 않는다. 인호가 학생복을 입고 어미를 찾으며 집 안으로 금방이라도 들어설 것만 같다. 어미는 생때같은 막내아들을 저세상으로 보낼 수 없는 일이다. 아들이 죽으면 어미 가슴에 묻는다고 했다던가? 인호만 생각하면 가슴이 아려 온다. 누워 있어도 절골댁의 머릿속에는 온통 죽은 아들 생각뿐이다. 본인도 모르게 눈물이 볼을 타고 흘러내린다. 누워 있어도 안정이 되지 않는다. 흐르는 눈물을 닦으며 일어나 앉아도 안정이 되지 않는다. 아들 생각에 슬픔을 삭이느라 호흡이 점점 압박해 오는 느낌이다. 한숨을 내쉰다. 머리가 빙빙 돌면서 금방이라도 쓰러질 기세다. 계속 앉아 있다가는 쓰러질 것만 같다. 눈물을 닦고 나서 다시 자리에 눕는다. 누구에게 어미의 고통을 말한단 말인가? 막내아들까지 죽었으니, 그 슬픔이 쉽게 잊히지 않는다. 연이은 슬픔에 머리가 빙빙 돌아 버린다. 몸도 따라서 빙빙 돌아가는 기분이다. 몸이 점점 한쪽으로 쏠려서 낭떠러지로 추락하는 기분이다. 몸이 붕붕 떠서 하늘로 날아가 버린다. 정신을 차릴 수가 없다. 자꾸만 눈앞에 헛것이 보인다. 깜빡 잠이 든다.

　절골댁 앞으로 이대길이 지나간다. 이를 발견한 절골댁이 반가워 웃으면서 남편을 불러 세운다.

"이봐요!"

절골댁이 남편을 불러도 돌아보지도 않는다. 흰 도포 자락을 휘날리며 바쁘게 걸어가 버린다. 무심한 남편이다. 절골댁이 남편을 만나기 위해 뒤를 따라가려 한다. 남편 뒤를 따라가려고 해도 몸이 움직이지 않는다. 아무리 몸부림을 쳐도 발이 떨어지지 않는다.

"영감!"

절골댁이 남편을 부르는 소리는 메아리가 되어 돌아온다.

절골댁의 눈앞에 인수가 지나간다. 절골댁은 반가워서 웃으면서 인수 곁으로 다가간다. 인수는 엄마를 만났는데도 뭐가 바쁜지 알은체도 안 하고 바쁜 걸음을 움직인다.

"인수야!"

절골댁은 오랜만에 보는 아들이 반갑기만 하다. 다정하게 불러 보지만, 인수는 지나간다.

"이놈아, 어딜 가는 거여?"

인수는 웃으면서 절골댁을 바라보며 바쁘게 걸음을 옮긴다. 이를 바라본 절골댁은 인수와 손이라도 잡아 보고 싶다.

"인수야!"

절골댁이 인수를 향해 발걸음을 움직이려 해도 인수는 바쁘게 걸음을 옮긴다.

"인수야. 에미다."

인수가 어미를 못 알아볼까 봐, 큰 소리로 인수를 불러댄다.

"인수야!"

절골댁이 인수를 불러도 인수는 계속 걸음을 옮긴다. 어미에게 달려올 법도 하지만, 인수는 야속하게도 멀리 사라져 버린다. 절골댁은 발걸음을 움직여서 인수 곁으로 가려고 해 보지만, 몸이 천근만근이다. 발걸음이 움직이지 않는다. 그 자리에 털썩 주저앉아 버린다.

이번에는 인호가 보인다. 어디를 가는지 바쁘게 가고 있다. 교복을 입은 앳돼 보이는 막내아들이다. 애지중지 키워 놨더니, 갑자기 결혼하고 나서, 사관학교를 간다고 서울로 가 버렸다. 오랜만에 보는 막내아들이라 절골댁은 반가워서 인호를 큰 소리로 불러댄다.

"인호야!"

인호를 큰 소리로 불러 보지만, 인호는 웃으면서 절골댁 앞을 바쁘게 걸어간다. 절골댁은 어미에게 달려와야 할 막둥이 아들이 계속 걸음을 옮기자 초조하다. 인호를 더 크게 부른다.

"인호야! 에미다."

절골댁은 인호를 애타게 불러 보지만 인호는 웃으면서 걸음을 바쁘게 움직인다. 절골댁은 인호를 만나야 하는데 점점 멀어져 가고 있다. 절골댁은 인호가 걸음을 계속 걷자, 손을 무릎에 짚으며 힘을 주고 겨우 일어선다. 인호를 계속 따라가려고 발을 움직인다. 인호의 걸음이 점점 빨라진다. 절골댁은 걸음을 재촉해 보지만 걸음은 점점 더디기만 하다. 인호는 걸음을 멈추지 않고 계속 걸어가 버린다. 인호가 점점 멀어지자 절골댁은 계속 인호를 부른다. 인호를 붙잡기 위하여 걸음을 떼려고 하지만 몸이 꼼짝도 안 한다. 순식간에 인호가 사라져 버렸다. 절골댁은 두 아들을 모두 놓쳐 버렸다.

"인수야! 인호야!"

절골댁은 땅바닥에 털썩 주저앉아 인수와 인호를 계속 불러댄다. 어미의 마음도 모르는 무정한 자식들이다.

"인수야! 인호야!"

절골댁이 허공을 향해 계속 두 아들을 교대로 불러댄다. 경자가 잠꼬대하는 절골댁을 바라보며 가까이 다가간다.

"어머니! 어머니! 어머니…."

경자가 식은땀을 흘리며 두 아들을 계속 불러대는 절골댁을 깨운다. 절골댁을 깨워도 두 아들 이름만 계속 불러대고 있다.

"인수야! 인호야!"

"어머니! 정신 차리세요!"

경자는 꿈을 꾸고 있는 절골댁을 흔들어 깨운다. 절골댁이 눈을 뜬다.

"어머니, 괜찮으세요?"

절골댁이 어리둥절한다.

"꿈을 꾸셨나 봐요."

절골댁이 정신을 차린다. 눈앞에는 인수와 인호가 보이지 않는다. 두 아들 대신 경자가 보인다. 참으로 허망한 순간이다. 분명히 두 아들이 눈앞에 있었는데, 며느리가 보이니 실망이 이만저만이 아니다. 경자가 절골댁을 일으켜 세운다. 절골댁이 일어나 앉자 울기 시작한다.

"흑흑흑흑흑…."

죽은 아들과 남편이 꿈속에서 보였다. 두 아들이 꿈속에 나타났는데, 손목도 잡아 보지 못했다. 어미는 죽은 아들을 아직도 기다리며, 떠나보내지 못하고 있다. 어미의 마음은 천 갈래, 만 갈래 찢어진다. 아픈 마음이 가라앉지 않는다.

인호가 학생복을 입고 집을 나서는 모습이 밝기만 하다. 인호가 갑자기 눈앞에서 사라져 버린다. 당황한 절골댁은 인호를 큰 소리로 부른다.

"인호야! 인호야!"

인호가 보이지 않자 인호를 부르며 대문 밖으로 달려 나간다. 집 안사람들이 놀란다. 마당을 휙 지나가는 절골댁을 바라본다.

절골댁은 대문 밖으로 나왔다. 방금 보이던 인호가 보이지 않자 골목길을 빠르게 걸어간다. 골목길을 한참을 내려가도 인호가 보이지 않는다. 당산나무까지 급하게 내려왔다. 당산나무 아래에서 머뭇거린다. 마을 사람들이 당산나무 근처에 옹기종기 모여 있다.

절골댁은 동네 사람들에게 다가간다.

"우리 인호 못 봤소?"

절골댁은 동네에서 만나는 사람들을 붙들고 인호를 찾는다. 동네 여자들은 안쓰러워 아니라고 고개를 젓는다.

"우리 인호가 방금 보였는데…"

죽은 아들을 찾는 절골댁을 보며 동네 여자들이 웅성거린다. 절골댁은 그토록 기다리던 인호가 눈앞에서 사라진 걸 아쉬워하고 있다.

"인호야! 인호야!"

인호가 보이지 않는다. 몸이 휘청거린다. 우람한 당산나무를 붙든다. 정신이 없기도 하거니와 기운이 없어 금방 쓰러질 기세다. 절골댁은 인호를 계속 찾는다. 동네 여자들이 절골댁이 휘청거리는 걸 보자 급하게 당산나무 곁으로 모여든다. 절골댁을 부축한다.

경자가 절골댁이 대문 밖으로 나갔다는 기별을 받는다. 대문 밖으로 급하게 달려 나간다. 경자가 빠른 걸음으로 당산나무 쪽으로 내려온다. 집을 나간 절골댁이 보이지 않자 급한 걸음으로 따라 내려왔지만 절골댁이 보이지 않는다. 정신이 오락가락한 절골댁이 걱정이 되어 급한 걸음으로 내려왔다. 절골댁이 당산나무를 붙들고 있다. 다행히도 마을 여자들이 절골댁을 에워싸고 있다. 경자가 당산나무 근처에 도착한다.

"어머니!"

경자는 큰 소리로 부른다. 동네 여자들이 일시에 경자를 바라본다. 동네 여자들은 경자에게 걱정스러운 모습을 보이며 인사를 건넨다. 경자도 동네 여자들에게 고개를 숙이며 인사를 건넨다. 경자는 인사를 건네며 절골댁이 아프다는 표시를 한다. 동네 여자들도 알았다는 표시로 고개를 끄덕인다.

"어머니! 괜찮으세요?"

경자는 절골댁을 부축하며 괜찮은지 살핀다. 절골댁은 경자가 나타나자 정신을 차린다. 정신이 없었던 순간에서 벗어나고 있다. 점점 정신이 돌아온다. 절골댁은 괜찮냐는 경자의 물음에 고개를 끄덕인다. 마을 여자들까지 절골댁 주변에 모여 있는 일이 기억이 나지 않는다.

"어서 오니라."

절골댁은 조금 전에 있었던 일이 기억나지 않는다. 그저 본인이 당산나무 아래로 마실을 나온 사람처럼 태연하다.

"니가 어쩐 일로 나왔느냐?"

경자는 절골댁이 태연해하는 걸 보고 걱정스러웠던 마음을 내려놓는다. 다행스럽게 절골댁이 정신이 돌아오고 있음을 다시 확인한다. 절골댁을 집으로 모셔 가야 해서 호들갑을 떨지 않는다. 아무 일도 없었던 것처럼 한다.

"우리 어머님이 마실을 나오셨구나."

경자는 절골댁이 눈치채지 않도록 말을 건넨다. 절골댁은 고개를 끄덕인다.

“어머니! 어여 집으로 올라갑시다.”

경자는 조용히 절골댁에게 집으로 올라가자고 한다. 절골댁은 고개를 끄덕이며 집으로 향한다. 경자는 동네 여자들에게 눈치를 주면서 고마움을 표시한다. 동네 여자들도 절골댁이 정신이 돌아온 것을 다행으로 여긴다. 경자의 눈짓에 고개를 끄덕이며 절골댁을 배웅한다.

미라가 밤하늘의 은하수를 쳐다본다. 별이 유난히 밝게 빛나고 서시천으로 쏟아져 내릴 것만 같다. 미라가 서시천 둑에 앉아 있다. 은하수 속에서 인호가 웃으면서 나온다. 미라를 향해 훨훨 날아온다. 미라가 웃으면서 인호를 향해 팔을 벌려 보지만, 인호는 금방 사라져 버린다. 미라는 사라져 버린 인호를 향해 손짓하며 걸어 나간다. 허공을 향해 손짓을 해 보지만, 아무것도 잡히지 않는다. 미라도 몸이 붕붕 떠다닌다. 인호를 반갑게 맞아 주고 싶은데 인호는 보이지 않는다. ‘어디로 갔지?’ 붕붕 떠다니며 인호를 계속 찾는다. 인호를 계속 찾다가 서시천에 털썩 주저앉는다. 미라는 눈물을 흘리며 인호가 다시 돌아오기만을 간절히 바란다.

눈을 뜬 미라는 울기 시작한다.
“흑흑흑흑흑…”
야속한 사람이다. 왜 나를 놔두고 먼저 갔는지 이해가 되지 않는다. 서시천에서 호호거리며 함께 놀았던 기억뿐이다. 나를 가장 잘 이해해 주고 사랑해 줬던 인호가 없다는 사실이 이해가 되지 않는다. 미라는 어깨를 들썩이며 울음을 짓는다. 한참을 울고 나니 속이 후련해진다. 마음 한구석에는 아쉬움만 남는다.

미라가 빨래 바구니를 들고 집을 나선다. 서시천으로 향한다. 빨래는 핑계이고 집 안에서는 도저히 답답해서 견딜 수가 없다. 서시천에 혼자 나와 앉아 있다. 멍하니 흐르는 시냇물을 바라본다. 돌을 집어서 냇물에 던진다. 시간을 두면서 돌을 하나씩 계속 던져 본다. 외로웠을 때 서시천에 나와서 돌을 던지며 시간을 보냈던 기억을 떠올린다.

인호가 서시천으로 걸어온다. 인호가 던진 돌이 물수제비를 뜨며 물 위를 향해 날아간다. 두세 번의 물수제비를 뜨고 나서 돌이 물속으로 사라진다. 미라가 그 광경을 바라보며 손뼉을 치며 좋아한다. 인호가 눈앞에서 갑자기 사라졌다.

미라가 돌을 집어 든다. 천천히 돌을 냇물 속으로 던진다. 돌은 퐁당거리며 물속으로 곧바로 가라앉아 버린다. 미라는 인호가 이곳에 없다고 생각하니 눈물이 난다. 고개를 푹 숙이고 눈물을 계속 흘린다. 한참을 일어나지 못한다.

미라가 멍하니 앉아 있다. 남편이 죽고 난 후부터는 기운이 점점 없어진다. 철민은 어느새 걸음마를 떼고 있다. 아이는 밖에서 걸어 다닐 만큼 컸다. 마당에서 철원이와 수지랑 함께 마당을 걸어 다니며 놀고 있다. 특히 수지가 철민을 따라다니며 함께 잘 돌보고 있다. 철민이 쑥쑥 커 가고 있지만, 미라의 허전함은 달랠 길이 없다. 철민의 재롱에 한참 재미있어야 할 순간이 점점 시들해져 버린다. 절골댁이 수시로 인호를 부르며 집안을 돌아다니는 걸 보는 순간, 미라도 순간적으로 인호를 계속 떠올린다. 절골댁처럼 남편의 죽음으로 인하여 처절한 생각이 들지만, 티를 낼 수 없었다. 철민을 돌보고 집안일에 신경을 쓰느라 정신없이 지나갔다. 전쟁으로 인하여 많은 일을 겪었다. 남편이 죽고, 시아버지도 죽었다. 남편만 생각하면 저절로 슬픔에 젖는다. 철민을 위해서 독하게 맘을 먹겠다고 여러 번 다짐을 해 보지만, 갑자기 몰아치는 슬픔으로 인해 우울한 기분이 점점 심해진다. 밤이 깊어도 미라의 우울감은 점점 심해만 간다. 밤새워 뒤척이며 잠을 이루지 못한다. 밤에 잠을 자지 못한 여파로 낮이 되면 몸이 점점 더 축 늘어진다. 철민이 다가와도 귀찮기만 하다. 아이에게는 엄마가 꼭 필요한 존재이지만, 어미로써 아이에게 모든 정성을 쏟아붓고 싶은 생각이 사라진다. 미라가 멍하니 앉아 있다.

"동서!"

경자가 미라를 불러도 반응이 없다.

"철민 엄마!"

경자가 재차 미라를 부른다. 미라는 뒤늦게 경자에게 고개를 돌린다.

"동서, 뭘 생각하고 있었나 보네! 아무리 불러도 대답도 안 하고."

"예?"

미라는 경자가 부르는 소리도 듣지 못했다.

"동서가 아무래도 이상하네. 정신이 나간 사람처럼 보이네."

"그렁가요? 제가 진짜로 정신이 하나도 없구만요."

"무슨 고민이 있능가?"

"아닙니다. 아무 고민도 없는데, 정신이 왔다 갔다 합니다. 지도, 지를 잘 모르겠습니다."

미라는 본인이 생각해도 우울감에 와락 달려들고 있다. 본인이 아무리 정신을 차리려고 해도, 정신을 차릴 수가 없다. 멍하니 앉아 있는 시간이 자주 일어난다. 무언가에 홀린 듯 순간적으로 정신이 오락가락한다. 경자가 다가와 불러도 순간적으로 듣지 못한 것이다. 혼자 있을 때는 수시로 눈물이 저절로 난다. 깊은 슬픔에서 헤어 나오지 못한다. 만사가 귀찮다. 신나는 일을 전혀 느끼지 못한다. 삶의 의욕이 없어져 버린다. 아이가 엄마에게 달려와 보채도 귀찮기만 하다.

우체부가 전보를 전달한다. 미라가 전보를 받아든다.

'아케미 사망.'

아케미가 일본에서 사망했다는 전보다. 전보를 받은 미라가 그 자리에 털썩 주저앉는다. 경자가 달려와 미라를 부축한다. 미라가 들고 있는 전보를 받아든다. 전보에 '아케미 사망'이란 전보 내용을 확인한다. 경자가 미라 손을 잡고 방으로 들어간다. 미라가 방 안에 누워 있다. 엄마를 생각하니 눈물이 난다. 불쌍한 엄마를 떠올리니 눈물이 계속 멈추지 않는다. 눈물을 훔치며 일어나 앉는다.

"엄마… 흑흑흑…."

아파서 일본에 간 엄마가 잘 견뎌 주기만을 바랐다. 계속 아프다는 엄마를 챙길 여력도 없었다. 사실 엄마의 존재를 잊고 지냈다. 미라가 결혼하고 아이도 낳고, 남편이 전쟁터에서 죽는 바람에 미라 자신을 챙기기도 바빴다. 미라도 그동안 경황이 없었다. 본인도 우울감에 빠져서 기운이 점점 없던 차에 아케미의 사망 전보를 받자, 미라는 점점 더 깊은 나락으로 빠져든다. 엄마의 장례식에 당장 가 봐야 하지만, 갈 수 없다. 아이를 데리고 도저히 일본을 다녀올 자신이 없다.

미라가 멍하니 앉아 있다가도 눈물이 주르륵 흘러내린다. 흘러내리는 눈물을 닦을 새도 없이 슬픔이 갑자기 몰려온다.

"흑흑흑흑흑…."

미라는 소리 내어 울기 시작한다. 한참을 울던 미라는 울음을 멈춘다. 눈물을 흘리며 울고 나면 그나마 머리가 정리되는 기분이 든다. 멍하던 머리가 눈물을 흘리고 나서야 정신을 차리게 된다.

시도 때도 없이 심한 슬픔에 휩싸인다. 본인도 어떻게 할 수가 없는 일이다. 가족의 죽음이란, 얼마나 마음 깊은 곳까지 다가가는지 헤아리기 힘들다. 슬픔은 그토록 처절하게 사무치는 것이다. 그 어느 것도 가족이 죽은 슬픔의 긴 터널을 메꿔 줄 수가 없는 일이다. 남편이 전쟁에서 죽는 바람에 우울감에서 헤어 나오지 못하고 있다. 그 와중에 가장 사랑하는 엄마까지 잃었다. 엎친 데 덮친 격으로 미라는 정신을 차릴 수가 없다. 엄마가 죽는 일은 평생에 있어서 가장 견디기 힘든 일이다. 슬픔을 아무리 떨쳐내려 해도 떨쳐낼 수가 없다. 미라의 슬픔은 정신을 혼미하게 해 버린다. 본인이 아무리 정신을 차리려고 해도 헤어날 기운이 점점 없어진다. 그야말로 무기력증에 빠져든다. 내가 왜 이러지? 이러면 안 되는데… 정신을 차리려는 마음은 순간적일 뿐이다. 사람 앞에 나서는 일도 내키지 않는다.

"앙앙앙…."

철민이 울면서 엄마에게 매달려도 미라는 먼 산만 바라보고 있다. 아이가 우는지 어쩌는지도 모르는 순간이다.

미라가 빨랫감을 옆구리에 끼고 집을 나선다. 서시천에 빨래를 하다말고 멍하니 앉아 있다. 서시천은 미라에게 참으로 많은 인연을 쌓게 했다. 인호와의 처음 만남도 서시천이었다. 틈만 나면 서시천에 나와서 멍하니 앉아 있었다.

인호가 미라에게 다가와 인연을 맺었다. 아버지가 산으로 올라간 후에 엄마가 정신을 놓고서 물속으로 걸어 들어갔다. 허우적거리다가 살아 돌아온 곳도 서시천이다. 미라는 아직도 서시천에 습관적으로 나온다. 서시천의 풍경만 바라보아도 마음이 편안하다. 시간 가는 줄 모르고 긴 시간을 앉아 있다.

"앙앙앙…."

철민이 엄마를 기다리다 지쳐서 계속 울고 있다. 집안 식구들은 미라를 찾기 위하여 집 안 구석구석을 뒤진다.

"철민이 엄마 어디 갔당가? 아이가 저렇게 자지러지도록 울고 있는데, 어딜 나갔는지 아까부터 코빼기도 안 보이는 거야?"

경자는 철민이 안쓰럽기도 하거니와 미라가 나타나지 않음에 화가 서서히 올라온다. 어린아이를 놔두고 도대체 어딜 갔는지? 아무리 정신이 없어도 지가 낳은 자식을 챙겨야지. 철민이 엄마가 없으니 집안 식구들은 안절부절못한다.

"아까, 빨랫감을 들고 밖으로 나가던디요."

점말이 미라가 빨랫감을 들고 밖으로 나가는 걸 봤다고 알린다.

"빨래를 얼마나 오래 하길래 한나절이 되었는데, 아직 안 오는 건가!"

경자도 철민이 계속 울고 있는 것을 보니 짜증이 난 말투다.

"점말아, 니가 철민이를 좀 달래 봐라. 나는 바빠서 철민이 돌볼 시간이 없응깨로."

경자는 울음을 그치지 않고 있는 철민을 점말에게 부탁한다.

"철민아! 까꿍! 내가 업어줄까?"

점말이 철민을 달래 보지만, 철민은 점말이 엄마가 아닌 것을 알아차리고 더욱더 큰 소리로 울어 버린다.

"앙앙앙…."

"아이고, 저러다 숨넘어가 뿔것네. 어째야 쓸까 잉!"

난동댁도 아이가 계속 울어대자, 한마디 하고 지나간다. 집안 식구들은 미라가 빨리 돌아오기만을 기다린다.

미라가 빨래 바구니를 옆구리에 끼고 터벅터벅 걸어 들어온다. 집안 식구들은 미라를 보고 멋쩍어한다. 정신을 놓은 모습이다. 경자가 미라를 발견한다.

"동서!"

경자가 미라를 불러 보지만, 미라는 듣는 둥 마는 둥 한다. 기운이 없이 그야말로 터벅터벅 걸어 들어온다.

"어딜 갔다 오는 거야?"

미라는 경자의 물음에도 대답할 기운이 없다. 아이를 찾지도 않는 눈치다.

"철민이는 엄마를 찾느라 울다가 지쳐서 자나 보네."

오히려 경자가 미라의 눈치를 보고 있다.

"그렁가요?"

아이도 관심 밖의 일이라는 듯 건성으로 대답한다.

"빨래하러 다녀온 거야?"

“예.”

“어서 방에 들어가 봐. 철민이는 자고 있어.”

“예.”

미라가 힘이 없는 모습으로 터벅터벅 방으로 들어간다.

미라는 당장 일본으로 가야 한다. 철민을 데리고 가야 하나? 미라의 몸과 정신 상태도 온전치 못한데, 아이까지 데리고 가야 할 일이 걱정이다. 당연히 어린 철민을 업고서라도 가야 하지만, 미라는 자신이 없다. 본인 몸 하나도 추스르기 힘든 날의 연속이다. 일본을 가려면 아이는 집에 놔두고, 미라 혼자서 가야 할 형편이다. 아이를 누구에게 맡기고 간단 말인가? 미라는 고민한다. 미안하지만, 아이를 경자에게 맡기고 가야 한다고 생각한다.

“성님! 제가 일본으로 다녀와야 하는데, 아이를 데리고 갔다 올 자신이 없습니다. 제 몸 하나 간수하기도 어려운 처지입니다. 제가 일본에 다녀오는 동안에 아이를 좀 봐 주시면 해서요.”

경자는 미라가 경황이 없음을 눈치챈다. 수시로 넋이 나간 사람처럼 멍하니 있는 모습을 종종 봐 왔던 터다. 엄마가 아이를 데리고 다녀와야 하는 일이 당연하지만, 경자는 미라가 일본에 아이까지 데리고 잘 다녀올 수 있을지 걱정이 된다.

“동서! 요즘 봉깨로 겁나게 힘들어하던데, 아이를 데리고 일본을 댕겨오기 힘들면 아이는 집에 놔두고 혼자 다녀오도록 해.”

미라는 경자의 호의가 고맙다.

"성님! 그래 주실래요. 고맙습니다. 제가 아무래도 요즘 들어 무척 힘이 듭니다. 아무래도 아이까지 데리고 엄마 초상을 치르러 일본까지 다녀오는 일은 어려운 일인 것 같아요. 그럼 철민을 집에 놔두고 다녀오겠습니다."

미라는 도저히 아이까지 데리고 일본까지 다녀올 수 없을 것 같다. 만사가 귀찮고 자신이 없다. 아이를 돌보는 일도 점점 지쳐 가고 있다. 어미로써 아이에게도 안 될 일이다. 경자에게 염치없는 일이지만, 솔직하게 미라의 마음을 전달한다.

"그럼. 그럼. 너무 걱정하지 말랑깨. 철민이가 잘 걷고 있고, 제법 컸으니 내가 잘 챙겨 볼께. 집안 식구들도 많응깨로 돌아가면서 돌보면 별문제 없을 거야. 잘 댕겨오랑깨."

경자는 미라의 상태가 더 걱정된다. 미라가 저런 상태로 일본을 다녀올 수 있을까 하는 걱정이 앞선다. 다행히 미라 혼자서 일본을 다녀온다고 하니, 오히려 안심된다. 경자는 미라가 일본을 다녀오는 동안에 집안 식구들이 철민을 잘 돌봐주겠다고 안심을 시킨다.

"성님. 감사합니다."

미라가 여수를 가기 위해 기차에 오른다. 여수에서 일본으로 가는 배를 타야 한다.

빵!

미라가 배에 올라탄다. 미라가 갑판 위에 서 있다. 넓은 바다 위

로 배가 전진한다. 오랜만에 타 보는 배다. 배는 기적을 울리며 일
본으로 향한다. 조선으로 건너온 후에 처음으로 가는 고향 길이
다. 그토록 꿈에도 그리웠던 고향을 가는 길이다. 미라의 기분은
덤덤하다. 설레지도 않는다.

절골댁은 온종일 방 안에 누워있느라 답답하다. 정신을 차려야
한다. 몸을 추스르고 안방에서 나온다. 마당으로 내려선다. 눈부
신 햇살에 몸의 중심을 잃어버린다. 순간적으로 몸이 휘청거린다.
제대로 몸을 가누지 못한다. 비틀거리다가 겨우 정신을 차린다.
그 자리에 살며시 앉는다. 숨을 깊게 들이쉰다. 호흡을 가다듬어
도 가라앉지 않는다. 경자가 빠르게 다가와 절골댁을 부축한다.
절골댁 손을 잡고 마당을 한 바퀴 돌아다닌다. 절골댁이 치매기가
있는 걸 보면서 자식의 죽음이 얼마나 큰 상처를 주는 것인지 가
늠해 본다.

"인호야! 인수야!"
절골댁은 헛것이 자꾸 보인다. 죽은 아들들이 계속 눈앞에 아른
거린다. 집 안에 남자들이 있는 곳이면 다가간다. 다가가서 인호
와 인수 이름을 계속 불러댄다. 남자들은 절골댁의 부름에 깜짝
놀라서 뒤를 돌아본다. 서로 멋쩍은 얼굴을 하며 자리를 피한다.
그만큼 어미는 죽은 아들들을 못 보내고 있다. 절골댁은 답답하
여 마루로 나와 앉아 있다. 마당에서 일하던 경자가 절골댁을 발

견한다. 경자가 절골댁을 곁에서 보살핀다. 정신이 멀쩡했다가도 갑자기 돌변하여 죽은 아들을 부르며 밖으로 달려 나가려고 한다. 경자가 마루 위로 올라선다.

"어머니, 안 추우서요?"

절골댁은 추운 날씨인데도 추위를 느끼지 못한다. 경자의 물음에도 멍하니 마당만 쳐다본다. 경자는 추운 날씨에 감기라도 걸릴까 봐 걱정이다.

"어머니! 인호와 인수는 저녁에 집에 들어올 거여요. 어머니께서 주무시고 계시면 들어와 있을 거여요. 추운데 어여 방으로 들어갑시다."

절골댁은 경자가 방 안으로 들어가자고 해도 말을 듣지 않는다. 추위에 떨면서 마루에 버티고 앉아 있다. 경자는 절골댁을 어르고 달래며 방 안으로 모신다.

경자가 화로에 숯불을 피워 약탕기를 올려놓는다. 부채질을 계속한다. 연기가 피어오른다. 한약을 달이는 중이다. 요즘 들어서 절골댁이 잠을 자면서도 계속 헛소리를 한다. 걸음걸이도 가끔 휘청거릴 때가 보인다. 몸이 허약한 듯하여 한약방으로 달려가 한약을 지어 왔다. 경자가 정성 들여 한약을 달인다. 정성 들여 달인 한약을 꾹 짜서 안방으로 들고 들어간다. 누워 있는 절골댁을 일으켜 세운다.

"어머니, 약 좀 드세요."

"오냐. 나 때문에 니가 고상이 많다."

"별말씀을 다 하세요. 얼릉 약 드시고 기운을 내야죠."

절골댁이 한약을 받아먹는다.

인석이 집 문 앞에 금줄이 걸렸다. 화개댁이 딸을 낳았다. 새뜸샘 아래에 사는 화개댁에 경자가 자주 드나든다. 누워 있는 산모 화개댁을 수시로 들락거리며 돌본다. 인석은 딸을 낳은 기쁨으로 경자의 출입을 웃으면서 반긴다. 경자가 집으로 돌아와 절골댁에게 화개댁이 아이를 낳았다고 알린다. 절골댁은 듣고도 시큰둥한다. 아이를 낳았다고 해도 기쁘지가 않은 눈치다. 다른 때 같으면 당장 달려가 화개댁 옆에서 기뻐하고 들락날락할 텐데, 기쁜 소식을 알려줘도 아무런 감흥이 없다. 남편이 죽고 아들 둘이 죽은 후로는 점점 정신이 혼미해지고 있다. 절골댁은 죽은 아들 생각뿐이다. 경자는 절골댁이 몸이 쇠약해서 기운이 없는 줄 알고 한약을 계속 달여서 먹인다. 정성을 쏟는다. 절골댁은 한약으로 기운을 보충해 줘도 기력을 회복하지 못하고 누워 있는 시간이 점점 길어진다.

머슴이 지게를 지고 마당을 지나간다. 절골댁이 갑자기 머슴을 향해 달려든다. 기운이 어디서 솟구쳤는지 순식간에 힘을 내어 달려든다.

"인수야! 이놈! 어디 갔다가 이제 왔느냐?"

머슴은 절골댁의 갑작스러운 행동에 깜짝 놀란다. 고개를 숙이

며 급하게 뒷마당으로 향한다. 절골댁이 머슴을 향해 따라가자
경자가 달려온다.

"인수야!"

절골댁은 인사불성이다. 머슴이 인수로 보인다. 소리를 지르며
머슴 뒤를 계속 따라간다.

"어머니! 정신 차리세요!"

경자가 달려와 절골댁을 부축하자, 밀어내려고 힘을 쓴다. 경자
가 절골댁을 꽉 붙잡는다.

"어머니! 인수가 어디 있다고 그래요? 인수는 죽었어요."

경자가 인수가 죽었다고 말하자 절골댁은 이제야 정신을 차린다.

"인수가 죽었다고?"

"그렇다니까요. 어여 방으로 올라갑시다."

경자가 계속 절골댁을 달랜다. 절골댁이 경자를 빤히 바라본다.
경자가 절골댁을 안아 준다. 절골댁이 경자 품 안에서 점점 정신
을 차린다. 절골댁이 뒤늦게 경자를 알아본 것이다. 경자가 절골
댁 손을 잡아 준다. 경자를 따라서 절골댁이 안방으로 올라간다.

절골댁이 밥을 먹는다. 경자가 옆에서 식사 시중을 든다. 밥을
먹고 나자 경자가 밥상을 들고 안방을 나온다.

부엌에서는 식사를 마친 집안 여자들이 설거지하느라 바쁘게
움직인다. 식사를 마친 절골댁이 부엌으로 성큼 들어선다. 절골댁

이 부엌으로 들어오자 여자들은 절골댁에게 인사를 한다. 절골댁은 인사를 받는 둥 마는 둥 한다. 절골댁에게는 설거지를 바쁘게 하는 여자들의 모습도 눈에 들어오지 않는다. 부엌 안을 두리번거리던 절골댁은 경자를 향한다.

"밥 언제 줄 거냐?"

절골댁이 밥을 달라고 한다. 설거지하던 집안 여자들이 설거지를 멈추고 절골댁에게 고개를 돌린다. 경자가 나선다.

"어머니! 방금 진지 드셨잖아요!"

경자는 절골댁이 밥을 먹자마자 또 밥을 달라고 하니 신경이 곤두선다. 본인도 모르게 짜증 섞인 말투가 나와 버린다. 절골댁이 점점 정신이 없음을 파악한다.

"내가 언제 밥을 먹었다고 그래. 밥 달라니까!"

절골댁이 밥을 달라고 계속 보챈다. 방금 밥을 먹고 상을 물렸는데도 밥을 또 달라고 보채니 짜증이 올라온다. 차마 시어머니께 짜증을 낼 수는 없다. 긴 병에 효자 없다는 말이 딱 맞는 말이다. 경자는 절골댁이 치매기가 있음을 알아차린다.

"어머니 어여 방으로 들어갑시다."

"밥 달라니까."

경자가 달래도 막무가내다. 경자는 절골댁이 치매기가 있는 게 분명해 보였다. 그러지 않고서야 절골댁이 막무가내로 밥을 달라고 고집을 피우지 않으리라 판단한다. 절골댁은 부엌의 여자들이 밥은 안 주고 계속 먹었다고 우기니까 은근히 부아가 치밀어 오른다.

"저년들이 나를 굶겨 죽이려고 작정을 했다니까. 밥을 달라고 하면 줄 것이지… 나를 굶겨 죽이려고 한다니까. 내가 모를 줄 알어?"

절골댁은 점점 더 심하게 고집을 부린다. 마치 부엌에 있는 여자들이 자기를 굶겨 죽이려고 하는 것으로 억지를 부린다. 경자가 절골댁이 억지를 계속 부리자 절골댁에게 가까이 다가간다. 이렇게 해서는 절골댁의 화만 돋울 것 같다. 절골댁을 달래는 수밖에 없다. 조금 전에 본인도 모르게 퉁명스럽게 짜증을 냈던 마음을 고쳐 잡는다. 경자가 웃으면서 절골댁에게 상냥하게 말은 한다.

"어머니! 밥을 안 줄까 봐 화가 나셨구나! 얼릉 밥상 채려서 드릴께요. 어여 방으로 올라갑시다."

경자는 절골댁의 손을 붙잡는다. 절골댁은 경자가 웃으면서 손을 잡자 금방 풀어진다. 경자가 절골댁을 살살 달랜다. 절골댁은 밥을 주겠다는 경자의 말에 고개를 끄덕인다. 밥을 준다고 하니, 못 이기는 척하고 경자의 손에 이끌리어 부엌을 나선다.

"어여, 밥상 차려라!"

경자는 절골댁이 들리도록 큰 소리로 부엌을 향해 소리친다.

"어여, 방으로 올라갑시다."

경자가 절골댁을 달래며 손을 잡고 부엌을 나선다. 집안 여자들이 안타까운 눈빛으로 서로를 쳐다보면서 고개를 갸웃거린다.

"마님이 노망이 나도 단단히 났구먼! 조금 전에 밥을 묵고, 설거지도 안 끝났는데 무슨 밥 타령이고?"

부엌에서 일하는 사람으로서 안타깝고 짜증이 나는 일이다. 난동댁이 절골댁이 나가는 뒷모습을 보며 안타까워한다. 점말이 그 소리가 경자와 마님에게 전달될까 봐 안절부절못한다. 난동댁의 치맛자락을 잡아당긴다. 난동댁이 흉을 보는 것이 싫은 눈치다.

"듣겠어요!"

점말이 난동댁의 치맛자락을 잡아당기며 안절부절못하지만, 난동댁도 안타깝기는 마찬가지이다.

"뭐? 노인네가 노망이 나도 저렇게 망가지지는 말아야 할 텐데, 쯧쯧쯧…."

"누가 마님이 저렇게 될 줄 알았겠어요?"

"노망이 나도 저렇게 늙지는 말아야 할 끼네…."

난동댁과 점말은 절골댁이 완전히 망가져 가고 있음을 안타까워한다.

절골댁이 단기 기억 상실증에 걸린 것이 분명하다. 본인도 모르게 금방 일어났던 일도 기억을 해 내지 못하고 있다. 절골댁이 치매라고 인식하기 전에는 일부러 심통을 부린 것 같기도 하다. 가족들은 금방 지나간 일을 기억하지 못하는 일을 이해할 수가 없다. 절골댁은 일부러 그러고 싶은 것이 아니라 저절로 기억이 점점 사라져 버린다. 기억 상실에 대해 아쉬워하지도 않는다. 내가 늙었다는 핑계로만 치부해 버린다. 절골댁은 정신이 가끔 돌아온다. 아무리 기억하려 해도 기억이 나지 않던 일이 생각난다. 먼 과거가 또렷하게 기억이 난다. 특히 사람을 기억해 낸다. 기억이 돌아올 때면 후회를 한다. 내가 왜 이럴까? 내가 이러면 안 되는데…. 시간이 지나면 내가 언제 그랬냐는 듯이 또다시 기억이 가물가물해져 버린다. 기억 상실에 대한 아쉬움도 없어져 버린다. 기억이 계속해서 상실되는 반복 증상이 되풀이되는 것이다.

절골댁이 방 안에 앉아서 유리 조각 쪽문을 멍하니 바라보며 앉아 있다. 유리 쪽문을 바라보면 마당과 대문이 보인다. 유리 쪽문을 통해서 대문만 뚫어져라 바라본다. 오늘은 누가 대문을 열고 들어올 것만 같다. 인철이 대문으로 들어선다. 절골댁이 방문을 열고 급하게 마당으로 내려선다. 버선발로 대문을 향해 달려 나간다. 절골댁의 눈에는 인철이 인수로 보인다. 인수가 성큼성큼 걸어 들어오고 있다.

"인수야!"

절골댁은 인수가 너무나 반가운 나머지 소리를 지르며 달려든다. 꿈에도 그리던 인수가 나타난 것이다. 인철은 절골댁이 버선발로 대문을 향해 급하게 걸어오는 것을 발견한다. 걸음을 멈춘다. 절골댁이 달려와 인철의 손을 잡는다.

"인수야! 이놈아! 왜 인자 오느냐?"

인철은 갑작스러운 절골댁의 행동에 안쓰러워한다. 인철에게 달려드는 절골댁 손을 꽉 잡아 준다.

"어무이!"

인철은 절골댁을 꼭 안아 준다. 인철도 어머니가 정신이 오락가락하고 있다는 것을 알고 있다. '어머니. 저 인철이여요.' 큰아들 인철이라고 알려 주고 싶지만, 이 순간만이라도 인수를 만나는 어머니의 기쁨을 막고 싶지 않다. 인수인 척해 주고 싶다. 어머니의 가냘픈 몸매가 인철에게 달려들자 순간적으로 울컥해진다. 아들의 죽음이 얼마나 서러웠으면, 이렇게 잊지를 못한단 말인가? 부모는 죽기 전에는 자식의 죽음을 절대로 인정하지 못하는 것인가? 어머니가 안쓰럽고 불쌍한 생각이 든다. 한참을 절골댁을 안아 주고 서 있다. 인철이 절골댁과 떨어진다.

"인수야! 왜 인자 왔느냐?"

절골댁은 인수가 나타나서 반갑기만 하다.

"어무이! 어서 방으로 들어갑시다."

인철이 인수인 척하며 절골댁을 돌려세운다.

"오냐."

절골댁은 죽었다던 인수가 이제라도 돌아와 주니 반갑고, 기쁘기만 하다. 이 순간을 매일 기다려 왔던 절골댁은 기분이 좋아졌다. 인철은 이 순간만이라도 어머니를 즐겁게 해 주고 싶은 심정이다. 인수인 척하며 어머니 손을 붙잡고 방으로 들어간다.

경자가 밥상을 들고 방 안으로 들어왔다. 절골댁은 밥상을 힐끗 보고도 반가워하지 않는다. 저녁때가 되어서 배가 고플 시간인데 움직이지 않고 앉아 있다. 방 안에 앉아서 방문에 붙어 있는 조그만 쪽 유리창 너머로 대문만 뚫어져라 바라보고 있다. 밥상을 보고도 본체만체하는 절골댁을 경자가 부른다.

"어머니, 이리 오세요."

경자가 불러도 들은 체도 안 하자 경자가 절골댁 곁으로 다가간다. 경자가 절골댁을 밥상 앞으로 앉힌다. 마지못해 절골댁이 밥상 앞에 앉았지만, 수저를 들지 않고 계속 앉아 있다.

"어머니! 어서 진지 드세요."

"느그 아부지는?"

절골댁이 뜬금없이 돌아가신 시아버지를 찾는다. 경자는 절골댁이 돌아가신 시아버지를 찾는 소리에 그러려니 한다. 요즘 들어서 치매기가 점점 심해짐을 알고 있다. 절골댁이 부쩍 과거의 시간 속에 머물고 있음을 알아차린다. 단기 기억은 잘 모를 때가 있지만, 과거에 있었던 일은 잘도 기억해 낸다. 치매가 단기 기억 상실을 동반하는가? 옛날 일은 잘도 기억하면서도 가끔은 밥을 먹고도 밥을 안 먹었다고 우긴다. 밥을 달라고 우기는 모습을 보면 치매라는 게 알다가도 모를 일이라고 여긴다.

"느그 아부지가 들어와야지… 항꾸네 먹지…"

절골댁은 자꾸만 시아버지를 들먹거린다. 경자는 절골댁의 증세가 점점 심해짐을 알아차린다. 어떻게 해서라도 절골댁에게 식사를 하게 할 참이다.

"아부지는 오늘 늦으신다 했어요. 어머니 먼저 드세요."

절골댁 머릿속은 예전에 시아버지와 겸상을 했던 기억을 떠올린다. 절골댁은 밥상 앞에 앉아서도 수저를 계속 들지 않는다. 이 순간은 남편을 생각하고 있다. 남편이 잠깐 집 밖으로 나가서 돌아오지 않았다고 여기는 눈치다.

"어머니, 진지 얼릉 드세요."

경자의 재촉에도 절골댁은 고집을 피운다.

"아니랑깨로. 아부지랑 항꾸네 먹어야 한당깨로…"

경자가 급해진다. 절골댁 앞에 마주 앉는다. 수저를 들어서 절골댁에게 권한다.

"어머니. 어서 드세요. 아부지는 오늘 늦는다고 했어요. 오늘 안 들어오신다고 했어요. 몇 밤 자고 오신다 했어요. 어서 어머님 먼저 드세요."

절골댁은 경자의 말을 들은 체도 안 한다.

"느그 아부지가 어딜 갔다고?"

"예. 오늘은 안 오신다니까요. 얼릉 한술 뜨세요."

경자는 어떻게 해서라도 절골댁이 식사를 뜰 수 있도록 계속 재촉한다. 경자가 수저를 들어 절골댁 손에 쥐어 준다.

"얼릉 한술 뜨세요."

절골댁은 경자의 재촉에도 수저를 들고만 있다. 절골댁의 머릿속에는 남편이 계속 아른거리고 있다. 남편과 함께 밥을 먹어야 한다. 남편이 없는데 혼자서 밥을 먹을 수가 없다. 수저를 밥그릇으로 가져가지 못한다. 경자는 보다 못해 수저를 밥그릇으로 가져가게 재촉을 한다.

"자, 얼릉 밥을 한술 뜨세요."

절골댁이 경자의 재촉에 마지못해 수저를 밥그릇으로 가져간다.

"얼릉 밥을 한술 뜨세요."

경자가 계속 재촉하자 절골댁은 밥그릇에서 밥 한 숟가락 뜬다. 밥을 입속으로 넣는다. 경자는 밥을 어떻게 헤서라도 먹이려고 계속 재촉을 한다. 절골댁은 밥을 입속에 넣고 계속 오물거린다. 밥을 목구멍으로 쉽게 넘기지 못한다.

"아이고, 잘하시네. 이제 국도 한 숟갈 뜨세요."

경자의 재촉에 절골댁은 마지못해 국을 떠 입속으로 넣는다. 절골댁이 천천히 식사하는 모습을 계속 지켜본다.

"아이고, 잘하시네."

경자는 절골댁을 어린아이 다루듯이 계속 격려를 한다. 절골댁은 경자의 재촉과 격려에 식사를 마친다. 절골댁이 집안 식구들을 귀찮게 하지만, 가장 가까이에 있는 경자가 절골댁을 돌보면서 점점 지쳐 가고 있다.

절골댁이 뒷문을 빠져나간다. 머리에는 수건을 푹 둘러썼다. 저 멀리 질매제 산판이 보인다. 누가 볼세라 걸음걸이가 조금은 빠르다. 오솔길을 따라 큰길을 지나서 들판으로 향한다. 무작정 발걸음을 옮기는 것이다. 질매제 산판을 향하여 계속 들판을 가로질러 걸어간다. 질매제 산판 움막을 향하여 산을 기어오른다. 손을 짚고 산판을 기어오른다. 신발도 벗겨졌다. 맨발은 상처가 났고, 손도 상처가 났다. 가족묘지 앞에 도착한다. 여러 개의 묘지 분봉이 줄지어 있다. 묘지 앞에 한참을 어슬렁거린다. 어느 묘지가 우리 집 뫼인지 헷갈린다. 묘지 앞을 지나서 흙벽돌로 지어진 움막 앞에 다다른다. 전에 사람이 살기도 했던 움막은 굳게 닫혀 있다. 짐승들의 침입을 막으려고 문을 굳게 닫아 놨다. 절골댁이 손으로 움막을 계속 두드린다. 움막은 열리지 않는다. 움막 앞에 쪼그리고 앉아 버린다. 이른 봄이라 날씨가 제법 쌀쌀하다. 절골댁은 날씨가 쌀쌀한지도 모른 채 웅크리고 앉아 있다.

경자가 방문을 열자 절골댁이 보이지 않는다. 절골댁을 찾느라 경자가 집 안을 구석구석 찾아다닌다.

"어머니가 안 보이네요. 어머니 좀 찾아보세요!"

경자가 마주치는 집안 식구들에게 절골댁을 찾아보라고 말한다. 집안 식구들이 모두 절골댁을 찾느라 바쁘게 움직인다. 집 안을 구석구석 찾아봐도 절골댁이 보이지 않는다. 절골댁은 어디로 갔는지 찾을 수가 없다. 김 서방이 대밭 땅굴 속으로 천천히 들어간다. 혹시 대밭 땅굴에 들어가셨나? 대밭 땅굴 속에도 절골댁은 보이지 않는다. 인철과 집안 식구들이 넓은 대밭 안을 돌아다니며 사람 인기척이 있는지 살핀다. 인철이 뒷동산 오포대 아래에도 부리나케 올라가 본다. 혹시 오포대에 올라가셨나? 철골로 만들어진 오포대 정상까지는 사다리가 있어서 올라갈 수 있기 때문이다. 인철이 오포대를 바라본다. 오포대 철탑은 우람하게 서 있다. 사람 인기척이 보이지 않는다. 넓은 뒷동산을 찬찬히 둘러본다. 혹시 뒷동산 아래

코너에 사람이 쪼그리고 앉아 있으면 눈에 띄지 않는 곳이다. 뒷동산 구석구석을 둘러보아도 아무 인기척이 없다. 지서까지 높은 계단식으로 되어 있는 전답을 찬찬히 훑어본다. 전답 부근에는 아무도 보이지 않는다. 집안 식구들이 마을 골목골목을 찾아다닌다. 마을 사람들에게 절골댁의 행방을 묻는다. 마을 사람들은 절골댁의 행방을 모른다고 고개를 젓는다. 인철과 경자가 절골댁을 찾아다니느라 분주하게 움직인다. 절골댁은 보이지 않는다.

"어디로 가셨을까?"

인철은 경자에게 걱정스러운 표정으로 묻는다.

"그러게 말이여요. 정신도 왔다 갔다 하신 분이 어디로 가셨을까요?"

경자는 걱정이 앞선다. 절골댁이 치매가 점점 더 심해지고 있는 걸 제일 잘 아는 터다. 빨리 찾지 않으면 쌀쌀한 봄 날씨에 무슨 변고가 일어날지 걱정이 된다. 경자는 절골댁을 찾지 못하여 초조해진다. 어디로 가셨을까?

"어머니…."

경자는 어머니를 부르며 인철 앞에서 눈물을 보인다. 인철이 다가와 경자 어깨를 쓰다듬어 준다. 인철도 경자의 눈물에 가슴이 먹먹해진다. 눈물을 참아내며 하늘을 쳐다본다. 전쟁 통에 남편과 자식을 잃은 슬픔에 얼마나 상심하셨을까. 정신적으로 얼마나 힘들었으면 치매까지 와 버렸을까? 인철도 어머니를 생각하니 왈칵 눈물이 맺혀진다. 먼 산을 보며 심호흡을 한다.

"후…."

　인석이 지게에 짐을 지고 질매제 산판을 올라온다. 지게에는 퇴비를 가득 짊어졌다. 봄이 점점 다가오고 있어서 농사철을 대비하기 위해서다. 지게에 있는 퇴비를 밭 가장자리에 쏟는다. 땀을 닦으며 멀리 보이는 마을을 바라본다. 질매제 산판이 참으로 명당자리이다. 시야가 확 트여 있다. 연파리 동네가 눈앞에 성큼 다가선 느낌이다. 마을 제일 높은 꼭대기에 세워진 오포대가 한눈에 들어온다. 오포대 아래에 제일 높은 곳에 자리 잡은 큰집 지붕도 보인다. 서시천이 가느다랗게 햇빛에 반짝거린다. 섬진강 너머 뾰족한 봉우리의 오산이 보인다. 인석이 산판을 내려가려다가 움막 근처로 다가간다. 그냥 내려가도 되는데, 왠지 움막을 둘러보고 싶다. 겨울 동안 움막에 야생동물의 침입은 없었는지 궁금하기도 하다. 움막으로 발걸음을 떼어 놓는다. 움막 문 앞에 머리가 헝클어진 여자가 고개를 숙이고 앉아 있다. 누구일까? 조심스럽게 가까이 다가간다. 여자는 추위에 몸을 벌벌 떨고 있다. 누구인지 궁금하다. 인석이 궁금하여 더 가까이 다가간다. 인석이 깜짝 놀란다. 머리는 헝클어지고 맨발로 웅크리고 앉아 있는 사람은 절골댁이다.

　"큰어머이!"

　인석이 놀라서 지게를 뒤로 내팽개친다. 절골댁을 일으켜 세운다. 인석은 깜짝 놀라 가슴이 진정되지 않는다. 머리는 헝클어지고 벌벌 떨고 있는 여자가 큰어머니라니, 더욱 놀랄 수밖에 없다.

"큰어머이! 여길 어떻게 올라오셨어요?"

인석은 큰어머니가 치매기가 있는 걸 기억해 낸다. 몸이 차가워져서 벌벌 떨고 있는 큰어머니에게 웃옷을 벗어 둘러씌워 준다. 벌벌 떨고 있는 몸에 조금이라도 체온을 올려 준다. 인석이 큰어머니를 감싸안아 준다. 가녀린 몸이 안쓰럽기만 하다. 치매로 고생하시는 큰어머니가 불쌍하기만 하다. 인석을 평생 자식처럼 아껴 주시던 분이 아니던가? 인석이 본인도 모르게 울컥해지면서 눈물을 주르르 흐른다. 큰어머니는 인석을 알아보지 못하는 듯하다. 아무 말이 없다. 그저 고개를 숙이며 인석과 눈을 마주치지 않으려고만 한다.

"불쌍한 우리 큰어머이…. 어쩌다가 몹쓸 병에 걸리서서…."

인석은 눈물을 닦으면서 큰어머니를 꼭 안아 준다. 몸이 차갑게 느껴진다.

"큰어머이! 저 인석이여요!"

인석이 큰 소리로 계속 말하자, 절골댁이 인석을 뒤늦게 알아본다. 평소 같으면 '아이고, 내 새끼' 하면서 인석을 반갑게 맞아 줄 텐데, 지금은 인석을 겨우 알아볼 뿐이다. 인석은 서둘러 절골댁을 업고 빠르게 집으로 향한다.

사랑채에 있는 베틀을 방 밖으로 끄집어낸다. 베틀 방에 도배를 한다. 사랑채 베틀 방을 말끔히 단장했다. 사랑채 베틀 방이 마당에서 가깝다. 집안사람들이 오고 가면서 베틀 방을 들여다보기가 좋은 위치이다. 안채에서 베틀 방 방문이 열리면 바로 보인다. 절골댁이 방문을 열고 나오더라도 소리가 들리는 곳이다. 집안사람들 눈에 쉽게 보이는 곳 사랑채 베틀 방에 절골댁을 가둬 놨다. 밖에서 문을 잠가 놨다. 방 안에는 뚜껑 있는 요강만 덩그러니 놓여 있다. 행방불명 사건을 치르고도 밖으로 나가 버리는 일이 잦아져서, 어쩔 수 없이 방 안에 가둬 놓은 것이다. 때가 되면 경자가 음식을 가지고 베틀 방으로 들어가 식사 수발을 한다.

"어머니! 많이 드셔요."

절골댁은 아무 미동도 없이 음식을 받아먹는다. 식사 수발을 끝낸 경자가 베틀 방을 나와 다시 문을 걸어 잠근다. 절골댁은 방 안에 홀로 앉아 있다.

덜그럭 덜그럭 덜그럭….

절골댁이 방에서 문을 열려고 한다. 방문을 밖에서 잠가 놨기 때문에 열리지 않는다. 그걸 모르는 절골댁은 계속 방문을 열어 보려고 안간힘을 쓰고 있다. 문고리를 잡고 계속 만지작거린다. 경자는 베틀 방에서 덜그럭거리는 소리가 계속 들려도 바라보기만 한다. 절골댁이 방문을 밖에서 잠근 줄도 모르고 방문을 열려고 하는 것을 알고 있다. 절골댁은 베틀 방 안에서 계속 서성거린다.

덜그럭 덜그럭 덜그럭….

밖으로 나가려고 계속 안간힘을 쓰지만, 방문이 열리지 않는다. 왜 문이 열리지 않는지 모를 일이다. 나가려는 것을 포기하고 자리에 눕는다. 한참 후에 경자가 베틀 방으로 들어선다. 절골댁이 곤히 잠들어 있다. 경자가 방 안에 놓아둔 요강을 확인한다. 대소변이 차 있으면 비운다. 경자가 수시로 베틀 방을 들락거린다.

경자가 베틀 방을 바라본다. 베틀 방이 고요하다. 사람 인기척이 들리지 않는다. 경자는 베틀 방 안에서 절골댁이 잘 있는지 궁금해진다. 경자가 베틀 방 문을 열고 들어선다.

"아이쿠! 이게 무슨 일이당가?"

너무 놀라서 소리를 지른다. 경자가 방문을 열자마자 방 안에서 악취가 난다. 경자가 심한 악취에 손으로 코를 막는다. 절골댁 본인이 배설한 똥과 오줌을 짓이겨서 손으로 벽에 바르는 중이다. 절골댁은 경자가 방문을 열자 동작을 잠시 멈춘다.

"헤헤헤…"

절골댁은 재미난 일인 듯 웃고 있다. 똥을 손으로 짓뭉개서 자유자재로 벽에 바르는 순간이 즐거운가 보다.

"어머니!"

경자의 목소리가 평소보다 크다.

"헤헤헤…"

경자는 끔찍한 상황에 얼굴을 찡그리며 어쩔 줄을 모른다. 아무리 치매 현상이 심하다고 하지만, 시어머니가 본인의 대변을 짓이겨서 벽에 바르고 있다. 그 모습을 보니 경악할 따름이다. 어찌해야 할지 난감하여 저절로 나오는 비명이다. 경자의 비명에 난동댁과 점말이 사랑채로 달려온다.

"아이고! 이게 뭔 일이대야?"

"음~."

난동댁과 점말이 놀란다. 방 안의 광경과 코를 찌르는 대변 냄새에 얼굴을 찡그린다. 코를 막고 한 걸음 물러선다. 경자가 숨을 돌리고 난동댁과 점말에게 수건과 물을 준비시킨다. 난동댁과 점말이 수건과 물을 준비하려고 급하게 돌아선다. 이 상황을 빨리 수습해야 한다. 경자가 용기를 내어 베틀 방 안으로 들어간다. 벽에 대변을 바르고 있던 절골댁 손을 잡고 자리에 앉게 한다. 절골댁은 무슨 일이 벌어졌는지 아직도 모르고 있다.

"헤헤헤…."

"어머님. 이리 앉으셔요."

경자는 절골댁이 놀라지 않도록 대변이 칠하여지지 않은 쪽으로 안내하여 앉힌다. 절골댁은 본인이 무슨 일을 하였는지도 아직 모르고 있다. 경자가 시키는 대로 고분고분 따른다. 점말이 가져온 수건으로 대변이 묻어 있는 손을 닦아 준다. 몸에 묻은 대변도 천천히 닦아 준다. 변이 묻은 옷도 벗긴다. 뜨거운 물을 가져다가 몸을 닦아 준다. 새 옷으로 갈아입힌다. 똥칠로 범벅이 된 절골댁이 말쑥해졌다. 절골댁을 업어서 행랑채로 신속하게 자리를 옮긴다. 절골댁이 곤히 잠들어 있다. 잠들어 있는 절골댁을 경자가 옆에서 보살핀다.

난동댁과 점말이 채소를 다듬고 있다. 손을 코에 가져다 대 본다. 킁킁거리며 똥 냄새가 나는지 확인한다.

"아, 아직도 손에서 똥 냄새가 나는 것 같기도 한디."

"손을 깨끗이 씻었으면 냄새가 나지 않지."

"손을 뽀득뽀득 씻었으니까 냄새가 나지는 않지만, 기분상 냄새가 손에 배어 있는 느낌이라니까요."

"아이고, 사람이 저렇게 벽에 똥칠할 때까지 살지는 말아야 허는디…."

난동댁은 베틀 방 벽에 온통 똥칠이 되어 똥을 닦아 냈던 기억을 떠올린다. 생각하기도 싫다. 아직도 방 안이 온통 똥 냄새로 가득한 것 같다.

"그러게 말이어라, 마님이 벽에 똥칠까지 할 줄 누가 알았겠어요?"

"그러게 말이다."

난동댁과 점말이 절골댁이 방 안에서 똥칠했던 일을 기억하며 채소 다듬는 일에 열중한다.

경자가 절골댁에게 음식을 떠먹인다. 평소와는 다르게 음식량이 많이 줄었다. 대변량을 줄이기 위해 음식량을 줄인 것이다. 먹는 만큼 대변량도 많기 때문이다. 식사를 챙긴 경자가 베틀 방에서 나와 밖에서 문을 잠근다.

경자가 음식을 가지고 베틀 방으로 들어선다. 절골댁은 경자를 경계하는 눈치다. 경자가 누군지도 모르는 것 같다. 며칠 전에 방 안에 똥칠했던 일은 기억에도 없다.

"아줌마?"

경자를 알아보지 못한다.

"누구서요?"

경자는 아랑곳하지 않는다. 그러려니 하고 절골댁을 밥상 앞에 앉힌다. 음식량을 많이 줄였다. 음식을 숟가락으로 조금씩만 떠서 입안에 넣어 준다.

"어머니! 이것 좀 드셔요."

절골댁이 음식을 받아먹는다.

"내가 오래 못 살 것 같다."

절골댁은 본인이 점점 정신이 없어짐을 알아차린다. 아무리 죽은 아들의 기억을 놔주려고 해도 되지 않음을 느낀다. 한숨을 길게 몰아쉰다. 본인도 본인을 어떻게 할 수 없음이 한스럽기만 하다.

"아이고, 아이고…."

경자와 인철이 절골댁의 시신 앞에서 곡을 한다. 곡소리가 집안에 울려 퍼진다. 치매를 앓아 정신을 놓아 버린 절골댁이 죽었다. 마당에 차일이 처진다. 초상을 치르기 위해서 집안이 분주해진다. 경자가 이제 종부宗婦가 되어 장례식을 주도해 나간다. 삼베로 옷을 만드느라 분주하다. 화개댁은 재봉틀에 앉아서 상복을 계속 만들어 내고 있다. 경자가 곡식이 저장된 광 문을 활짝 연다. 광에서 곡식을 내어오게 한다. 쌀이 가마니째 들려 나온다. 음식을 준비하느라 경자가 집안 여자들에게 지시하느라 분주하다.

삼베로 치장하여 상복 차림을 한 상주들이 늘어서 있다. 인철과 인영, 인석이 모두 슬픔에 잠긴 얼굴이다. 문중 어른들이 문상한다. 향을 피우고 절을 올린다. 망자를 향해 2번 절을 한다. 상주들은 문상하는 동안에 낮은 목소리로 곡을 계속한다.

"아이고 아이고…"

상주들이 문중들과 맞절을 한다.

"고상이 많습니다."

"찾아 주셔서 감사합니다."

문상객들이 계속 밀려든다. 경자는 집안일을 진두지휘한다. 음식이 부족하지 않게 챙긴다. 출상하기 전날 밤이다. 상여꾼들이 모여든다. 내일 출상할 상여와 상여꾼들이 합세하여 상엿소리를 맞추어 본다. 선소리꾼이 요령搖鈴을 흔들며 상엿소리를 시작한다.

"땡그랑 땡, 땡그랑 땡그랑…"

"어노~ 어어농~ 어이가리~ 어어농."

상갓집은 상여꾼들의 상엿소리로 한바탕 요란해진다. 경자는 상여꾼들을 대접하기 위하여 음식을 계속 장만한다. 상갓집에는 밤이 깊은 시간까지 사람들로 북적인다. 밤참으로 닭죽을 푸짐하게 끓여서 대접한다. 내일 출상을 위해 상여꾼들을 잘 대접해야 한다. 초상집에는 밤새 불이 꺼지지 않는다. 사랑채 옆 마당에서는 덕석을 깔아놓고 윷놀이가 한창이다.

"윷이다!"

상여꾼들이 소리를 지르며 윷놀이가 한창이다. 서로 옥신각신하며 윷판에 사람들이 집중한다. 상여꾼들이 상주가 심심하지 않도록 함께 밤을 지새워 주는 것이다. 상주들은 시간에 맞추어서 제를 올리고 곡을 한다.

날이 밝아 온다. 이른 아침부터 상갓집이 분주해진다. 꽃상여가 나설 채비를 한다. 제를 올린 상주들이 꽃상여 앞에 늘어선다. 인철을 비롯한 형제들이 상복을 입고 꽃상여 앞에 머리를 조아린다. 이씨 종갓집의 마지막 어른이 돌아가셨다. 인철은 깊은 슬픔에 빠져 있다. 인영은 목발을 짚으며 계속 울음을 쏟아 내고 있다. 인석도 상복을 입고 서 있다. 친부모처럼 인석을 돌봐 주던 큰어머니의 죽음이 슬프고, 슬픈 일이다. 그동안 엇나가기만 했던 지난 잘못이 후회스럽기만 하다.

"아이고 아이고 아이고…."

목이 쉰 남자들의 울음소리가 종갓집의 마당에 구슬프게 울려 퍼진다. 꽃상여가 마당을 나선다. 수십 개의 만장이 펄럭인다. 꽃상여가 마을 앞을 지나간다.

"아이고 아이고 아이고…."

"우리 어머니 불쌍해서 어쩌나."

경자는 절골댁을 붙들고 눈물을 흘린다. 상주들이 울면서 상여 뒤를 따른다. 마을 사람들이 구름처럼 모여든다. 소작하는 인근 마을에서도 소문을 듣고 달려왔다. 마을 사람들도 망자를 보내는 슬픔의 눈물을 훔친다. 상여꾼들의 발걸음이 천천히 움직인다.

"땡그랑 땡, 땡그랑 땡그랑…."
"초로 같은 우리 인생 북망산천 어서 가세."
"어노~ 어어농~ 어이 가리~ 어어농."
"땡그랑 땡, 땡그랑 땡그랑…."
"한번 가면 다시 못 올 길 아쉬워서 어이 갈꼬."
"어노~ 어어농~ 어이 가리~ 어어농."

"땡그랑 땡그랑 땡그랑."
"명전 공포 앞세우고 북망산천 돌아들제."
"어노~ 어어농~ 어이 가리~ 어어농."
"공수래공수거가 인생이라 하더니만, 이 길을 두고 공수래로다."
"어노~ 어어농~ 어이 가리~ 어어농…."

46
비상
飛上

"아~ 악~."

민정이 아픔을 견디지 못해 소리를 지르고 있다. 민정이 배의 심한 통증으로 사경을 헤맨다. 배를 움켜쥐고 방 안을 데굴데굴 구른다. 도대체 어디가 아픈지 모르겠다. 어느 부위에 통증이 몰려오는지도 모르겠다. 뱃속이 뒤틀리고 창자가 뱃속에서 요동을 치는 것 같다. 계속되는 뱃속의 통증으로 숨이 멎을 듯하다. 갑자기 찾아오는 통증을 견디기가 힘들다. 가끔 배의 통증이 몰려오면 정신을 못 차릴 만큼 고통을 수반한다. 통증의 고통으로 정신을 놓는다. 점점 심한 통증으로 온몸에 땀이 난다. 땀이 몸을 흥건히 적신다. 숨을 몰아쉬며 한참을 버티고 나면 배의 통증이 서서히 가라앉는다. 움켜쥐고 있던 손에 땀이 마를 때쯤이면, 언제

아팠냐는 듯이 제정신으로 돌아온다. 방 안에 누워서 천장을 한참 동안 바라본다. 그동안 전쟁터에서 일본군들에게 몹쓸 짓을 당한 기억이 아련히 떠오른다. 하루에도 수십 명의 군인이 알몸으로 민정의 배 위로 올라왔다. 그 몹쓸 짓을 하도 많이 당해서 몸이 어떻게 됐을까? 임신을 막기 위하여 수시로 독한 약을 억지로 먹어야만 했다. 그 약 때문일까? 참으로 기구한 운명의 장난이었다. 제 몸을 돌볼 여유가 없었다. 어디가 아파도 약 한번 제대로 쓰지 못하고 살아온 세월이 야속하다.

가끔 몰아치는 배의 통증은 견디기 힘든 일이다. 이러다가 죽을 것만 같다. 몹쓸 병에 걸린 건 아닌지. 몸을 그토록 험하게 굴렸으니 아프지 않은 것이 오히려 이상할 일이다. 이러다가 객지에서 죽는 건 아닌지. 콱 이대로 죽어 버릴까? 죽고 싶은 충동이 수시로 반복된다. 내가 죽으면 아무도 내가 이런 일을 겪고 있으리라고는 짐작도 못 할 텐데…. 누가 날 기억이라도 해 줄까? 견디지 못할 만큼 심했던 배의 통증이 서서히 가라앉는다. 정신을 조금씩 차린다. 정신이 돌아와도 기운이 없다. 계속 누워 있다. 이렇게 아프다면 큰 병원에 가 봐야겠다는 생각을 가진다. 방 안에 누워 천장만 계속 바라본다.

고향이 그립다. 큰어머니가 보고 싶다. 어머니가 돌아가시고 큰집에 맡겨졌을 때부터 친자식처럼 키워 주신 큰어머니는 잘 계실까? 나를 아직도 기다리고 계시지는 않을까? 큰어머니께 죽을죄를 지은 것만 같다. 그동안 고향집에 편지 한 장 띄울 수도 없었다. 고향으로 돌아가서 큰어머니께 모든 걸 털어놓을까? 해방 후 부산항으로 돌아왔을 때 차마 순결을 잃은 몸으로 고향으로 돌아갈 수가 없었다. 큰어머니께 큰 죄를 지은 것만 같았다. 그냥 모든 것을 숨기고 살아가도 되지만, 양심상 그럴 수는 없는 일이었다. 아직은 고향에 돌아갈 자신감이 없다. 큰 죄를 지은 죄인이 어떻게 고개를 들고 고향집에 돌아간단 말인가?

새언니는 잘 계실까? 나와 가장 마음이 통했던 분이었는데. 새언니는 내가 일본으로 건너가서 아버지를 만나고, 상급학교에 진학한다고 했을 때 가장 적극적으로 밀어줬던 분이다. 시장에서 꽃신까지 사 주었던 새언니다. 새언니는 내가 일본에서 잘 지내고 있으리라 본다. 무소식이 희소식이라 하지만, 새언니는 소식을 무척 기다리고 있을 것이다.

누워서 눈을 감고 고향 하늘을 생각한다. 서시천이 그립다. 요즘 들어 몸의 통증이 더욱 심해지고 있다. 몹쓸 병에 걸려서 죽기라도 한다면…. 그 생각을 하니 죽기 전에 고향으로 돌아가고 싶은 마음이다. 죽기 전에 고향으로 돌아가 집안 어른들을 만나고 싶은 생각이 간절해진다.

철썩 철썩 철썩….

민정이 바닷가에 앉아 있다. 바닷바람이 살랑거린다. 갯내음이 밀려온다. 철썩거리는 파도를 무심히 바라본다.

민정은 해방 후 만신창이가 되어 부산으로 돌아왔지만, 아무도 반겨 주는 사람이 없었다. 순결을 잃어버렸다는 죄책감에 고개를 제대로 들고 다닐 수 없는 신세가 되어 버렸다. 과거를 숨기고 고향으로 돌아갈 자신이 없었다. 시치미를 떼고 과거를 숨기고 살아가도 되지만, 그럴 수는 없었다. 과거를 감추는 것은 양심상 허락하지 않았다. 심한 죄책감에 곧바로 고향으로 가려는 발길이 머뭇거려지기만 했다. 부모님이라도 계시면, 당장에라도 고향으로 달려가고 싶은 마음이 간절했겠지만, 민정은 부모도 없는 마당에 멈칫거린다. 부산역에서 나쁜 여자의 꼬임에 넘어가 홍등가로 팔려나갔던 일만 생각하면 더 끔찍하다. 운 좋게 목숨을 부지하고 고국으로 돌아왔지만, 일이 안 풀리는 것 치고는 너무나도 가혹한 시련의 연속이었다. 전쟁 후에 입에 풀칠하기 위하여 본인도 모르게 팔려 온 것이 초량동 윤락가였다. 숨이 붙어 있는 한 살기 위하여 남자들에게 몸을 파는 신세가 되어 버렸다. 그러고 난 후에는 더더욱 고향으로 돌아갈 수 없는 신세가 되어 버렸다. 해방되고, 연이어 전쟁까지 겪은 사람들은 바쁘게 살아가지만, 민정은 살아갈 의욕마저 점점 사라져 버렸다. 이 세상에 오로지 혼자뿐이라는 생각에 외로움이 밀려온다. 내가 왜 이렇게 되어 버렸는지 신세 한탄을 한다. 바다를 바라보던 민정이 고개를 숙여 버린다. 한참을 고개를 무릎에 처박고 있다. 지나간 일들이 주마등처럼 빠르게 지나간다.

차라리 필리핀에서 미군의 비행기 폭격에 죽어 버렸어야 할 일이다. 이렇게 고통스럽게 살아야 한다면 차라리 죽어 버려야 편할 일이다. 참으로 기구한 목숨이다. 차라리 죽어 버릴까? 나 하나 죽어도 누가 슬퍼할 일도 없고, 내가 이 세상에 살았는지, 죽었는지 아무도 모를 일이라고 여긴다. 민정은 고개를 처박고 한참을 일어나지 못한다.

"훌쩍 훌쩍 훌쩍…"

고개를 푹 숙이고 한참을 울고 났더니 정신이 몽롱하다. 고개를 들고 바닷바람을 쐰다. 바람이 시원하게 분다. 바다는 파도가 밀려와 계속 철썩거리고 있다. 민정은 바다를 계속 바라본다. 바람이 민정의 마음을 감싸 준다. 썩어 문드러진 몸과 마음을 씻어 주고 있다.

고개를 들고 하늘을 쳐다본다. 문득 서시천이 그립다. 꿈에도 자주 나타났던 그리운 서시천이다. 서시천만 생각하면 기분이 저절로 좋아진다. 민정이 팔을 걷어붙이고 서시천에서 빨랫방망이를 '탕탕탕' 힘차게 내리친다. 흐르는 냇물에 빨래를 헹군다. 맑은 시냇물이 흘러간다. 서시천의 하늘이 맑고 푸르다. 서시천 장정지에 축 늘어진 수양버들 아래에 앉아서 낚시꾼들이 낚시하는 모습도 눈에 들어온다. 벌거숭이 아이들은 냇물에서 물장구를 치면서 놀고 있다. 서시천의 평화로운 모습이 눈에 선하다. 민정이 빨래를 광주리에 담아서 집으로 돌아온다. 민정이 머리에 새참을 이고 들판을 걸어간다. 푸른 벌판을 바쁘게 걸어간다. 농사일에 바쁜 일꾼들의 손을 거든다. 민정은 고향을 생각하면서 노래를 부르기 시작한다.

　나의 살던~ 고향은~ 꽃피는 산골~
　복숭아꽃~ 살구꽃~ 아기 진달래….

　민정이 느리게 느리게 노래를 부른다. 고향은 생각하면 생각할
수록 그리운 곳이다. '아! 고향집이 그립다.' 민정의 눈에는 눈물이
그렁그렁해진다. 바다가 희뿌옇게 보인다.

　울긋불긋~ 꽃 대궐….

　노래를 부르다 말고 멈춘다. 고래 등 같은 기와집에 어느 것 하
나 부족함이 없는 종갓집 살림살이. 마당에서 놀고 있는 아이들
의 웃음소리. 넓은 마당에서 널뛰기하던 일이 생각난다. 나에게도
고향이 있지 않은가? 나를 딸처럼 키워 주신 큰어머니가 보고 싶
다. 큰어머니 이상으로 나를 세심하게 챙겨 줬던 새언니도 보고
싶다. 민정이 머릿속에는 오로지 고향 생각만 가득하다. 고향으로
돌아갈까? 아니야…. 민정은 고개를 저으며 고향에 돌아간다는
마음을 되돌린다.
　'아! 왜 나는 고향을 피해야만 하는 신세가 되어 버렸는가?'
　민정은 고향이 그립지만, 고향으로 돌아간다는 결정을 쉽게 하
지 못한다. 이런 몸으로 고향에 어떻게 돌아간단 말인가? 괜히 죄

책감에 휩싸인다. 나는 고향으로 돌아간다 해도 고개를 들고 돌아다닐 수 없는 몸이다. 자신이 없다. 죄인이 된 기분이다. 어떻게 집안 식구들을 볼 수 있단 말인가? 갑자기 무기력해져 버린다. 고향으로 돌아간다는 생각만으로 괜히 양심이 찔리는 순간이다. 고개를 다시 무릎에 처박고 한숨을 내쉰다. 민정은 죄책감에서 헤어 나오질 못한다.

"흑흑흑흑흑…."

흐르는 눈물을 주체할 수가 없다.

"아~ 악~."

민정은 수시로 찾아오는 통증으로 괴로워한다. 통증이 찾아올 때마다 배를 움켜쥐고 고통을 참아내고 있다. 고통이 심하다 보니 온몸에는 식은땀이 범벅이다. 시간이 지나면 통증이 서서히 잦아든다. 흐르는 땀을 훔쳐내고 흐트러진 머리를 쓸어 올린다. 통증이 심해지면 정신을 못 차릴 만큼 머리도 텅 비어 버린 느낌이다. 공허해져 버린다. 민정은 우두커니 앉아 있다. 요즘 들어서 몸이 몹시 아프다. 이러다가 혼자서 죽는 건 아닌가? 아프다 보니 고향이 더욱더 그립다. 죽기 전에 고향으로 돌아가야 한다. 누가 뭐래도 고향은 한 많은 이 몸을 받아 줄 것 같다. 순결을 잃은 몸으로 고향으로 돌아가는 길은 죽기보다 더 싫다. 부끄럽고 창피한 일이다. 내가 스스로 선택한 일도 아니었지만, 막연히 고향으로 돌아간다는 일이 죄책감에 시달린다. 나는 고향으로 돌아갈 수 없는 몸인가? 하루에도 수십 번을 고향으로 돌아갈까, 말까 고민한다.

　민정이 세련된 양장 차림을 하고 마을로 들어선다. 입술은 빨갛게 칠했다. 선글라스를 끼고 있어서 누구인지 모르게 변해 버렸다. 마을 사람들은 민정의 모습을 보고 눈을 떼지 못한다. 마을에서는 세련된 양장 차림의 여성을 별로 본 적이 없다. 마을 사람들은 여자의 정체가 궁금해진다.
　"아니, 저 여자가 누구여?"
　"와! 겁나게 멋진 사람이 우리 동네에 와 부렀구먼."
　마을 여자들은 멋지게 차려입은 민정을 보고 부러워한다. 고개를 갸웃거린다. 누구지? 여성의 정체를 알아내려고 계속 바라본다. 양장 차림의 여자를 계속 바라보던 마을 여자들이 고개를 끄덕인다.
　"쩌그, 거시기… 오롯대집, 애기씨 아니여?"
　마을 여자들은 조심스럽게 민정을 기억해 낸다.
　"그래! 애기씨 맞당깨!"
　"눈썰미도 좋네! 그럼, 쟈가 민정이란 말이여?"
　"내 눈썰미는 못 당한당깨로. 민정이가 맞당깨!"
　마을 여자들은 그제야 고개를 끄덕이며 민정이임을 확인한다. 세련된 양장옷을 걸치고 선글라스까지 끼고 나타난 민정을 호기심 어린 눈으로 바라본다. 민정의 차림이 호기심을 불러일으킬 만큼 파격적이다. 마을 사람들은 화려하게 나타난 민정의 모습에

서 눈을 떼지 못한다. 민정은 고개를 숙이며 새뜸 골목으로 올라
간다.

　민정이 집 안으로 성큼 들어선다. 얼마나 그리웠던 고향집인가?
민정은 만감이 교차한다. 집안사람들이 민정을 호기심 어린 눈으
로 쳐다본다. 선글라스에 짙은 화장을 하고 나타난 민정을 금방
알아본다.
　"애기씨!"
　경자가 민정을 발견하고 다가온다. 집안사람들도 민정을 알아보
고 놀란 얼굴이다.
　"애기씨가 맞나?"
　난동댁도 민정이 맞는지 확인한다. 민정이 선글라스를 벗으며
공손하게 인사를 한다.
　"아이고, 우리 애기씨가 요롯케 변해 부렀당가? 멋쟁이가 되어
뿌렀네!"
　"아따, 요로코롬 멋지게 나타나 뿐깨로, 나는 애기씨가 아닌 줄
알고 한참을 쳐다봤구만!"
　집안사람들이 민정의 멋진 모습에 한마디씩 한다. 집안사람들
은 민정의 등장에 활짝 웃는다.
　"어서 오씨요. 애기씨!"
　경자가 민정을 웃으면서 반갑게 맞이한다.
　"새언니!"

　민정은 안경을 벗으면서 경자에게 달려들어 포옹한다. 그동안 가족이 얼마나 그리웠던가? 경자가 반갑게 맞이하자 눈물이 난다. 그동안 혼자서 얼마나 외로웠던가? 반가움과 서러움이 한꺼번에 몰려온다. 민정은 왈칵 울음이 쏟아진다. 서러운 눈물이 한꺼번에 터진다. 눈물이 그치질 않는다. 경자는 민정의 등을 계속 토닥여 준다. 경자의 품 안에서 한참 동안 눈물을 쏟아 낸다. 경자도 민정이 울음을 쏟아 내자 함께 눈물을 흘린다. 민정은 고향집으로 돌아왔다는 기쁨에 눈물이 계속 멈춰지지 않는다. 포옹하고 나서도 다시 서로의 얼굴을 바라본다. 얼마나 반가운 얼굴인가? 두 손을 다시 꽉 움켜잡는다. 그야말로 이게 꿈인가, 생시인가 싶다. 민정은 믿을 수 없다는 듯이 고래 등 같은 기와집을 향하여 고개를 돌린다. 찬찬히 집 안 구석구석을 돌아본다. 가슴이 벅차오르고 있다. 두근대던 가슴이 점점 안정을 찾는다.

　“새언니, 그동안 별고 없으셨어요?”

　“오랜만에 우리 애기씨를 보니까 너무 기쁘네.”

　경자는 화려하게 나타난 민정이 대견스럽기만 하다. 앳된 처녀가 화장까지 하고 나타나니 성숙해 보이고 반갑기만 하다.

　“오서 오니라.”

　“인철 오빠!”

　인철은 민정을 반갑게 맞이한다. 난동댁과 점말과도 다정하게 손을 잡는다.

　민정이 집 안을 계속 두리번거린다. 큰아버지와 큰어머니를 찾는 것이다.

"큰어머니는?"

민정이 큰어머니를 찾자, 경자가 민정을 안방으로 안내한다.

"어여, 안방으로 올라가자고."

경자가 민정을 안방으로 안내한다. 안방에 계신가? 민정도 안방을 향하여 서두른다. 어서 빨리 큰어머니를 뵙고 큰절을 올리고 싶다. 얼마만의 만남인가? 큰어머니를 만난다는 기쁨에 가슴이 설렌다. 그동안 큰어머니와 큰아버지는 얼마나 변하셨을까? 어른들께 빨리 큰절을 하고 싶다. 큰어머니께 큰절을 해야 한다는 설레는 마음으로 서둘러 안방으로 들어간다. 안방에는 인기척이 없다. 안방 아랫목에 앉아 계셔야 할 어른들이 보이지 않는다.

"어른들은 어디 가셨나요?"

경자가 고개를 숙이고 훌쩍거린다. 민정은 예감이 이상하다. 안방에 계셔야 할 어른들이 보이지 않는다. 새언니가 고개를 숙이고 훌쩍거리자 갑자기 불안해진다. 혹시, 그 사이에 무슨 일이 생긴 걸까?

"두 분 모두… 돌아가셨어요."

"예?"

민정은 두 분 어른들이 돌아가셨다는 소리에 억장이 무너진다. 민정은 그 자리에 털썩 앉는다. 경자가 민정에게 다가온다. 민정은 경자를 붙들고 큰 울음을 쏟아 낸다.

"엉엉엉엉엉…"

민정은 그야말로 대성통곡을 한다.

"큰어머이… 흑흑흑…"

큰어머니가 죽었다는 소식은 민정에게 가슴을 후벼 파는 큰 슬픔으로 다가온다. 민정의 울음소리는 오장육부를 흔들게 하는 울음이다. 아, 그토록 보고 싶어 달려왔건만, 돌아가셨다니… 믿을 수가 없는 일이다. 큰어머니가 보고 싶어 고향으로 한걸음에 달려왔는데, 하늘이 무너지는 듯한 슬픔에 휩싸인다. 부모님이나 다름없이 나를 키워 주시고 아껴 주셨던 어른들이다. 민정은 불효자식이 된 기분이다. 이제야 고향으로 돌아온 것이 한스럽기만 하다. 미안하고 미안할 따름이다. 큰어머니께 죽을죄를 진 것 같아 더욱더 서러운 슬픔이 몰려온다. 민정이 서럽게 울음을 계속 쏟아낸다. 경자도 큰 소리를 내며 울고 있는 민정의 손을 잡고 함께 울어 준다. 민정은 그나마 손을 잡아 주는 새언니가 있어서 그나마 다행이다. 이제는 큰어머니도 안 계시는 고향이다. 민정이 한참을 울고 난 후에 옷매무새를 고친다. 경자와 마주 앉자 큰아버지와 큰어머니가 돌아가신 사연을 들려준다. 민정은 경자의 말을 들으면서도 눈물을 계속 훔친다.

민정이 돌아왔다는 소문에 집안 식구들이 큰집으로 모여든다. 각각 분가해서 사는 가족들도 큰집으로 모두 올라왔다. 오랜만에 만난 민정을 웃으면서 맞이한다. 서로 문안 인사를 나누면서 웃음꽃이 활짝 핀다. 민정이 돌아왔다는 기쁨에 큰집 마당은 아이들까지 포함하여 잔칫집 분위기다.

"민정아!"

"인석 오빠!"

민정은 반가워서 어찌할 줄을 모른다.

"여기 우리 색시여!"

인석이 화개댁을 소개한다. 아이를 업은 화개댁이 민정과 인사를 나눈다.

목발을 짚고 나타난 인영이 민정에게 다가온다.

"민정아 반갑다."

"인영 오빠!"

민정은 인영의 모습을 보고 깜짝 놀란다.

"인영 오빠는 어떻게 된 일이야. 왜 목발을 짚고 다녀?"

"말도 마라. 전쟁터에서 죽지 않고 살아 돌아온 그것만으로도 십년감수한 거지. 목발이라도 짚고 돌아왔으니 망정이지. 그러지 않았으면 전쟁 통에 죽었을 거야. 이나마, 다행이라고 여겨야지."

인영의 말투에는 원망이나 아쉬움이 없다. 이나마 다행이라고 긍정적으로 말한다. 민정은 안타깝지만, 인영이 오빠가 웃으면서 말하니까 대수롭지 않게 받아들인다. 일본 놈들이 벌인 태평양 전쟁도 그렇고, 남북한 간의 전쟁도 그야말로 많은 사람의 운명을 바꾸어 버렸다. 죽지 않고 살아남았으니 이렇게라도 만난 것으로 여긴다.

수지와 철원이 민정에게 다가와 인사를 한다.

"우리 수지와 철원이 많이 컸구나."

민정이 수지와 철원의 머리를 쓰다듬어 준다.

"야들도 이제 국민핵교를 댕기고 있구만."

"아이들이 몰라보게 컸네요."

민정이 훌쩍 큰 수지와 철원을 웃으면서 계속 바라본다.

"고모 알아보겠어?"

경자가 옆에서 수지와 철원에게 묻는다. 수지와 철원은 알고 있다는 듯이 고개를 끄덕인다. 수지와 철원이 어렸을 때부터 민정이 수시로 업어 주었던 아이들이다. 벌써 국민학교를 다니고 있다고 하니, 수지와 철원을 보니 대견하기만 하다. 아이들이 못 보는 사이에 쑥쑥 커 버렸다. 어린 철민이 마당을 뛰어다닌다.

"저 아이는 인호 아들 철민이야!"

경자가 민정에게 철민을 소개한다. 민정은 인호가 벌써 장가가서 아들을 낳았다니 반갑다. 인호 아들이라면서 부모가 보이지 않는다. 민정은 아이의 부모가 궁금하다.

"인호가 벌써 장가를 갔나요?"

인호가 벌써 장가를 갔다니 궁금하다. 인호는 민정이보다 나이가 어리기 때문이다. 인호는 이제 스무 살을 겨우 넘긴 정도의 나이인 걸로 기억한다.

"그렇다니까. 인호가 벌써 장가를 가서 아들을 낳아서 저렇게 많이 컸당깨로. 애들은 금방 쑥쑥 자란다니깐."

경자는 철민이 벌써 걸음을 떼고 혼자서 마당을 뛰어다니는 걸 보니 대견하기만 하다. 민정은 인호가 어디 있는지 궁금하다.

"인호는 어디 갔나요? 보이지 않네요."

민정은 인호가 궁금하다. 철민의 엄마도 보이지 않아 궁금하기는 마찬가지이다. 경자는 철민이 부모가 없다는 소리를 차마 꺼내지 못한다. 죽었다는 소리를 머뭇거린다.

"인호 아재는 죽었어."

경자는 인호가 죽었다는 소리를 하기 싫지만, 기어들어 가는 소리로 알린다.

"예? 인호가 죽었다고요?"

민정은 인호가 죽었다고 하니 놀란다. 이제 겨우 스무 살을 넘겼을 인호가 벌써 죽었다니 믿을 수가 없는 일이다. 그동안 무슨 일이 있었는지 궁금하다. 혹시 전쟁터에 끌려갔나?

"인호 아재가 결혼을 일찌감치 했어. 연애결혼을 했다니까. 뭐가 그리 급했는지, 고등학교도 졸업하기 전에, 연애하는 와중에 아이가 들어서 부렸어. 아이 때문에 곧바로 결혼을 서둘렀지. 아이를 빨리 낳은 거지. 결혼하자마자 서울에 있는 사관학교에 갔는데, 곧바로 전쟁이 터져 버린 거야. 참으로 운이 없었던 거지. 한참 전쟁 중이었는데, 전쟁터에서 죽었다는 전보가 도착한 거야. 철민이 어멈과 함께 시신을 찾으러 대구까지 갔었지. 전쟁터에서 죽은 몸이라 시신도 못 찾고 돌아왔었어. 참으로 안 됐어."

경자는 인호의 죽음을 덤덤하게 전한다. 철민을 보면 안타까운 일이지만, 철민이 잘 자라고 있어 다행으로 여긴다. 민정은 경자의 말을 듣고 고개를 끄덕인다.

"그럼 철민이 엄마는 어디 갔능가요?"

민정은 철민이 엄마가 궁금해진다.

"철민이 엄마는 일본에 갔어."

경자가 철민이 엄마가 일본에 갔다고 하니까 더욱더 궁금해진다.

"일본은 왜요?"

"일본이 친정이거든."

"일본 여자와 결혼한 거여요?"

"그렇다니까. 남자는 이 동네 조선 사람이고, 일본 여자 사이에 해방 전에 일본에서 철민이 엄마가 태어난 거야. 해방되어 친정아버지를 따라 조선으로 돌아온 거지. 일본으로 다시 건너간 친정엄마가 돌아가셨다는 전보가 왔는데, 초상을 치르러 일본을 혼자 갔다 온다고 갔어. 초상을 치렀으면 돌아와야 하는데, 아직 소식이 없네. 철민이 엄마가 몹시 아프거든. 철민이 아범이 전쟁터에서 죽어 버리는 바람에 정신 줄을 놓아 버린 거야. 초상을 치르고 나서도 많이 힘들어했어. 그래서 철민을 떼어놓고 혼자 일본을 간 거야."

민정은 고개를 끄덕인다. 인호의 부인이 일본 여자라고 하니까 인호의 부인이 더욱 궁금해진다. 아프다는 것도 더욱 궁금하다.

소복 차림의 민정이 질매제를 오른다. 경자가 함께 올라와 묘를 안내한다. 민정이 큰아버지와 큰어머니의 묘 앞에서 큰절을 올린다.

“엉엉엉엉엉….”

묘 앞에서 통곡한다. 특히 자식처럼 돌봐 준 큰어머니께서 돌아가셨다는 일이 믿기지 않는다. 민정은 고향집에 돌아왔지만, 반갑게 맞아 줄 큰어머니가 안 계셔서 더욱더 서럽다. 효도도 제대로 하지 못하고, 신세만 진 아쉬움이 큰 슬픔으로 휘몰아치고 있다. 부모는 자식을 기다려 주지 않는다. 효도 한 번 제대로 하지 못한 아쉬움과 서러움이 몰려온다. 불효한 죄인이라는 생각에 더욱더 슬프다. 더군다나 민정은 누구에게도 털어놓지 못한 한을 가지고 돌아온 몸이다. 몸까지 순결을 잃고, 병까지 얻어서 고향으로 돌아온 불효자식의 뉘우침이 밀려온다. 아, 나는 어쩌란 말인가? 나에게 정신적 지주가 되어 주셨던 큰어머니였는데…. 나는 이제 누구에게 기대어 산단 말인가. 나의 억울함을 큰어머니께나마 털어놓고 펑펑 울고 싶었는데…. 그것마저도 허락하지 않음이 야속하다.

“큰어머이!”

민정은 큰 소리로 큰어머니를 불러 본다. 눈물이 멈추지 않는다.

“엉엉엉엉엉….”

민정이 한참을 울고 나자 자리에서 일어선다.

“여기가 인수 아재 묘야. 여기는 인호 아재 묘이고.”

경자가 인수와 인호의 묘를 안내한다.

민정은 경자가 안내해 준 대로 절을 올린다. 절을 올리고 나서 묘 부근에 경자와 함께 살며시 앉는다.

민정은 인호가 죽었다는 소리를 들었지만, 인수의 묘를 안내해 주니 인수가 어떻게 되었는지 궁금하다. 참으로 다정한 오라버니였는데, 죽었다니 안타깝기만 하다.

"인수 오빠는 어떻게 됐나요?"

"인수 아재도 일본 놈들에게 징병으로 끌려가서 아직도 소식이 없어. 해방된 후에 아직 돌아오지 않고 있는 거야. 살았는지 죽었는지 점도 쳐 보고, 굿도 했는데, 죽었다고 나왔어. 시체는 없지만, 죽은 거로 치고 가묘를 써 놓은 거야. 두 아들이 죽자, 시어머님께서 얼마나 상심이 컸는지 치매까지 온 거야. 아들이 죽었다는 게 도저히 용납이 안 된 거야. 금방이라도 살아 돌아올 것으로만 믿고 있다가, 사람이 미쳐 버린 거지. 치매가 달리 온 게 아니라, 아들 둘이 죽어 버렸기 때문에 왔다니까."

경자는 절골댁이 두 아들이 죽었다고 하니까 오매불망 아들들을 기다리다가 노망이 들었다고만 여겼다. 살아 있는 어미가 죽은 자식들을 차마 떠나보낼 수가 없어서 눈만 뜨면 아들 둘을 기다리다가 치매기가 발동했으리라 여긴다. 경자가 아무리 옆에서 절골댁을 챙긴다 해도 아들의 죽음은 누구도 대신할 수가 없는 일이었다. 절골댁만 생각하면 가슴이 아프다.

민정은 집안사람들이 많은 사람이 죽어 나갔다는 소식에 마음이 더욱 심란해진다.

"저쪽에는 명일이 아재 묘가 있는데 그쪽도 둘러보고 내려가자고."

경자는 질매제에 올라온 김에 집안 식구들의 묘를 모두 소개해 주고 싶다.

"예?"

민정은 명일이 아재 묘가 있다고 하니 놀란다.

"명일이 오빠도 죽었다고요?"

"명일이 아재는 해방 후, 반란 사건에 죽었어. 해방 후에 반란 사건이 터졌는데, 거기도 반란군이 되어서 산으로 올라갔어. 죽었는지 살았는지 아직 정확히는 몰라. 그때도 워낙 많은 사람이 죽어 나갔어. 반란군으로 산으로 올라간 사람이어서 아마, 산에서 죽었을 거야. 송정댁이 점도 쳐 보고 굿을 해 봤는데, 죽었다고 나왔어. 그래서 가묘를 써 준 거야."

민정은 고개를 끄덕인다. 경자가 말하는 반란 사건에 대해서는 잘 모르지만, 송정댁 새언니가 생과부가 되었다니 안타깝기만 하다. 조카도 둘이나 있을 텐데 걱정이 된다.

아이들이 마당에서 뛰어놀고 있다. 철민은 엄마가 없지만, 수지와 철원이 철민과 함께 잘 놀아 준다.

"철민아! 이리 와 봐!"

철민은 민정이 아직 낯설다. 민정이 부르자 뒤돌아서 도망을 친다.

"철민아! 고모야!"

민정이 철민의 마음에 들게 하려고 불러 봐도 철민은 외면한다. 그럴수록 민정은 철민에게 가까이 다가가려고 한다.

“철민아, 고모가 업어 줄까?”

민정이 철민을 업어 준다고 하자 철민은 이제야 웃으면서 돌아선다.

“철민아, 이리 와!”

민정은 철민을 계속 부르며 다가간다. 철민이 민정이 업어 준다는 소리에 다시 민정에게 다가온다. 민정이 앉아서 등을 내민다.

“이리 와!”

철민은 달려와 민정의 등에 업힌다.

“옳지!”

민정은 철민을 등에 업고서 일어선다.

밤이 깊었다. 행랑채에 민정과 경자가 호롱불 앞에 마주 앉아 바느질을 하고 있다.

“애기씨. 일본은 잘 댕겨왔나요?”

민정은 경자의 질문에 머뭇거린다.

“지는 일본에 댕겨오지 않았습니다.”

“일본에 댕겨오지 않았다고요? 그럼 그동안 어디에 있다가 온 건가요?”

“해방 후 지는 고향으로 차마 돌아올 수가 없었습니다. 차마…”

민정은 굵은 눈물을 흘린다. 지나온 일을 생각하면 생각할수록 너무나 억울하고 한이 맺힌 일이다. 일본 공장에 취직도 하고, 상급학교에 진학도 하고, 보고 싶었던 아버지를 만난다는 부푼 기대는 물거품이 되고 말았다. 일본 놈들에게 속아서 일본군들이 득실거리는 필리핀 군부대에까지 강제 위안부로 팔려 갔다는 생각만 하면, 일본 땅에 폭탄이라도 던지고 싶은 생각이 아직도 지워지지 않는다. 사람 팔자가 이리도 기구한지? 눈물을 참아 내려고 해도 참을 수가 없는 일이다. 더더욱, 늘 신세만 지고 살았던 어린 시절. 특히 그림자처럼 함께 했던 새언니를 생각하면 생각할수록 미안하여 볼 낯이 없다. 떳떳하게 고향에 돌아와야 하는데, 너무 죄송스럽고, 미안할 따름이다. 순결을 잃어버린 더러워진 몸으로 돌아왔지만, 어떻게 새언니를 떳떳이 볼 수 있단 말인가?

"새언니! 지는…."

민정은 하고 싶은 말은 많지만, 차마 입이 떨어지지 않는다. 새언니에게 차마 말을 꺼내기가 어렵다. 눈물이 그치질 않는다. 경자는 대답하지 못하고 눈물만 흘리고 있는 민정을 바라본다. 민정에게 그동안 무슨 일이 있었는지, 궁금할 따름이다.

"애기씨!"

경자는 민정의 울음에 무슨 사연이 있는지 더욱 궁금해진다. 멋진 처녀가 되어서 돌아온 것만으로도 대견스럽다. 민정이 왜 눈물을 흘리는지 아직 모른다. 한참을 울던 민정이 눈물을 닦는다.

"지는, 고향으로 차마 돌아올 수가 없었습니다."

"일본에서 아부지는 만났나요?"

민정은 고개를 젓는다.

"일본에서 아부지를 못 만났나 보군요."

민정은 고개를 끄덕인다. 아버지에게 무슨 일이 일어난 것인가? 경자는 민정이 이렇게 우는 걸 보니, 필시 일본에 계신 아버지에게 무슨 일이 일어났는지 궁금할 따름이다.

"지는 일본에 가지 않았습니다."

"일본에 가지 않았다고요?"

"예."

"그럼?"

"쩌그…. 필리핀으로 갔습니다."

민정은 필리핀으로 갔다는 말이 쉽게 떨어지지 않는다. 본인 스스로 간 곳도 아닌데, 차마 떳떳하게 말이 쉽게 나오지 않는다. 일본 놈들이 강제로 데리고 간 필리핀이다. 새언니에게 차마 꺼내기가 미안스럽기만 하다.

"일본이 아니고, 필리핀이라고요?"

민정은 고개를 끄덕인다.

"잔인한 일본 놈들이 저희에게 거짓말로 속임수를 쓴 겁니다. 일본에 취직도 시켜 주고, 상급학교에 진학도 시켜 준다는 말은 순 거짓말이었습니다. 조선 처녀들을 배에 태워 끌고 간 곳은 필리핀에 있는 일본군 부대였습니다. 군인들만 득실거리는 곳이었습니다. 도착하자마자 군인들에게 겁탈을 당했습니다. 흑흑흑…."

그 순간이 떠오른 민정은 차마 말을 이어갈 수가 없다. 조선 처녀들을 군인들의 성 노리개로 삼아 버린 잔인한 일본 놈들을 어찌 말로 다 말할 수 있겠는가? 민정은 다시 머리를 쓸어 올린다.

"매일 밤, 일본 군인들이 수십 명씩 교대로 짓밟는 겁니다. 차라리 죽는 것보다 더 고통스러웠습니다. 일본 놈들에게 강간당하고, 그 육체적, 정신적인 고통을 당한 조선 처녀들은 자살하는 자들이 많았습니다. 그 고통을 견디다 못해 병으로 죽어 가는 처녀들도 많았습니다. 지는 무슨 놈의 팔자가 이리도 기구한지. 여러 번 죽으려고 해도, 끈질긴 목숨이 끊어지지도 않았습니다."

경자는 차마 계속 듣지 못하고 민정의 손을 꽉 잡아 준다. 민정의 울음에 경자도 눈물이 저절로 나온다. 경자는 울고 있는 민정을 두 팔로 안아 준다. 민정을 다독거리며 위로해 준다. 민정은 경자의 품에 안기어 큰 울음을 계속 쏟아 낸다. 정말로 세상에 이런 일이 있을 수도 있단 말인가. 일본 놈들이 그렇게 조선 처녀들에게 극악무도한 일을 저질렀단 말인가? 부모도 없이 큰집에서 자란 민정이 불쌍하기만 하다. 경자도 한참 동안 눈물을 쏟아 낸다. 경자가 민정의 눈물을 닦아 준다.

"애기씨…."

이 무슨 날벼락 같은 소리인가? 민정은 생각할수록 억울하고 분한 생각이 든다. 무슨 말로 위로가 되겠는가?

"지옥 같은 생활이 계속되었습니다. 어느 날 갑자기 필리핀에서 미군의 공중폭격이 시작되었습니다. 그동안 간혹 싸움이 벌어지곤 했는데, 그날은 달랐습니다. 공중폭격은 무시무시했습니다. 모든 걸 박살 낼 기세로 공중에서 폭탄이 계속 떨어졌습니다. 폭격을 피해서 죽기 살기로 도망을 쳤습니다. 우선 급한 대로 막사 근처에 있는 동굴 안으로 피했습니다. 동굴 안에서 꼼짝하지 않고 있었습니다. 이틀 후에 동굴에서 나와 보니 일본 군인들이 모두 몰살당했습니다. 막사도 폭격당해서 불에 활활 타고 없어져 버렸습니다. 이때다 싶어 정글에서 필리핀 여자들과 도망을 치는데, 미군들을 만났습니다. 미군들로부터 일본이 패망했다는 소식도 전해 들었습니다. 조선은 해방이 됐다고 좋아했지만, 고국으로 돌아올 수가 없었습니다. 우여곡절 끝에 부산에 도착했지만, 고향으로 차마 돌아올 수가 없었습니다. 고향에 돌아오는 일은 집안에 먹칠하는 일이라고 여겼습니다. 차마 발걸음이 떨어지지 않았습니다. 지는 고개를 들고 살 수 없는 사람이 되어 버린 겁니다. 죽고만 싶었습니다. 나는 죽어야만 마땅한 존재로 여겼습니다. 목숨이 이리도 모질게 긴지 몰랐습니다. 아무도 나를 알아보지 못하는 곳에서 숨어 지내야만 했습니다."

민정은 생각만 해도 억울하다. 민정은 눈물이 멈추지 않는다. 지나간 일이 주마등처럼 스쳐 가지만, 더 말을 이어가지 못한다. 경자는 민정의 말을 들으면 들을수록 화가 나고, 안쓰럽기만 하다.

"흑흑흑…"

민정은 눈물을 펑펑 쏟아 낸다. 경자도 눈물을 흘리는 민정을 보자 함께 눈물을 쏟아 낸다.

"애기씨, 그래도 잘 왔습니다."

경자는 민정이 살아 돌아온 것만도 다행인 것이다. 집안 식구들도 모두가 죽어 나가는 판인데, 살아 있는 것만으로도 고맙고, 감

사한 일이다. 이토록 기구한 슬픔을 안고 돌아온 민정에게 손을
내밀어 줘야겠다는 다짐을 해 본다. 민정의 곁에는 아무도 없지
않다는 것을 경자는 잘 알고 있다. 경자가 민정을 다정하게 안아
준다. 민정은 경자의 품에서 한참을 울어 댄다. 울어도 울어도 한
이 풀리지 않는다. 어렸을 때부터 큰어머니 이상으로 돌봐 주시던
새언니가 엄마의 품속처럼 따뜻하기만 하다.

경자는 인철에게 민정의 자초지종을 털어놓는다. 집안 식구들
에게는 쉬쉬하라며 당부를 한다. 인철이 고개를 끄덕이며 민정의
사정을 안타깝게 여긴다. 나라를 잃은 청년들은 피할 곳이 없었
다. 일본 놈들에 의해서 강제로 전쟁에 동원된 젊은 사람들이 참
많이도 희생되었음을 상기해 본다. 우리 집안에도 인수에 이어 민
정이까지 희생되어 버렸다. 우리 집도 이런 상황인데, 조선의 수많
은 젊은이가 얼마나 억울하게 죽어 나갔는지는 상상하기도 힘들
다. 인철도 일본 유학도 중단하고, 만주로 들어가 독립군으로 일
본군과 싸우다가 겨우 목숨을 구한 것이다. 인철은 민정이 죽지
않고 살아 돌아옴을 다행으로 여긴다.

농사철이 되자 민정이 바쁜 일손을 거든다. 새참을 머리에 이고
들판으로 나선다. 들판에서는 농부들이 농작물을 수확하느라 부
지런히 일하고 있다. 새참을 일꾼들 앞에 내려놓는다.
"우리 민정이가 고상이 많구나!"

인석은 여전히 농작물을 수확하느라 들판에서 땀을 흘리고 있다. 큰집 농사는 그야말로 인석이 오빠 차지다. 집안의 머슴들과 함께 농사를 짓는데 땀을 흘린다.

"인석이 오빠 여전하시네요. 힘드시죠. 얼릉 새참 드세요."

민정이 새참을 논두렁에 펼친다. 일하던 일꾼들이 새참이 펼쳐진 곳으로 모여든다.

"와! 새참이다. 어디, 민정이 음식 솜씨가 여전한지 볼까?"

인석은 민정이 가져온 새참을 맛본다.

"오빠 많이 드세요. 자, 여기 막걸리도 있어요, 함께 드세요."

민정이 일꾼들에게 음식과 막걸리를 권한다. 인석과 일꾼들은 잔에 술을 가득 채운다.

"자, 항꾸네 한잔합시다."

인석과 민정은 처지가 비슷해서 항상 마음이 더 갔다. 부모 없이 큰집에서 지내는 몸이라 서로를 챙겨 주는 마음이 더 강했다. 누가 말하지 않아도 부모 없이 자란 사람들끼리의 동병상련이 강한 연대를 만들어 줬다. 여전히 서로를 챙겨 주기에 바쁘다.

"아~."

민정이 갑자기 배가 슬슬 아파지기 시작한다. 뱃속이 찢어지는 아픔이 밀려온다. 통증이 너무 심해서 견딜 수가 없다. 그동안 배가 아프지 않았었는데 다시 아프기 시작한다. 극심한 통증을 견디어 낼 수가 없다. 민정이 배를 움켜쥐고 방 안을 뒹군다.

"아~ 악."

민정이 소리를 지르며 방 안을 빙글빙글 돌고 있다. 행랑채에서 민정이 지르는 소리를 경자가 듣고 방문을 급하게 연다.

"애기씨! 어디가 아파요?"

"아~."

민정은 통증을 견디지 못하고 계속 소리를 지른다. 경자는 덜컥 겁이 난다. 얼마나 아프고 견디기 힘들면 저렇게 소리를 지를까? 경자는 민정이 곁으로 다가와 민정을 살핀다.

"애기씨! 어디가 아픈지 말해 보세요."

경자도 민정에게 도움을 주고 싶어서 안절부절못한다. 민정은 어디에서 이토록 통증이 심하게 몰려오는지 모르겠다. 뱃속이 잘못되어도 한참을 잘못된 것 같은 기분이다. 경자에게 어디가 어떻게 아픈지 설명하기가 어렵다. 한참을 방 안에서 뒹굴고 나자, 통증이 서서히 가라앉는다. 두 눈을 뜰 수가 없을 만큼 통증이 심했는데, 통증이 가라앉자 이제야 눈을 뜨고 천장을 바라본다. 경자는 민정이 두 눈을 뜨자 다행으로 여기고 민정을 바라본다.

"어디가 그렇게 아프던가요?"

"어디가 아픈지, 지도 잘 모르겠어요. 배가 찢어질 듯 쿡쿡 찌르면서 통증이 사람을 미치게 만드네요. 새언니 제가 죄가 많아서 이렁가 봐요."

민정은 경자에게 괜히 미안하다. 본인이 죄가 많아서 죽을병에 걸린 사람처럼 가끔 이런 통증이 찾아오는 듯하다.

"애기씨도 참."

경자는 걱정이 든다. 일본 놈들에게 몸이 망가질 대로 망가져서 무슨 큰 병에 걸렸을까? 저렇게까지 배가 아프다면 큰일이다. 민정이 어디가 아픈지 한약방에 데리고 가서 진맥이나 해 봐야 할 일이다. 몸이 아프다면 빨리 약을 지어 먹여야 할 일이라고 여긴다.

"철민아! 이리 와 봐!"

철민은 마당에서 민정이 부르자 웃으면서 급하게 달려간다.

"우리 행랑채로 가 볼까?"

철민이 알아듣고 행랑채로 향하며 먼저 걸음을 빠르게 움직인다.

"아이고, 우리 철민이 잘 가네."

민정이 철민의 뒤를 따라간다. 철민은 엄마가 없어도 누구와도 함께 잘 어울려 논다. 경자는 집안일을 챙기느라 눈코 뜰 새 없이 바쁘다. 매달 돌아오는 제사도 챙겨야 하고, 추수가 끝나면 시제를 장만해야 하고, 몸이 열 개라도 부족하다. 집안 식솔들의 식사를 챙기는 일도 만만치가 않다. 경자가 바쁜 관계로 철민은 민정에게 맡기고 집안일에 열중한다.

일본군이 칼을 휘두르며 민정을 덮치려 한다. 민정은 어떻게 해서라도 피하려고 몸부림을 친다. 일본군은 민정을 쓰러트리고 몸 위로 올라타 거센 힘으로 압박을 하고 있다. 민정은 일본군에게서 벗어나기 위해 소리를 지르며 안간힘을 쓴다. 민정이 신고 있던 꽃신은 공중으로 솟구쳐 내동댕이쳐진다. 일본군 손에 붙잡힌 민정은 일본군의 팔을 물어뜯어 버린다. 잠시 일본군의 손아귀에서 벗어나는가 싶더니 일본군은 민정에게 폭력을 가한다. '퍽퍽퍽…' 일본군에게 맞은 민정은 피를 흘리며 바닥에 쓰러진다. 일본군은 민정의 옷을 강제로 찢어 버린다. 일본군은 민정을 덮친다. 민정은 발버둥 쳐 보지만 일본군의 억센 몸이 민정을 짓누른다. 민정이 안간힘을 쓴다. 벗어나려고 온몸으로 저항해 보지만 힘에 부친다. 일본군에 의하여 짓밟혀 버린다. 힘없이 순결을 잃어버린다. 민정은 일본군에게 겁탈당했던 일이 떠오른다.

"아~ 악! 아~ 악…"

소리를 지르며 민정이 눈을 뜬다. 온몸은 땀으로 범벅이 되어 버렸다. 온몸이 불덩이가 되어 버렸다. 꿈속에서도 민정은 악몽을 꾸고 있다. 눈을 뜬 민정은 아직도 분노가 가라앉지 않는다. 무섭고, 서럽고 분노를 참을 수가 없다. 머리가 빙빙거린다. 머리를 흔들면서 머리카락을 움켜잡는다. 머리가 헝클어져 버린다. 정신을 차릴 수가 없다. 몸을 가누기도 어려울 만큼 머릿속이 혼란하다. 정신을 차리려 해도 억제가 되지 않는다. 본인 자신을 스스로 통제할 수 없는 시간이 또 다가온다. 누군가에게 지시를 당한 것처럼 몸과 마음이 따로 놀고 있는 시간이다. 타인의 시선은 아랑곳하지 않는다.

민정이 방 밖으로 달려 나간다. 집안사람들이 놀라 민정을 바라본다. 머리는 산발이다. 민정은 맨발로 미친 듯이 동네를 빠르게 빠져나간다. 장터를 배회한다. 맨발이다. 눈앞에 아무것도 거칠 것이 없다. 집을 나선다. 민정을 바라보는 동네 사람들의 시선도 보이지 않는다. 장터를 혼자서 배회한다. 다행히 장날이 아니어서 사람들은 없다. 머리를 산발한 채 장터 곳곳을 돌아다닌다. 민정이 장터 곳곳을 기웃거린다. 머리가 헝클어져 있고 시선은 고정되지 않는다.

"헤헤헤, 헤헤, 헤헤헤, 헤헤…"

사람들을 만날 때마다 민정은 사람을 향해 헛웃음을 짓는다. 민정과 마주친 사람들은 민정을 흘깃거리며 지나간다. 미친년이 장터를 돌아다닌다는 소문이 퍼지자 아이들이 장터로 모여든다. 장터 점포에 사는 사람들과 장터 부근에 사는 사람들만 오고 갈 뿐이다. 민정이 장터 곳곳을 혼자 돌아다니는 걸 발견한다. 무명 저고리에 긴 치마를 입은 민정은 맨발이다. 머리가 헝클어져 버렸다. 시선을 한곳에 두지 못하고 헤헤거리며 시장통을 계속 돌아다닌다. 그런 민정이 뒤를 아이들이 따른다. 아이들과 민정은 거리를 두고 있다. 아이들도 민정의 헤헤거리는 모습을 보고 가까이 가지 않는다. 아이들끼리만 어울려 다니며 민정이 뒤를 따른다. 민정은 아이들이 뒤를 따르자 헤헤거리며 웃음을 짓는다.

"헤헤헤, 헤헤, 헤헤헤, 헤헤…"

민정이 헤헤거리며 아이들을 향해 웃음을 짓자 아이들은 무서

위한다. 미친 여자가 다가오자 돌아서서 빠르게 도망을 친다. 그저 아무 이유 없이 민정의 모습이 재미있기도 하고, 무섭기만 하다. 도망을 쳤던 아이들이 다시 돌아와서 민정을 향해 소리친다.

"야! 미친년!"

아이들은 민정을 미친년이라 부르며 놀린다. 아이들은 이유 없이 민정이 가까이 다가오기를 거부한다. 민정이 다가오면 아이들은 도망을 친다. 도망을 치다가 돌아서서 돌을 집어 든다. 한 아이가 돌을 던지자, 다른 아이들도 돌을 집어 든다. 민정을 향해 돌을 계속 던진다. 돌은 민정이 부근에서 떨어진다.

어느새 경계심이 풀렸는지, 아이들은 민정이 옆으로 가까이 다가온다. 민정이 아이들에게 해를 끼치는 존재가 아님을 알아차린다. 아이들의 세계는 금방 잊어버리는 묘한 마력을 가지고 있다. 조금 전까지만 해도 경계를 하며 이유 없이 돌을 던지던 아이들이다. 어느덧 어울리는 세계가 되어 버린다. 아이들의 순수한 마음이 미움과 다툼의 경계를 허물어 버리는 순간이다. 민정이 계속 웃으면서 헤헤거린다. 아이들은 어느새 민정이와 함께 잘 어울린다. 민정도 아이들과 같은 마음이다. 조금 전까지도 이유 없이 돌을 던지던 아이들이 친구가 되었다. 시장 골목길을 함께 걷는다. 한참이나 어린아이들 사이에 키가 큰 민정의 얼굴이 보인다. 민정이 머리를 풀어헤치고 웃으면서 함께 어울린다.

경자에게 민정이 밖으로 뛰어나가 안 돌아온다는 소식이 전해진다. 경자가 밖으로 급하게 나간다. 어디로 갔을까? 골목길에서 주민들에게 민정이 어디 있는지 묻는다. 사람들은 손가락으로 장터를 가리킨다. 경자는 고맙다는 인사를 건네며 장터로 향한다. 시장을 들러본다. 장터에 도착한 경자가 민정을 만난다. 머리는 헝클어진 채로 어린아이들과 헤헤거리며 돌아다니고 있다. 발은 맨발이다. 얼마나 헤매고 돌아다녔는지 행색은 거지꼴이다. 민정은 정신이 나간 듯 헤헤거리다가 경자를 발견하자 걸음을 멈춘다.

"헤헤헤헤헤…."

민정은 아직 경자를 알아채지 못한다. 눈은 허공을 향해 있다. 헤픈 웃음을 계속 보이며, 사람들을 만나면 계속 경계를 풀고 헤헤거린다. 누가 봐도 미친 사람처럼 행동하고 있다. 그동안 보아왔던 민정이 아니다. 경자는 민정을 보자 억장이 무너진다.

"흑흑흑…."

경자가 울음을 터트린다.

"불쌍한 우리 애기씨!"

민정이 경자를 보자 계속 헤헤거린다. 민정이 다가오자 경자가 민정을 안아 준다.

"애기씨!"

민정은 경자가 안아 주자 거부하지 않는다. 다소곳이 경자 가슴에 안긴다.

"애기씨. 어여 집으로 갑시다."

한참을 경자 품속에 있더니 고개를 든다. 경자 얼굴을 유심히 들여다본다.

"새언니!"

민정이 경자를 알아보고 새언니라고 부른다. 민정이 경자를 부르자 다시 확인한다.

"애기씨! 나 알아보겠어?"

민정이 고개를 끄덕인다. 경자가 따듯하게 안아 주자 정신이 돌아온 듯하다.

"애기씨! 어여 집으로 갑시다."

경자는 민정을 나무라지 않는다. 머릿속이 얼마나 복잡하면 정신을 놓아 버렸을까? 경자만이 민정의 사정을 조금은 알고 있다. 내가 민정이라면 그야말로 미쳐 버렸을 것이라고 여긴다. 죽지 못해 살아가고 있으리라 짐작한다. 미치지 않고는 견딜 수 없으리라 여긴다. 민정은 경자의 말에 고분고분한다. 경자가 민정의 손을 잡고 집으로 향한다.

민정이 멍하니 앉아 있다. 정신을 딴 곳에 두고 있다. 민정이 멍하니 앉아 있는 모습을 경자가 발견한다.

"애기씨!"

민정을 불러도 반응이 없다. 경자가 이상하게 여기고 민정을 다시 부른다.

"애기씨!"

다시 민정을 불러도 민정은 반응하지 못한다. 경자가 민정 곁으로 가까이 다가간다.

"애기씨!"

민정을 부르면서 어깨를 가볍게 흔들어 댄다.

"헤헤헤…."

민정의 표정이 이상하다. 경자를 알아보지 못한다. 그 모습을 발견한 경자가 놀라서 민정을 다시 유심히 살핀다. 민정이 정신을 놓고 있는 건지, 이상한 표정과 소리를 듣는다. 이상한 일이다. 어디가 많이 아픈지, 불러도 왜 대답을 하지 못하지? 경자는 순간적으로 민정이 정상이 아님을 알아차린다.

"애기씨! 정신 차리랑깨!"

경자는 민정이 헤헤거리자 손을 덥석 잡으며 정신 차리라고 다그친다.

"헤헤헤…."

"워메! 이 일을 어째야 쓸까?"

경자는 민정의 모습을 보고 어찌할 바를 모른다. 갑자기 집을 뛰어나가 버리지 않나. 집 안에서도 정신을 놓아 버린 모습을 보니 억장이 무너진다. 민정이 큰 병을 앓고 있는 것이 분명해 보인다.

"헤헤헤…."

"세상이 뭘 일이 이런 일이 다 있다냐?"

경자도 안타까워서 어찌할 줄을 모른다.

경자가 민정을 데리고 한약방에 들어선다. 황필수가 운영하는 한약방은 사람들로 문전성시를 이룬다. 한약방에 들어서자 한약 냄새가 코를 찌른다. 한약 냄새는 기분 나쁘지 않은 냄새다. 황필수는 오래전부터 집안 어른들이 아플 때마다 집에 올라왔던 분이다. 경자는 민정이 큰 병이 있는지 진찰이나 해 보려고 급히 데려왔다. 경자가 먼저 황필수를 만난다. 황필수도 이제 나이가 많이 들어서 안경까지 끼었다. 경자와 황필수만 앉아 있다. 경자가 민정에 대해서 자초지종을 털어놓는다. 황필수가 고개를 끄덕인다. 황필수가 민정을 진맥하기 시작한다. 민정은 겉으로 봐서는 아픈 데가 없이 멀쩡하다. 민정이 황필수에게 진맥을 받는다. 황필수는 민정의 곳곳을 살핀다. 황필수가 민정을 진맥하고 조용히 눈을 감는다. 민정에게 별다른 증상을 발견하지 못한다. 경자가 옆에서 황필수를 뚫어져라 바라본다. 황필수는 민정에게서 심각한 증상을 발견하지 못하지만, 한약 처방을 해 준다.

경자는 황필수로부터 민정의 기가 약해졌다는 말을 듣는다. 처방해 준 한약을 들고서 한약방을 나온다. 집으로 돌아온 경자는 한약을 정성 들여 달인다. 화로 위에 약탕기를 올려놓고 부채질을 열심히 한다. 약탕기에서 한약이 끓어오르면서 김이 모락모락 올라온다. 한약 냄새가 집 안에 진동한다. 경자가 달인 한약 사발을 민정에게 건넨다. 민정이 한약 사발을 들고 마신다.

한약을 달여 먹여도 민정은 달라지는 게 없다. 경자는 민정에게 귀신이 들었는지 궁금하다. 몸은 멀쩡한 사람이다. 정신을 놓아 버린 민정을 살리기 위하여 백방으로 알아본다. 진매의 신당에 들어선다. 진매로부터 민정에게 귀신이 들었다는 소리를 듣는다. 진매는 민정을 살리려면 굿을 해 줘야 귀신이 물러간다고 알려 준다. 경자는 민정의 병이 예사롭지 않다고 여긴다. 몸은 성한데, 정신이 이상한 병에 걸린 것을 보면, 귀신을 빨리 쫓아내 줘야 한다고 여긴다. 민정의 병이 더 깊어지기 전에 서둘러 굿을 해 줘야 한다고 결정한다.

징징징징징징징….

요란한 징 소리가 진매의 굿당에서 계속 울린다. 굿을 하기 위한 준비가 됐다. 굿상에는 거나한 음식이 차려졌다. 민정이 진매 앞에 다소곳이 앉아 있다. 진매는 형형색색의 화려한 의상을 입었다. 머리에는 모자를 쓰고 굿을 하는 복장을 갖추고 있다. 손에는 방울 달린 노리개를 들고 계속 흔들어 댄다. 굿당에 구경꾼들이 모여들었다. 경자가 계속 절을 올리고 있다.

"비나이다 비나이다 비나이다…."

화개댁과 천변댁, 송정댁, 난동댁과 점말이. 친척들과 집안의 여자들이 민정의 굿판을 위해 모여 있다. 여자들이 고개를 숙여 손을 빌며 계속 절을 올린다.

짤랑~ 짤랑~ 짤랑~ 짤랑~ 짤랑….

진매가 흔들어 대는 방울 소리가 요란하게 울린다.

"썩 물러가라!"

진매의 쩌렁쩌렁한 목소리가 굿당을 호령한다. 민정에게서 귀신이 물러가도록 굿판을 벌이고 있다.

징징징징징징징~.

징 소리는 점점 빠른 속도로 박자를 탄다. 징 소리가 빠르게 울릴수록 진매는 더 힘차게 몸을 움직인다. 진매는 민정에게 들어온 귀신을 쫓아내려고 혼신의 힘을 다한다. 민정은 고개를 숙이고 가만히 앉아 있다.

"훠이~ 훠이~ 훠이~."

진매는 고함과 몸놀림으로 귀신을 쫓아낸다. 굿판의 열기를 점점 더 고조시킨다.

징징징징징징징….

굿판의 징 소리는 밤이 깊도록 계속된다.

경자와 민정이 마주 보고 앉아 있다. 민정의 머리가 흐트러져 있다. 경자는 민정의 머리를 빗겨 준다. 민정의 얼굴을 찬찬히 들여다본다. 얼굴이 요사이 많이 수척해져 있음을 느낀다. 경자는 민정이 안쓰러워 손을 꼭 잡아 준다. 민정의 손도 거칠어져 있다.

민정은 경자의 손이 불덩이를 만지는 것처럼 뜨거움을 느낀다. 민정은 성격도 급해졌다. 다른 때 같으면 민정을 향한 새언니의 연민의 정을 느껴야 할 일이지만, 웬일인지 경자의 손이 달갑지가 않다. 경자의 손이 불덩이 같아 견딜 수가 없다. 민정은 경자의 손을 뿌리치고만 싶다.

"새언니 손이 너무 뜨거워요!"

민정은 경자의 손이 불덩이 같다. 쌀쌀한 날씨인데도 경자의 손이 뜨겁게만 느껴진다.

"애기씨! 내 손이 뭐가 뜨겁다는 거여요?"

경자는 손을 본인 얼굴로 가져가 살며시 볼에다 대어 본다. 얼굴보다는 조금 차가운 느낌이다. 손이 하나도 뜨겁지 않다. 경자가 다시 민정의 손을 잡아 준다.

"새언니! 나는 너무 뜨거워서 견딜 수가 없어요!"

민정은 경자의 손이 닿자마자 뜨거움을 느낀다. 경자의 손이 너무 뜨거워서 견딜 수 없다고 하니 이상한 생각이 든다. 민정이 정상이 아님을 알아차린다. 따뜻한 말로 위로를 준다고 해결될 문제가 아님을 간파한다.

"애기씨! 정신 차리세요."

경자가 민정을 달래 본다. 민정은 경자의 말이 들리지 않는다. 오히려 경자의 손을 뿌리치려고 밀어낸다. 민정은 여전히 경자의 손이 불덩이를 만지는 것 같다. 그렇게 느끼고 있는 것일까? 민정은 자신의 몸도 불덩이 같아서 도저히 견딜 수가 없다. 온몸의 열기는 점점 더 얼굴과 머리를 향하여 불타오르는 느낌이다. 이러다가는 온몸이 불덩이가 되어서 심장을 태워 버릴 것만 같다. 심장은 점점 더 심하게 요동을 치고 있다. 숨이 턱턱 막히는 것 같다. 경자가 민정을 바라보자 민정의 호흡이 점점 어려워지는 것 같다.

민정이 괴로워서 어찌할 줄을 모른다. 그 모습을 바라보는 경자도 심장이 점점 빠르게 뛰고 있음을 느낀다.

민정의 가슴이 두근두근 뛴다. 두근거림이 점점 더 심하게 심장이 요동친다. 가슴이 터질 것만 같다. 민정이 손을 가슴으로 가져간다. 가슴이 쥐어짜듯 심장이 쪼그라드는 기분이다. 심장이 곧 터질 것만 같다. 호흡이 점점 가빠져 옴을 느낀다. 무엇으로도 통제할 수 없는 순간이다. 본인도 어떻게 해 볼 수가 없다. 민정은 그 자리에 고꾸라져 버린다.

어쩌다가 우리 애기씨가 몹쓸 병에 들었을꼬? 경자는 잠들어 있는 민정을 바라보며 눈물을 쏟아 낸다. 어미가 일찍 죽는 바람에 큰집에 들어와 살던 기억을 떠올린다. 철없는 어린 민정이 갈곳도 없는 신세지만, 경자가 어린 민정을 자식 키우듯이 돌봐 왔다. 민정이 클수록 눈칫밥을 먹는 민정을 보고 안쓰러워 뭐라도 하나 더 챙겨 주고 싶었다. 지나온 세월이 아쉽기만 하다. 어쩌다가 이런 신세가 되었는지, 불쌍할 따름이다. 병이 들었지만, 경자가 해 줄 수 있는 일은 아무것도 없음이 안타깝기만 하다. 민정이 어찌 된 일인지 정신을 잃고 수시로 밖으로 뛰어나간다. 민정이 집 밖으로 나가지 못하도록 방 안에 가두어 둬야 할 일이다.

사랑채에 있는 베틀 방을 말끔하게 단장했다. 민정을 방 안에 가두고 밖에서 문을 걸어 잠근다. 민정은 정신이 오락가락하여 베틀 방 밖으로 나오지 못하게 한다. 베틀 방 안에는 뚜껑이 있는 요강만 덩그러니 놓여 있다. 점말이 음식을 방 안으로 들여 준다. 점말은 민정이 불쌍하여 음식을 많이 넣어 주려고 한다. 경자가 음식을 넣어 줄 때마다 음식량을 살핀다. 음식을 많이 못 주게 한다. 밖으로 나오지 못하기 때문에 음식을 조금씩만 주게 한다. 음식을 방 안으로 들여 주면, 민정이 음식을 먹고 빈 그릇만 방 안에 놔둔다. 수시로 경자가 방 안으로 들어가 살핀다. 민정은 날이 갈수록 정신이 혼미해진다. 점점 더 수시로 인사불성이 되어 간다.

민정이 방 안에 똥을 싸서 뭉갠다. 손으로 똥을 벽에 바른다. 본인은 무엇을 하고 있는지 인지를 못 한다.

경자가 방 안을 들여다본다. 방 안은 온통 똥 냄새로 가득하다.
"아이고, 이게 무슨 일이당가?"
경자는 방 안의 모습을 보고 놀라면서도 민정을 찾는다. 민정은 방 안 구석에 쪼그리고 앉아있다. 눈동자는 초점을 잃었다. 그저, 멍하니 천장만 바라보고 있다.
"애기씨!"
민정을 다급하게 불러 보지만, 대답이 없다.
"애기씨!"

다시 민정을 불러도 민정은 아무 대답이 없다. 경자는 민정에게 정신적으로 큰 문제가 생겼음을 알아차린다. 어린 나이에 노망이 들었나? 무슨 병이 걸린 거지? 경자의 놀란 소리에 점말이 다급하게 사랑채를 향하여 달려온다. 방 안은 똥으로 난장판을 만들어 놨다. 점말이 코를 손으로 막는다.

"아이고머니나!"

점말은 얼굴을 찡그리며 뒤로 물러선다.

"이게 뭔 일이당가?"

난동댁도 이해할 수 없는 일이다.

"아니, 나이도 어린 것이 노망이 났나 봐!"

난동댁이 이해할 수 없다는 듯이 말한다. 민정이 하는 짓을 이해하지 못한다. 점말도 고개를 끄덕인다.

경자는 침착하게 점말에게 지시를 한다.

"어서 물과 걸레를 가져와라."

점말은 경자의 지시에 코를 막고 베틀 방을 돌아선다. 점말과 난동댁이 대야에 물과 수건을 챙겨 들어온다. 경자가 수건에 물을 적신다. 민정에게 다가간다. 민정은 겁에 질린 채로 꼼짝을 하지 않는다. 이제야 본인이 저지른 일을 깨닫기 시작한다. 겁이 나고 미안하여 가만히 앉아 있다.

"애기씨. 가만히 있어요."

경자가 민정을 달래며 몸에 묻은 똥을 천천히 닦아 준다. 민정은 가만히 몸을 경자에게 내맡긴다. 몸에 묻은 똥을 계속 닦아 준다. 그제야 민정이 미안한 마음이 생긴다.

"새언니, 미안해요."

"애기씨, 이제 정신이 돌아왔어요?"

"새언니, 미안해요. 다시는 안 그럴게요."

"애기씨, 괜찮아요. 우리 나중에 천천히 얘기 나눕시다."

경자는 민정을 먼저 안심시켜야만 한다. 민정이 정상으로 돌아오기는 힘들 거라는 짐작을 한다. 정신적으로 큰 상처를 가지고 돌아왔다는 걸 아는 경자는 민정을 이해하고도 이해한다. 얼마나 고통스러웠으면 정신을 놓고, 본인 똥을 방 안에서 해결하고, 벽에 똥칠까지 하였는지? 민정을 이해해야만 한다고 다짐한다. 내가 여기서 민정에게 화를 내고 다그친다고 될 일이 아님을 안다. 어떻게 해서라도 나 혼자서라도 민정에게 잘해 줘야만, 저 마음 깊숙이 받은 상처가 점점 치료되리라 믿는다.

경자가 민정의 얼굴을 물로 씻어 준다. 몸 곳곳을 깨끗이 닦아 준다. 새 옷으로 갈아입힌다. 민정은 경자에게 순순히 몸을 내맡긴다.

"아이고, 우리 애기씨가 예뻐졌네!"

경자는 민정을 아기 다루듯이 민정을 달랜다. 자, 우리 뒷동산으로 놀러 갑시다. 경자는 민정의 손을 잡고 뒷동산으로 향한다. 뒷동산에 민정과 경자가 나란히 앉아 있다. 시원한 바람이 불어온다. 먼 들판을 바라보면서 민정의 기분이 좋아질 때까지 경자는 민정의 손을 꼭 잡아 준다. 민정도 경자의 보살핌에 마음이 가라앉는다.

탁! 탁! 탁!

"또 똥을 누면 벽에 똥칠을 할 거여, 안 할 거여!"

경자가 회초리를 들고 민정을 닦달한다. 회초리를 방바닥에 내리친다. 회초리를 바닥에 내리칠 때마다 민정은 몸을 움츠린다. 경자가 회초리를 방바닥이 아니라 몸에다가 때릴 것 같다. 가끔 똥을 벽에 칠하는 버릇을 잡아야 한다. 경자가 민정이 알아듣도록 방바닥을 치면서 훈육을 시키는 중이다. 차마 회초리로 민정을 때리지는 못하지만, 민정을 어린아이 다루듯이 겁을 주면서 다짐을 받는다. 이렇게라도 해야 살 것만 같다. 시어머니도 아닌데, 민정이까지 벽에 똥칠하는 것을 못 봐주게 생겼다. 시어머니야 집 안 어른이니까, 망령이 나고, 치매까지 걸려서 대소변을 못 가리는 일은 참고 견디었다. 하지만, 민정은 아직 젊은 처녀인데도 불구하고, 아무리 정신이 이상해졌다고 해도, 벽에 똥칠까지 하는 것은 참을 수 없는 일이다. 아무리 정신을 놔도 그렇지. 경자는 순간적으로 화를 참지 못한다. 경자도 민정에게 점점 지쳐 간다.

"똑바로 서!"

경자의 목소리가 날카로워졌다. 목소리는 노기를 띠고 있다. 민정이 회초리를 무서워하며 경자의 눈치를 본다. 경자는 눈빛이 무서워졌다. 눈빛을 매섭게 하며 민정의 종아리를 뚫어져라 처다본다.

철썩! 철썩! 철썩!

"내가 벽에 똥칠하면 매로 때린다 했어, 안 했어!"

경자는 민정을 향해 회초리를 휘두른다. 얼굴은 험악해졌다. 인정사정없다. 회초리를 매섭게 휘두른다. 회초리를 맞은 민정은 아파서 몸부림을 친다. 이제야 정신이 바짝 든다. 회초리가 매섭게 장딴지에 휘감긴다. 회초리를 맞은 장딴지는 붉은 자국이 선명해진다. 경자가 무서운 얼굴을 하고 회초리를 계속 휘두른다. 경자도 회초리를 휘두르는 순간에는 힘이 가해진다. 경자의 굳은 표정은 민정을 잡아먹을 기세다. 그동안에 쌓였던 감정이 한꺼번에 폭발해 버리는 순간이다. 민정의 눈에서는 눈물이 찔끔거린다.

"잘못했어요. 다시는 안 그럴께요."

민정이 회초리를 휘두르는 경자에게 잘못했다고 빈다.

철썩! 철썩! 철썩!

경자는 눈빛이 흐트러지지 않고 회초리를 계속 휘두른다.

"이런 짓을 다시 할 거야, 안 할 거야?"

"잘못했어요. 새언니."

민정은 미안하며 눈물을 찔끔거리며 잘못했다고 한다. 경자는 아직도 굳은 얼굴을 풀지 않는다. 회초리로 따끔하게 해줘야, 민정이 정신을 차릴 수 있을까 싶어서다.

"다음에도 벽에 똥칠하면, 이 회초리로 가만히 안 둘 테니까! 알았어?"

"미안해요. 새언니!"

경자는 단단히 화가 풀리지 않는다. 절골댁이 베틀 방에 똥을 짓이겨 놨던 기억을 떠올린다. 절골댁은 시어머니라서 화가 나도 참았지만, 민정이 앞에서는 화를 참지 못한다. 이번에는 다르다. 민정이 계속 똥을 싸서 벽에 짓이겨 놓는 일이 계속 반복되자 회초리를 들고 나선 것이다. 가만히 놔뒀다가는 누가 계속 이 고통을 감당한단 말인가? 민정의 버릇을 강제로라도 고치게 하고픈 마음이 불끈 솟는다. 어린아이가 잘못을 저지르면 매로 다스려야만 할 때가 있는 것처럼, 민정에게도 시도하려는 마음이 불끈 솟는다. 노인이 노망난 것도 아닌데, 젊은 애기씨가 하는 일이 화도 나고 점점 견디기가 힘든 일이 되어 버렸다.

이렇게라도 하지 않으면 경자도 미쳐 버릴 것만 같다. 민정에게 회초리를 휘두르고 나니, 경자의 몸도 불덩이가 되어 버렸다. 본인이 화를 참지 못하고 폭발하는 경지에 이른 것이다. 경자가 회초리를 땅바닥에 내려놓는다. 경자 눈에 눈물이 주르륵 흘러내린다. 본인의 화와 슬픔을 억제할 수가 없다.

"흑흑흑…"

경자도 한동안 울음을 멈추지 못한다.

민정이 정신을 차리니 경자가 울고 있다. 민정도 회초리를 맞은 곳이 아파서 울고 있다. 경자가 조용히 민정이 옆으로 다가간다. 경자가 고개를 들어 민정을 끌어안아 준다.

"엉엉엉엉엉…"

경자와 민정은 서로 끌어안고 큰 울음을 쏟아 낸다. 한참을 울고 나서 경자는 민정의 얼굴을 쓰다듬어 준다. 부모도 없는 민정이 불쌍하고 불쌍할 따름이다. 민정은 내가 키운 거나 마찬가지이다. 고모지만 자식이나 다름없는 아이다. 내 자식을 돌보듯이 하면서도 짜증을 부렸던 일이 새삼 미안하다.

민정은 혼자서 멍하니 앉아 있다. 잠을 이룰 수가 없다. 갑자기 머릿속이 혼탁해진다. 가슴이 두근거려 온다. 심장을 압박하기 시작한다. 정신을 차려야 한다고 다짐하지만, 내 마음대로 움직이지 않는다. 누군가가 나를 조종하는 것처럼 내가 나를 다스릴 수가 없다. 민정은 고개를 숙이고 머리를 이불에 처박는다. 심호흡을 길게 해 본다. 이 순간을 견뎌 보려고 애를 써 보지만, 심장은 더 급하게 뛰기 시작한다. 이불에 머리를 처박고 있다가 갑자기 머리를 든다. 천장을 바라본다. 점점 심해지는 심장의 박동이 멈추지 않는다. 그 자리에서 일어선다. 문을 열려고 하자 열리지 않는다. 밖에서 문을 잠가 놨다. 문에 발라 놓은 한지를 찢어서 손을 내민다. 문고리에 끼워 놓은 막대기를 빼 올리고 문을 열어젖힌다. 문을 열고 밖으로 뛰쳐나온다. 캄캄한 밤이다. 집 안은 고요 속에 묻혀 있다. 움직임이 보이지 않는다. 맨발로 마당에 내려선다. 대문을 열고 맨발로 집을 나선다. 골목에도 사람 인기척이 전혀 없다.

민정이 본인은 쓸모없는 존재라고 여긴다. 고향집으로 돌아온 것을 후회한다. 차라리 아무도 모르게 죽어 버렸어야 할 몸으로 여긴다. 왜 내가 집으로 돌아왔을까? 모진 인생이다. 차라리 집에 오지 않았다면, 나의 과거도 새언니가 몰랐을 것이다. 괜히 새언니에게 털어놓은 일이 잘못된 일이라고 여긴다. 나는 어디에서도 용서받을 수 없는 사람이라고 여긴다. 쓸모없는 인간이라고 여긴다. 차라리 죽는 것이 집안사람들에게 더 도움이 되리라고 판단한다. 죽어 버리자. 어디서, 어떻게 죽을까? 민정은 수시로 죽는 생각에 사로잡힌다. 이렇게 살 바에야 죽는 것이 훨씬 편하다고 여긴다. 다시 집으로 돌아온다. 민정은 죽을 궁리만 한다.

한여름의 뙤약볕이 쨍쨍하다. 무더위가 숨이 턱턱 막힐 지경이다. 민정은 밤에도 고통스럽지만, 대낮에도 머릿속이 복잡하다. 본인이 정신을 차리려 해도 정신을 차릴 수가 없다. 본인이 통제되지 않는 순간이 다가온다. 밖에서 잠겨 있는 방문을 다시 열어젖힌다. 집 밖으로 나온다. 정처 없이 거리를 돌아다닌다. 길을 지나가는 사람들도 눈에 들어오지 않는다. 머리를 풀어헤치지 않고 단정한 모습이다. 사람들은 민정에게 관심을 두지 않는다. 가슴에서 뜨거운 기운이 계속 꿈틀거리고 있다.

"아!"

민정의 가슴은 불덩이가 되어 간다. 심장이 쿵쾅거린다. 호흡이 점점 빨라짐을 느낀다. 심장이 터질 것만 같다. 무더위를 피해서 높은 곳에라도 올라가면 시원할 것 같다.

　어디 높은 곳이 없나. 당산나무가 눈에 들어온다. 당산나무 아래에 도착한다. 수백 년 됨 직한 우람한 당산나무가 우뚝 버티고 있다. 당산나무를 기어오른다. 울퉁불퉁한 나무를 붙잡고 서서히 기어오른다. 손으로 당산나무를 붙잡을 때마다 매끄럽지 못하다. 아주 오래된 당산나무는 곳곳이 썩어서 강한 힘을 주고 만지작거리자 부스럭거리며 껍질이 떨어져 나간다. 강하게 붙잡고 기어오를 수도 없다. 경사는 점점 심해진다. 당산나무는 오를 엄두가 나지 않는다. 민정이 당산나무에서 내려온다.

　민정은 다시 심장이 뛰고 불덩이가 됨을 느낀다. 본인을 통제할 수 없는 순간이 계속된다. 민정은 수시로 다가오는 자살 충동을 견디지 못한다. 정신을 잃고 사방팔방을 헤맨다. 마을에서 가장 높은 곳은 뒷동산에 있는 오포대 망루이다. 민정이 뒷동산으로 향한다. 오포대 망루는 일반인 출입금지 구역이다. 불이 났을 때 의용소방대원들이 재빠르게 오포대 망루에 올라가 종을 치는 일 외에는 올라가는 것이 금지되어 있다. 경찰들이 위급한 상황을 알리고 싶을 때 경찰이 올라가 종을 친다. 경찰이 수시로 지서 창문 너머로 멀리 떨어져 있는 오포대에 누가 올라가는지 수시로 감시를 하는 곳이다. 민정은 민간인 출입금지에 신경 쓰지 않는다. 민정이 오포대 철탑 아래에 서 있다. 오포대 철탑을 올려다본다.

지금 당장 높은 곳으로 올라가야 한다. 높은 곳으로 올라가야 뜨겁게 요동치는 심장이 가라앉을 것 같다. 민정이 오포대를 향해 오른다. 오포대는 철탑으로 되어 있다. 망루에 오르기 쉽게 사다리 형식이 갖추어져 있다. 귀신에 홀린 듯이 민정이 오포대 망루를 향해 한 걸음씩 발을 옮긴다. 오포대 망루를 올라가는 속도가 매우 느리다. 오포대 망루를 꼭 붙잡는다. 천천히 한 걸음씩 발을 뗀다. 한참 동안 망루를 향해 오른다. 오르면 오를수록 점점 넓은 들판이 시야에 들어온다. 민정이 드디어 오포대 망루에 올라선다. 두 팔을 들어 올린다. 바람이 불어온다. 민정의 치마와 머리카락이 흩날린다. 오포대에서 바라보는 경치가 황홀하다. 들판이 내 발아래에 펼쳐져 있다. 몸이 가벼워지는 느낌이다. 새처럼 훨훨 날아가고 싶다. 새처럼 훨훨 날아가면 모든 고통과 설움이 모두 없어질 것만 같다. 죽고 싶다. 내가 죽어야 세상의 모든 시름이 눈 녹듯이 사라질 것 같다. 자살 충동이 점점 심해진다. 내가 죽어야 살 것 같다.

"아!"

하늘을 향해 소리를 지른다. 몸이 점점 뜨거워진다. 민정의 몸은 점점 불덩이가 되어 간다. 뜨거운 열기가 머리로 향하고 있다. 머리통이 터질 것만 같다. 이 순간을 본인도 억제할 수 없는 순간이다. 나를 통제할 수 없는 순간이야말로 가장 어려운 순간이다. 정신을 차리려고 해도 어떻게 할 수 없는 순간이 밀려온다. 순간 민정은 하늘로 높이높이 날고 싶다. 새처럼 훨훨 날아야만 새로운 세상을 만날 것 같다. 훨훨 날아서 모든 시름이 없는 하늘로 솟구치고 싶다. 두 눈을 감는다. 아! 나는 이제 자유의 몸이 되는 건가? 새처럼 훨훨 날아서 엄마가 계신 하늘나라로 날아가고 싶다.

"엄마!"

하늘나라에서 엄마와 큰어머니를 만나고 싶다. 두 분이 나를 반겨 줄 것만 같다. 그곳은 고통이 없는 곳일 거야. 슬픔과 고통이 없는 곳에서 편안하게 지내는 거야. 그래. 하늘로 향해 날아 보는 거야. 민정이 두 팔을 벌리고 하늘로 향해 비상飛上을 한다.

"불쌍한 우리 애기씨… 흑흑흑흑흑…."

경자가 서럽게 운다. 하늘도 참 무심하시지. 어쩌면 이리도 기구한 운명을 타고났을까? 어린 나이에 엄마가 갑자기 병으로 죽고, 일본으로 건너간 아버지는 소식도 없는 운명이 되었단 말인가? 오갈 곳이 없는 고아나 다름없는 신세가 되어 버렸다. 큰집으로 데려왔다지만, 민정을 키워낸 것은 경자였다. 소학교를 마치자마자 일본에 있는 아버지를 만나러 간다는 핑계와 상급학교 진학을 위해 일본에 간다고 했을 때 얼마나 설레었을까. 그렇지만 일본 땅이 아닌 필리핀의 일본 놈들 군대에 몸이 팔리는 신세가 되어 버렸다니, 억울하고 안타까운 일이다. 그 어린 마음에 얼마나 상심이 컸을까. 경자에게는 민정이 항상 어리게만 보였다. 어렸을 때부터 함께 지냈던 일이 주마등처럼 지나간다. 민정이 커서 처녀티가 나고, 일본에 간다고 했을 때 헤어지기가 너무나 아쉬웠었다. 어린 고모에게 뭐라도 보답해 주고 싶었다. 시장에서 꽃신을 사 주었을 때, 꽃신을 들고 좋아했던 일이 생각난다. 일본에 간다고 좋아했던 민정이 그토록 쓰라린 아픔을 안고 돌아왔다는 사실이 슬프다 못해 안쓰럽고 불쌍해서 비밀을 지켜 왔었다. 남편 외에는 아무에게도 알리지 않았다. 남편에게도 상세하게 말하지도 않았다. 생각하면 생각할수록 불쌍한 민정의 생각에 눈물이 계속 나온다. 부디 하늘나라에 가서는 좋은 세상에서 살기를 간절히 바란다. 민정을 생각할수록 불쌍하기만 하다. 민정에게 더 잘해 주지 못한 일이 아쉽기만 하다. 경자는 눈물을 닦아내며 하늘을 쳐다본다.

"후…."

경자는 한숨을 길게 내뱉는다. 민정이만 생각하면 화가 나고 한숨만 나온다. 그토록 마음씨가 고운 민정이가 죽었다는 일이 믿겨지지가 않는다. 이제 겨우 이십 대의 젊은 나이에 죽었다니 더욱 아쉽다. 인생의 꽃 같은 나이에 피워 보지도 못한 인생이 불쌍하기만 하다. 민정은 참으로 시대를 잘못 만나서 생긴 일이다. 일본에 나라를 빼앗기는 바람에 민정이 같은 처녀들이 생긴 것이다. 어디에 하소연한단 말인가. 일본에 나라를 빼앗기지만 않았다면 이런 일이 벌어질 수도 없었을 것이다. 일본 놈들 때문에 조선인들이 얼마나 많이 전쟁에 동원되어 죽어 나갔단 말인가? 인수도, 민정이도 모두 일본 놈들 때문에 전쟁에 동원되어 목숨을 잃었다고 생각하니 경자는 분노가 치민다. 민정이가 스스로 전쟁에 뛰어든 일도 아닌데, 죽기 전에도 순결을 잃은 것에 대하여 양심상 괴로워했다. 해방되어서도 고향으로 곧장 돌아오지 못했던 민정이가 아닌가. 민정이가 왜 그래야만 했는지 이해할 수가 없다. 민정이는 아무 잘못도 없는 일인데, 시대를 잘못 만나서 생긴 일이다. 나라를 잃으면 국민의 희생은 말할 수 없는 원망과 원한으로 돌아온다. 경자는 오랫동안 눈을 감고 앉아 있다.

47

고
아
원

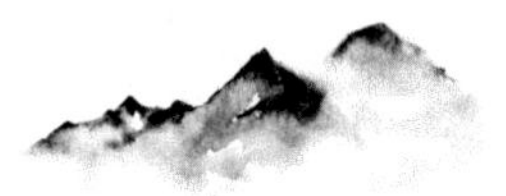

"어서 오씨오!"

장꾼들이 국밥집으로 들어서자 송정댁이 큰 소리로 손님들을 맞이한다.

"여기 국밥과 막걸리 한 잔 주씨오!"

"예!"

송정댁은 손님들에게 큰 소리로 대답을 한다. 식당 안에서는 국밥이 펄펄 끓고 있다. 김이 모락모락 난다. 장꾼들이 국밥집 안으로 계속 들어온다. 앞치마를 걸친 송정댁은 몸을 바쁘게 움직인다. 국밥을 뚝배기에 담아 장꾼들 앞에 가져다준다. 송정댁이 장터에 국밥집을 차리고 장사에 열심이다. 장날에는 장꾼들이 몰려들어 눈코 뜰 새 없이 바쁘게 움직여야 한다. 손이 열 개라도 모자랄 판이다. 논도 두 다랑이뿐이고, 큰집 소유 질매제의 밭을 빌려서 농사를 지어야 하는 살림으로는 두 아들을 키워 내기가 여간 어려운 일이 아니다. 여자 혼자 몸으로 농사를 짓는 일도 어려운 일이다. 두 자식을 키우고 먹고살기 위해 어쩔 수 없이 점점 억척스러운 사람으로 변해 간다. 국밥집을 하려고 했을 때는 큰집 어른들의 눈치도 봐야 했다. 큰집에 기대어 살아왔지만, 계속 기대어 살 수도 없는 일이다. 어차피 빨갱이 남편을 둔 죄로 큰집 사람들의 도움을 받기도 눈치가 보이는 일이다. 그야말로 빨갱이 가족으로 몰려서 어디 가서도 맘이 편치가 않은 신세가 되어 버렸다. 특히 농사를 지으려면 남자의 도움이 필요할 때가 있고, 마을 사람들과 어울려 품앗이라도 해야만 살아갈 수가 있는 일이다. 집 안에 남자가 있을 때는 농사가 부족해도 큰집에 가서 일도 거들어 주고, 큰집으로부터 알게 모르게 많은 도움을 받아 왔다. 논을 갈아야 할 때는 소가 필요했다. 인석이 아재에게 부탁해 놓으면, 쟁기로 논을 갈아엎어 주었다. 집안에 땔감이 필요할 때에는 수시로 산에 올라가서 땔감을 짊어지고 와야 했다. 여자이지만 억척스럽게 나무를 짊어지고 산에서 내려왔다. 이제는 남편도 없는 여자 혼자의 몸으로는 오로지 모든 일을 감당하기가 점점 버거워진다. 농사만으로는 입에 풀칠하기도 어렵다. 큰집 일을 거든다거나, 남의 집 일에 품을 파는 일도 어렵다. 산에 올라가 땔감을 짊어지고 오는 일도 어렵다. 이대로 계속 살다간 굶어 죽게 생겼다. 여자는 약하지만, 엄마는 점점 강해져야 한다. 품팔이하기 위해 장날만 되면 장터 국밥집에 가서 할머니에게 사정하여 일을 거들기 시작했다. 국밥집 일을 거들다가 갑자기 할머니가 죽는 바람에 국밥집을 인수하게 된 것이다. 장날이면 국밥집은 문전성시를 이룬다.

철영은 학교에 가서도 빨갱이 자식이라고 아이들이 외면하기 일쑤다. 늘 혼자서 외롭게 아이들이 노는 모습을 보고 있을 때가 많다. 운동장에서 아이들이 시끄럽게 놀이를 하고 있다. 철영은 심심해서 운동장에서 놀고 있는 아이들과 어울리고 싶은 마음이 간절하다. 철영이 운동장으로 향한다. 아이들이 어울려 놀고 있는 곳에 합류한다. 신나게 놀고 있던 아이들 사이에 철영이 끼어들자 오춘대가 철영이 곁으로 다가온다. 오춘대의 아버지도 반란 사건 때, 아버지가 빨치산 색출을 위하여 산에 동원됐다가 죽었다. 이 지역의 많은 사람이 반란 사건으로 많은 피해를 보았다. 국군들에 의하여 빨치산은 몰살을 당하였다. 어른들이 빨치산이라면 철저히 적대시하여 왔다. 이를 본 아이들도 빨갱이라면 가족까지 적대시하는 분위기다. 재미나게 놀고 있던 아이들이 철영이 곁으로 다가가자 모두가 멈칫한다. 긴장감이 흐른다.

"야! 저리 안 가!"

오춘대가 소리를 꽥 지르며 철영이를 향해 눈을 부라린다. 철영은 신나게 놀려다가 방해를 하는 오춘대를 쳐다본다. 아이들은 순식간에 두 패로 나누어진다. 아이들은 오춘대 곁으로 우르르 몰려든다. 다른 아이들도 철영을 못마땅하게 바라본다.

“니가 뭔데, 가라 마라야!”

철영도 지지 않는다. 시비를 걸어오는 오춘대에게 눈 하나 까딱하지 않고 정면으로 바라본다.

“빨갱이 새끼 주제에 어딜 끼어들려고 해?”

철영을 무시하는 듯한 말투로 철영을 깔본다. 철영은 웬만하면 싸우지 않으려고 하지만, 빨갱이를 들먹거리는 순간 화가 솟구친다. 아버지가 아무리 빨갱이였다지만, 나까지 빨갱이 취급하는 것은 받아들일 수 없는 일이다. 그동안 마음고생을 해 온 것만도 억울한 일이다. 철영은 빨갱이라는 소리에 순간적으로 피가 거꾸로 솟는다. 철영은 즉각 반발심이 솟구친다.

“뭐야?”

철영도 지지 않을세라 상대방을 노려본다. 순식간에 운동장에 긴장감이 고조된다.

“이 빨갱이 새끼가 정신을 못 차렸구먼!”

오춘대가 철영의 가슴에 못 박는 말을 계속 내뱉는다. 철영은 화를 참지 못하고 시비를 걸어오는 오춘대에게 달려든다.

“이 새끼가 죽을라고 환장을 했구먼. 그래 나는 빨갱이 자식이다. 내가 느그들한테 손해 보게 한 일 있어?”

철영은 화를 참지 못하고 춘대에게 달려든다. 춘대를 향하여 먼저 주먹을 날린다. 주먹을 날리는 것으로는 성이 차지 않는다. 발길질을 한다. 한 방 맞은 춘대도 질세라 눈을 부라리며 철영을 향해 주먹을 날린다. 서로 치고받고 싸움은 계속된다. 씩씩거리며 철영은 주먹으로 춘대 얼굴을 연속으로 강타한다. 그동안 참아 왔던 화가 한꺼번에 주먹으로 집중된다. 춘대도 철영의 얼굴에 주먹을 날린다. 한 대 맞은 철영은 약이 바짝 오른다. 다시 주먹을 오춘대에게 날린다. 주먹을 날린 것으로 분이 풀리지 않는다. 춘대를 붙잡고 운동장에 패대기를 친다. 독이 바짝 오른 철영에게 춘대는 상대가 되지 못한다. 아버지가 산으로 올라간 후로 철영도 그동안 엄청 스트레스를 받아 왔다. 마을 어른들과 아이들에게 눈치를 받으며 살아왔다. 어린 철영도 마을 분위기를 어느 정도 파악은 할 줄 안다. 철영은 따돌림을 당하면서도 숨 한번 크게 쉬지 못하고 고개를 숙이며 지내 왔다. 누구에게 속마음을 털어놓지 못하고 눈치만 보고 살아왔다. 그동안에 쌓였던 깊은 내면의 화가 한꺼번에 폭발해 버린다. 철영은 운동장 바닥에 누워 있는 춘대의 몸에 올라타 인정사정없이 주먹을 계속 날린다. 주변에 몰려 있는 아이들은 싸움을 말리려 하지 않는다.

"야호!"

"밟아 버려!"

주변에 몰려 있던 아이들은 구경난 듯 바라보며 응원을 한다. 아직은 철영의 반대편 오춘대를 응원한다. 싸움하는 것보다, 구경꾼들이 더 즐거운 상황이 되어 버린다. 철영은 씩씩거리며 운동장 바닥에 누워 있는 춘대를 실컷 때린다. 춘대에게 주먹을 날려 실컷 때리고 나서도 철영은 씩씩거린다. 그동안의 울분이 아직 가시지 않는다. 그동안 빨갱이 자식이라고 얼마나 놀림을 받았던가?

철영은 주변 사람들로부터 빨갱이라는 소리를 하도 많이 들었기 때문에 주눅이 들어 있었다. 동네를 돌아다닐 때도 고개를 들고 다닐 수조차 없는 일이었다. 아무 잘못도 없는 나에게까지 미움의 눈빛을 보내는 것은 받아들일 수가 없는 일이었다. 그런 스트레스가 쌓여 가고 있었다. 반항심이 쌓이고 있었다. 아버지가 빨갱이라고 나까지 빨갱이 취급당하는 일은 받아들일 수 없는 일이라고 생각해 왔다. 그런 감정이 한꺼번에 폭발해 버린 것이다. 철영의 마음속에 도사리고 있던 억울함이 순간적으로 본인도 모르게 나와 버린 것이다. 철영을 누가 말렸어도 듣지 않았을 것이다. 아버지가 빨갱이라고 왜 아들까지 빨갱이 취급을 받아야 하는지 억울하기만 했다. 친구들까지 무시하니까 도저히 참을 수가 없었다. 언젠가는 폭발시키고 싶은 마음이 도사리고 있었는데, 이 순간에 나도 모르게 폭발해 버린 것이다. 싸움을 구경하고 있는 아이들도 빨갱이 새끼라고 하면 가만두지 않을 태세다.

코피를 흘리며 누워 있는 춘대를 씩씩거리며 계속 노려본다. 누워있는 춘대가 다시 대들면 더 실컷 때려 줄 기세다. 철영은 아직도 분이 풀리지 않는다. 철영이에게 맞고 누워 있던 춘대는 코피를 흘리며 천천히 일어난다. 손으로 코피를 닦는다. 코피가 흐르는 것을 확인한 춘대는 큰 소리로 울기 시작한다.

"앙~."

철영이에게 다시 대들지 않는다. 아이들 싸움은 누가 먼저 코피가 나느냐에 달려 있다. 아무리 실컷 두들겨 맞았어도 코피가 나지 않으면 지지 않은 것이다. 당장 다친 흔적이 나지 않으니까. 코피가 나면 싸움에서 지는 걸로 받아들인다. 오춘대가 큰 소리로 울면서 운동장을 걸어 나간다. 싸움 구경을 하던 아이들도 슬금슬금 철영의 눈치를 보면서 운동장을 빠져나간다.

철영에게 맞은 춘대 엄마가 씩씩거리며 철영이 집으로 들어선다. 화가 단단히 난 얼굴이다. 당장에라도 철영을 만나면 주먹이라도 날릴 기세다. 자식이 맞아서 코피를 쏟고 피멍이 들어서 집으로 들어왔으니 화가 단단히 났다. 엄마를 따라온 춘대는 철영이에게 맞은 상처가 나서 피멍이 들었다. 아직도 훌쩍거리고 있다.
"철영이 이놈 어디 있어? 당장 나오지 못해!"
춘대 엄마는 고래고래 소리를 지르면서 철영을 찾는다. 철영은 춘대를 운동장에서 얼굴에 피가 날 정도로 때려 주었기 때문에 죄인처럼 시무룩하다. 헛간에 숨어 있다. 사태를 눈치채고 당장 마당으로 나서지 못한다. 부엌에서 소란한 소리를 들은 송정댁은 부지깽이를 들고 급하게 마당으로 나온다.
"이 집 아들 어디 있어. 당장 나오라고 해!"
송정댁은 철영이 아이들과 싸웠음을 짐작한다. 피멍이 든 아이가 훌쩍거리고 있다. 철영이 아이를 때려서 얼굴에 피멍이 들었음을 알아차린다.
"빨갱이 새끼 주제에 분수도 모르고, 어딜 행패를 부리는 거야. 내가 오늘 빨갱이 자식을 가만두지 않겠어. 당장 이 집 아들 나오라고 해!"

춘대 엄마는 화를 참지 못하고 송정댁 들으라고 퍼부어댄다. 자식을 때린 아이가 빨갱이 집 자식이라는 데는 참지 못한다. 철영을 빨갱이 취급하듯이 소리를 계속 지른다. 송정댁은 아이들끼리 싸움에 죽은 남편을 들먹거리니 슬슬 화가 올라온다. 아이들끼리 싸울 수도 있는 일인데도, 철영이까지 빨갱이 자식이라고 몰아붙이는 소리에 은근히 화가 올라온다. 송정댁은 인상을 찌푸린다. 화가 올라오지만 침을 삼키며 꾹 참는다. 아이 엄마를 바라본다.

"어쩐 일이다요?"

송정댁은 철영이 아이를 때렸음을 예감하면서도 시치미를 뗀다. 아이 엄마에게 오히려 능청을 떤다.

"어쩐 일이다요? 이 여편네가 얼굴에 철판을 깔았구만! 빨갱이 집 자석 주제에, 이 집 아들이 우리 아들을 이 지경으로 만들어 놨단 말이요. 두 눈깔이 있으면 똑바로 보씨오!"

아이 엄마는 보란 듯이 훌쩍거리고 있는 아이를 잡아당긴다. 피멍이 든 얼굴을 보란 듯이 아이를 가깝게 들이민다. 송정댁은 훌쩍거리는 아이를 들여다본다. 얼굴에 피멍이 들어 있다. 철영이한테 맞은 것 같다. 아이들끼리 싸운 일을 가지고 빨갱이 자식이라고 몰아붙이니 은근히 부아가 치민다. 싸운 아이를 혼낼 것이지, 빨갱이 자식이라고 들먹거리는 소리에 송정댁은 방어적인 자세로 나온다.

"우리 아들과 싸우다가 저렇게 됐다면, 참으로 미안하구먼요."

송정댁은 은근히 화가 나지만, 미안하다는 말을 건넨다.

"뭐야? 미안하다면 다야! 이 집 아들 나오라고 해! 내가 당장 이 놈의 빨갱이 새끼를 가만두지 않겠어. 우리 춘대가 코피가 나서 피범벅이 됐으니, 이 집 빨갱이 새끼도 코피가 나도록 맞아야 한 다니까!"

아이 엄마는 송정댁이 미안하다고 해도 상관하지 않는다. 더 큰 소리로 빨갱이 새끼라고 들먹거린다. 철영은 헛간에서 숨죽이고 밖에서 나는 소리를 계속 듣고 있다.

"빨리 빨갱이 새끼 나오라고 하란 말이야!"

아이 엄마는 더 큰 소리로 송정댁을 닦달한다.

"그랑께로 미안하게 됐다고 내가 말하지 않쏘. 내가 우리 아들 을 혼내 줄 텡깨로 그만 고정하씨요."

송정댁은 계속 빨갱이 자식이라고 들먹이는 여자에게 한바탕 대 들고 싶지만, 꾹 참는다.

"당장 이 집 아들 나오라고 해! 내가 그 빨갱이 새끼를 때려 줘 야 분이 풀릴 것 같으니까!"

여자는 막무가내로 화를 내면서 철영이를 내어놓으라고 악을 쓴다. 자기 자식이 맞은 만큼 분풀이를 하려고 열을 올린다. 헛간 에서 그 소리를 듣고 있던 철영은 끌려나갈까 봐 마음을 조아린 다. 송정댁이 철영을 부르지 않고 계속 미안하다고만 하자, 여자 는 더욱 열을 받는다. 이 집이 빨갱이 집이라고 손가락질했던 집임 을 알고 있다. 그 가족들에게 함부로 대해도 된다고 마음먹고 들이닥친 것이다. 이 기회에 빨갱이 집을 박살을 내려고 마음먹고 달려왔다. 빨갱이 자식을 때려 주지 못하면 송정댁에게라도 분풀이를 할 속셈이다.

"이 집구석이 빨갱이 짓을 하더니만, 자석까지 애들을 때리라고 가르쳐 났쏘!"

여자는 철영이 나오지 않자 노골적으로 송정댁에게 시비를 건다. 이 기회에 송정댁에게 분풀이를 제대로 할 속셈이다. 송정댁은 여자가 빨갱이 자식이라고 들먹거리며 송정댁에게 시비를 걸어오자 눈을 부릅뜬다.

"이봐요. 애들끼리 싸우다 보면, 서로 치고받고 다칠 수도 있지. 우리 아들이 잘못했는지, 당신 아들이 잘못했는지 제대로 알기나 하고 따지는 거요. 우리 아들은 잘못한 일이 없으면, 절대로 먼저 때리는 법을 모를 만큼 착한 아이요. 그리고 애들 아부지가 빨갱이라고 자석까지 빨갱이라고 하면 기분 나쁘지 않을 사람이 어디 있다고 빨갱이 자석이라고 들먹거리는 거요. 당장 사과하씨오!"

"뭐라고? 이 여편네가 보자 보자 하니까 빨갱이 새끼와 똑같구먼!"

송정댁도 악이 받친 상태다. 그동안 동네 사람들 앞에서 괜히 죄지은 사람처럼 살아왔던 한을 이 여자에게 한바탕 풀고 싶은 충동이 생긴다.

"그래. 애들 아부지가 빨갱이 짓을 했다고, 자석까징 빨갱이라고 하면 좋아할 부모가 어디 있것어. 당신 자석이 잘못했으니까 맞았 겠지. 어디 와서 행패야!"

송정댁도 이제는 지지 않고 여자에게 소리를 지르며 대든다. 여자들끼리 큰 소리로 싸우는 소리를 듣고 골목 사람들이 점점 모여든다. 두 여자의 싸움 구경에 재미가 난다.

"뭐라고? 이 여편네가 환장을 했구먼. 빨갱이 집구석 주제에 뭔 말이 많아. 그리고 봉깨로 자석이나 여편네도 똑같이 형편없는 빨갱이 새끼 집구석이랑깨."

송정댁은 화가 머리끝까지 솟구친다. 부지깽이를 하늘로 치켜올려 상대방에게 위압을 가한다.

"그래. 어쩔래. 해볼 테면 해봐라!"

송정댁도 이제는 한마디도 지지 않을 기세다. 서로를 노려보는 눈빛이 철판이라도 뚫을 기세다. 서로 삿대질을 하면서 몸싸움을 할 기세로 대들고 있다.

"뭐야? 이 여편네가 죽을라고 환장을 했구먼!"

"그래. 내가 죽을라고 환장을 했다. 어쩔래?"

송정댁은 더 큰 소리로 여자를 향해 들고 있던 부지깽이로 삿대질을 계속하며 칠 기세로 달려든다. 여자는 약이 바짝 오른다. 송정댁이 오히려 부지깽이를 들고 칠 기세로 달려드는 걸 보고, 먼저 공격해 오지 못하도록 송정댁을 향하여 달려든다.

"그래, 이년아. 빨갱이 새끼 년아. 너도 한번 당해 봐라!"

여자가 송정댁 머리채를 잡으려고 달려든다. 송정댁은 몸을 피한다. 화가 잔뜩 난 여자는 송정댁 옷을 낚아챈다. 옷을 붙잡은 여자는 송정댁을 향해 더 가까이 달려든다. 송정댁도 순식간에 부지깽이를 내려놓는다. 방어적인 자세에서 공격적인 자세를 갖춘다. 지지 않고 여자를 향해 달려든다. 순식간에 서로 머리채를 잡아당긴다. 죽일 기세로 머리를 잡아당긴다. 싸움은 점점 격해진다. 여자 둘이 엉겨 붙어 싸움이 벌어지자, 마을 사람들은 점점 더 몰려든다. 아이들 싸움이 어른 싸움으로 크게 벌어진다. 싸움 구경이야말로 재미난 일이 또 있을까? 골목 사람들이 웅성거리며 분위기가 고조된다. 두 여자 앞으로 마을 여자들이 우르르 나선다. 싸움을 뜯어말린다. 골목 주민들이 나서서 두 사람을 겨우 떼어 놓는다. 두 여자는 떨어졌어도 서로를 계속 노려보며 화를 참지 못한다. 씩씩거리며 숨을 크게 몰아쉰다. 철영과 춘대는 그 싸움을 보면서 더 깊은 원한을 가지게 된다.

국민학교를 졸업한 철영은 들판에서 농사를 지으며 땀을 흘린다. 졸업한 지 1년이 넘었는데도, 아직도 중학생이 되지 못한 아쉬움이 많이 남아 있다. 들판을 오가면 교복을 입은 아이들이 눈에 띈다. 철영은 일하러 들판으로 가지만, 중학교에 다니는 아이들은 교복을 입고 읍내로 향해 걸어간다. 철영은 그 모습에 괜히 위축된다. 학교 가는 아이들과 마주치지 않으려고 일부러 피해서 다닌다. 본인이 중학교에 못 갔는데, 중학교에 다니는 아이들과 마주치면 깔보지 않을까? 철영은 본능적으로 교복을 입은 학생을 피하게 된다. 그 이유는 잘 모르겠다. 자격지심을 심하게 느낀다. 철영은 가정 형편상 아버지도 안 계시고, 홀로된 어머니와 함께 농사를 지어야 하므로 중학교 갈 엄두도 내지 않았다. 대부분의 졸업생도 극히 일부만 읍내 중학교에 진학하는 추세다. 중학교에 가고 싶었지만 못 가는 것을 당연하게 받아들였다. 철영은 들판에서 땀을 뻘뻘 흘리면서 일을 할 때 모든 시름을 잊는다. 중학교를 마치고 집에 돌아오는 시간은 해가 뉘엿뉘엿 넘어가는 시간이다. 들판에서 일하던 철영도 그때쯤에 지게를 지고 집으로 돌아오는 시간이다. 중학생들도 읍내에서 돌아오는 시간이다. 철영이 무심코 집에 돌아오는 길에서 중학생들을 마주칠 때가 종종 있다. 동창생을 만나면 혹여 마주칠세라 골목길로 돌아서서 한참을 서 있는다. 동창생이 지나간 다음에야 다시 돌아서서 조심스럽게 고개를 푹 숙이고 빠르게 지나간다.

학교에서 오춘대가 집으로 돌아온다. 골목길에서 철영이 지게를 지고 오는 모습을 먼저 발견한다. 철영은 아직 오춘대를 발견하지 못했다. 오춘대가 걸음을 멈춘다. 오춘대를 아직 발견하지 못한 철영은 지게를 지고 터벅터벅 걸어오고 있다. 철영은 오춘대를 발견하자 걸음을 멈춘다. 오춘대는 중학교 교복을 단정하게 입었다. 손에는 멋진 가방을 들고 있다. 그야말로 의젓한 중학생이다. 철영이 오춘대의 모습을 바라보자 갑자기 주눅이 든다. 본인은 땀에 흠뻑 젖은 무명옷을 입고, 지게까지 짊어졌다. 어디 쥐구멍이라도 있으면 숨고 싶은 심정이다. 오춘대에게 초라한 모습을 보여 주기 싫다. 단지 중학생이 되지 못한 철영은 왠지 모르게 자신감이 없어진다. 초라해진 자신이 싫다. 왜 그런지 본인도 모를 일이다.

오춘대는 아직도 철영에 대한 미움이 남아 있는 상태다. 학교 운동장에서 실컷 두들겨 맞은 기억을 잊을 수가 없다. 철영을 때려 주고 싶어도 기회가 없었다. 부모끼리 머리채를 잡으며 싸움을 했던 기억이 남아 있다. 오춘대는 철영에게 복수할 기회만 엿보고 있었다. 철영에게 어떻게 하면 복수를 할까 궁리를 해 왔다. 철영은 본인도 모르게 순식간에 오춘대의 눈을 피해 버린다. 땅을 향해 고개를 숙인다. 오춘대는 철영의 눈빛을 놓치지 않는다. 예전 같으면 당당하게 다가왔던 철영이 아님을 간파한다.

"야! 이철영, 오랜만이다!"

오춘대는 철영을 향해 알은체를 먼저 한다. 철영은 오춘대가 먼저 인사를 건네자, 마지못해 고개를 든다. 오춘대 얼굴을 제대로 바라보지 못한다. 오춘대를 때렸던 기억 때문에 미안해서가 아니라, 중학생 신분이 아닌 본인의 초라한 모습에 괜히 주눅이 든 것이다. 중학생이 되지 못한 일이 큰 패배자처럼 느껴지고 있다. 예전 같으면 오춘대가 시비를 걸어오기라도 하면 주먹으로 때려 줘도 속이 안 풀릴 텐데, 이 순간만큼은 피하고 싶은 것이다.

"그래, 오랜만이다."

철영은 기어들어 가는 소리로 대답을 한다. 빨리 자리를 피하고 싶은 심정이다. 괜한 자격지심이 몰려온다.

"일하고 오는 중인가?"

"응."

철영은 괜히 오춘대 앞에서 기가 살아나지 못한다.

"이철영! 오랜만에 만났는데, 나한테 할 말 없어?"

철영은 빨리 자리를 피하고 싶은데, 오춘대가 말을 계속 걸어온
다. 철영에게 할 말이 없느냐고 오히려 되묻는다. 철영은 아무 생
각이 없다. 대답을 머뭇거린다. 오춘대는 철영이 대답을 머뭇거리
자 괜히 시비를 걸고 싶은 마음이 생긴다. 중학교도 못 간 철영을
무시하고 싶다. 중학생 교복을 입은 오춘대는 우월감이 살아난다.

"나, 너에게 맞은 일은 아직도 잊어뿔지 않고 있응깨로 명심해
라. 내가 언젠가는 복수를 할 것이니께롱."

오춘대는 철영을 깔보면서 시비를 걸어온다. 철영은 순간적으로
화가 솟구친다. 오춘대가 시비를 걸어오지만 빨리 이 자리를 피하
고 싶은 심정이다. 오춘대는 철영이 아무 대답을 하지 못하자, 철
영을 째려보며 움직인다. 철영은 오춘대가 지나가자 고개를 숙이
며 빠르게 걸음을 옮긴다.

철영은 오춘대를 만난 후로 괜히 화가 나 있다. 들판에 일도 나
가지 않고 집 안에서만 지낸다. 집 밖으로 나갈 생각이 없다. 다시
오춘대와 만나면 어떻게 할까 봐 궁리 중이다.

"철영아 날도 풀렸는데, 감자를 심어야 항깨로, 오늘 중으로 얼
릉 거름을 밭에다가 지어다 놔라!"

송정댁이 철영에게 일을 시키지만 일할 맘이 나지 않는다. 송정

댁은 철영이 집 안에서만 있는 걸 발견하고 철영에게 일을 시킨다.

"예."

철영은 대답만 해 놓고 일을 하지 않는다. 철영은 일이 손에 잡히지 않는다.

철영은 지게를 지고 집을 나가지 않고 맨몸으로 집을 나선다. 철영과 친한 아이들과 우르르 몰려다닌다. 중학교에 가지 못한 아이들이다. 철영을 따라서 아이들은 마을을 지나서 외진 곳으로 향한다. 읍내에서 마을로 들어서는 길에서 멈춘다. 사람들의 왕래가 뜸한 곳이다. 길 안쪽으로 묘지가 있는 곳이다. 철영은 중학생 교복을 입은 아이들만 보면 괴롭히고 싶은 마음이 생겼다. 중학생들이 읍내에서 집으로 돌아오는 모습이 보인다. 마을에서 벗어난 외진 곳에서 학교에서 돌아오는 중학생들을 불러 세운다. 특히 남학생들을 불러 세워 시비를 건다. 철영에게 불려 간 아이들은 어쩔 줄을 모른다. 철영에게 고분거리지 않으면 곧바로 철영의 주먹질과 발길질이 날아온다. 그 소문 때문에 철영에게 붙들리면 혼난다는 소문이 퍼진다. 철영은 이유 없이 아이들을 괴롭히는 일이 양심에 가책도 받지 않는다. 본인의 자격지심을 괜한 중학생들에게 화풀이하는 것이다. 철영은 오춘대를 만나면 시비를 걸 생각을 한다. 멀리서 오춘대가 오는 것을 발견한다. 철영이 오춘대 앞에 선다. 철영을 발견한 오춘대도 걸음을 멈춘다.

"오춘대, 오랜만이다!"

철영이 오춘대에게 시비조로 말을 건다. 오춘대는 마을 안에서 만났던 철영이 아님을 알아차린다. 주변에는 아이들이 몰려 있다. 오춘대는 갑자기 위기감을 느낀다. 중학교도 못 간 이철영을 업신여기고 깔봤는데, 오늘은 분위기가 사뭇 다르다. 이철영이 작정을 하고 아이들까지 몰고 온 것을 눈치챈다. 순간적으로 지게를 지고 있는 철영을 무시했던 일을 떠올린다. 철영의 비위를 건드렸을 거라고 여긴다.

"그래, 오랜만이다."

"너 아직도 나한테 안 좋은 감정을 가지고 있다메, 어떻게 복수할 건데?"

철영은 작정하고 오춘대에게 시비를 건다. 오춘대는 여기서 철영과 한판 붙고 싶지만, 그랬다가는 철영에게 또 실컷 두들겨 맞게 생겼다. 빨리 도망을 쳐야 한다고 생각한다. 넓은 신작로를 달려가면 곧 마을이다. 신작로가 아니어도 들판으로 도망을 치면 철영과 싸움을 하지 않더라도 도망을 칠 수 있다고 판단한다. 다시 철영과 싸우고 싶지 않다.

"오춘대 너, 나 좀 보자. 여기는 도로 옆이니까 이쪽으로 따라와!"

철영은 신작로가 아닌, 묘지가 있는 후미진 곳으로 오춘대를 데리고 가서 한판 붙을 생각이다. 오춘대에게 따라오라고 말하고 먼저 걸음을 옮긴다. 오춘대가 본인에게 복수한다고 했으니, 순순히 따라서 올 것으로 여긴다. 철영이 걸음을 옮기자 오춘대는 갑자기 몸을 움직인다. 신작로를 따라 빠르게 달린다. 오춘대가 신작로를 달리자 주변에 있던 아이들도 함께 달리기 시작한다. 철영도 오춘대를 잡기 위하여 신작로를 달린다. 오춘대는 여럿이 본인을 잡으려고 달려오자, 겁이 덜컥 난다. 달리다가 들고 있던 가방을 순간적으로 놓친다. 가방을 챙길 생각도 하지 않고 계속 달린다. 오춘대는 순식간에 멀리 도망을 친다. 잡힐까 봐 죽기 살기로 달린 오춘대를 잡을 수가 없다. 오춘대를 쫓던 철영과 아이들은 달리기를 멈춘다. 신작로를 다시 돌아와서 오춘대의 가방을 챙겨서 움직인다. 철영은 오춘대의 가방을 뒤져 본다. 가방 안에는 책이 들어 있다. 중학교 책을 보고 다시 가방에 챙겨 넣는다. 오춘대 집에 가방을 챙겨다 주려고도 하지 않는다. 가방을 묘지 옆에 휙 던져 버린다.

가까스로 이철영 패거리에게서 도망친 오춘대는 가방까지 뺏겼다고 알린다. 오춘대 부모는 심각하게 생각하고 철영을 즉시 지서에 고발한다. 가방을 찾아 달라고 하소연을 한다. 경찰은 심각한 사안으로 받아들인다. 고발당한 철영 일행이 줄줄이 지서에 붙들려 왔다. 고개를 숙인 철영은 가슴이 두근거린다. 겁에 질린 모습이다. 경찰은 오춘대의 가방을 어떻게 했는지 추궁한다. 가방은 뺏지 않았고, 오춘대가 놓고 간 거라고 말한다. 발견한 가방은 묘지 옆에 놔뒀다고 말한다.

철영이 경찰에 잡혀갔다는 소식을 들은 송정댁은 발을 동동 구른다. 혼자서는 엄두가 나지 않는 일이다. 큰집에 이 일을 신속하게 알린다. 어떻게 해서라도 큰집의 도움이 필요함을 전한다. 지서에 송정댁이 앞치마를 두른 채로 들어선다. 경찰에게 넙죽 인사를 한다. 송정댁은 경찰의 눈치만 보고 있다.

연락을 받은 인철이 정만식과 함께 지서로 들어선다. 송정댁은 인철 일행을 보자 인사를 건넨다. 인철은 정만식과 함께 서장실로 들어간다. 서장과 면담을 한다. 철영이 아직 어리고, 오춘대와 벌어진 일은 철없이 한 일이니 선처해 달라고 부탁을 한다. 때리지도 않았고, 가방은 묘지 옆에 두었다고 전한다. 어른들의 도움으로 철영은 지서에서 풀려난다.

어린 철영이 나무를 짊어지고 끙끙거리며 내려간다. 집안에 남자가 없고, 어머니는 시장에서 국밥 장사를 하느라 늘 바쁘다. 집안에 땔감이 부족하지 않도록 산으로 올라가 나무를 해 오는 것이 철영의 일과가 되어 버렸다. 또래의 다른 아이들은 놀기 바쁘지만, 철영은 항상 바쁘다. 들판에 나가서 어머니를 도와 일을 거든다. 송정댁이 국밥집을 하면서 농사일까지 하기에는 힘에 부친다. 철영이 아직 어리지만, 농사일을 거들어야만 하는 처지다. 철영이 지게질도 해낸다. 수시로 산속으로 지게를 짊어지고 들어간다. 본인의 몸보다도 서너 배의 나뭇짐을 짊어지고 산에서 내려온다.

철영은 친구들과 싸운 일로 인해 어머니에게 미안한 감정이 남아 있다. 나무를 열심히 해서라도 미안함을 갚아 주고 싶은 심정이다. 장터 국밥집에 나무가 항상 필요하다. 겨울을 지내려면 집에도 나무가 많이 필요하다. 철영은 나뭇짐을 무겁게 지고 산에서 내려온다. 말은 안 해도 철영은 열심히 나뭇짐을 짊어 나른다. 나뭇짐을 국밥집 옆에 내려놓는다.

"아이고 내 새끼 고상 많았다. 어여 와서 국밥 한 그릇 묵어라!"

송정댁은 철영이 고맙기만 하다. 아이들과 다투는 일로 소란이 있었지만, 나무를 짊어지고 산에서 내려오는 모습을 보면 안쓰럽기만 하다. 아버지가 없는 집안에 가장 노릇을 톡톡히 하는 것이다. 철영이 땀을 닦아내며 국밥을 먹는다.

철영은 통신으로 중학을 졸업할 수 있다는 정보를 알게 된다. 송정댁에게도 알려서 통신 과정을 신청한다. 우체부 아저씨를 통해서 중학교 책이 철영에게 도착한다. 철영은 책을 붙들고 감격한다. 나도 이제 중학생이 된다는 설렘으로 가득 찬다. 열심히 공부하여 중학교 과정을 마치리라 다짐한다. 밤이 되자 호롱불을 켜놓고 철영이 공부에 열중한다. 호롱불 앞에서 꾸벅꾸벅 졸다가 정신을 차린다. 낮에는 힘든 일을 하느라 피곤하지만, 포기하지 않고 열심히 공부한다. 중학교 통신 과정을 통해서 영어도 알게 된다.

전쟁이 끝나고 미국으로 돌아간 헨프리는 선교사로 다시 한국으로 파견된다.

'오직 성령이 너희에게 임하시면 너희가 권능을 받고 예루살렘과 온 유대와 사마리아 땅끝까지 이르러 내 증인이 되리라 하시

니라.'

헨프리가 좌우명으로 삼고 있는 사도행전의 성경 구절이다. 헨프리는 20대의 청년 시절에 의사로써 하나님의 복음 전파를 위해 헌신하겠노라고 기도를 했다. 자신의 삶을 희생하면서 하나님을 알리기 위해 선교사의 삶을 선택하는 일이야말로 가치 있는 일이라고 여겼다. 의술을 베풀며 하나님의 사랑을 실천하며 전파하는 일에 열정을 바치기로 한다. 그야말로 아프리카 수준의 미개 나라 조선에 하나님의 복음의 씨앗을 뿌리기 위해 선교사로 파견되었다.

미국 남장로회 소속 선교사들은 최초로 호남 지역 중에서도 군산에 먼저 도착한다. 그 당시에는 도로가 발달되지 않아서 배편으로 이동을 많이 하던 시절이라 배편으로 도착하기가 쉬운 군산 지역을 시작으로 목포, 전주, 광주, 순천에 자리를 잡는다.

헨프리는 선교사들이 세운 순천 안력산(알렉산더 후원) 기독병원에서 봉사해 왔었다. 1915년에 순천에 세워진 안력산 병원은 그야말로 신식 의료 시설을 갖춘 병원이었다. 서울에 있는 세브란스 병원 다음으로 큰 병원의 규모와 현대식 의료 장비를 갖춘 병원으로 자리를 잡게 된다. 그야말로 호남 지역에 자리 잡은, 선교사들이 세운 병원 중에서도 가장 최대의 규모와 시설을 갖추고 의료 사업을 진행해 왔다. 가난한 조선의 많은 사람에게 절반 이상 무료로 의료 혜택을 베풀었다. 발에 외상을 입은 환자의 수술, 다리를 봉합한 자리를 계속 치료하지 못해서 고름이 쌓여서 다리를 절단해야 하는 수술 환자, 폐결핵에 걸린 승려가 병원에 오려고 하지 않자 설득하여 약을 처방하고 먹게 하여 치료하게 한 일. 뜸과 한약으로만 치료하다 보니, 한약 오남용으로 인해 다리 절단 수술을 꼭 해야만 하는 환자를 데려다가 수술을 해 준 일은 현대 의학 기술을 발휘한 외과 치료의 획기적인 치료법을 소개해 준 일이었다. 조산으로 입한 합병증 환자를 입원시켜 치료한 일, 무릎관절 결핵과 척추 결핵 환자를 입원시켜 치료한 일, 발뒤꿈치에 박힌 대나무를 뽑아내는 수술… 그중에서도 결핵 환자를 돌보는 일이 유난히 많았다. 영양 상태가 열악한 조선 사람 중에는 결핵 환자가 계속 증가하고 있었다. 의료 시설이 열악하여 각종 수술이 어려운 시기에 의료 시설을 갖추고, 미국에서 공부한 의사들에 의한 각종 큰 수술을 도맡아 해 왔다. 미국에서 직접 신식 의료 기구를 도입하여 수술을 진행했다. 병상까지 확보하여 병원에 입원시키며 수많은 생명을 살려 냈다. 돈이 없는 환자들을 무료로 치료해 주는 일이 더 많았다. 무료 치료 환자로 인해 병원 유지가 어려울 정도였다. 호남 지역 각 곳을 돌아다니며 무료 의료 진료를 베풀었다.

선교사들이 세운 대전교회에도 노고단에 60채의 선교사 별장 건물이 있는 관계로 매년 여름에 선교사대회가 열리는 노고단을 방문할 때마다 여름성경학교를 열고 지역 주민들에게 무료 진료를 해 주었다. 선교사들이 대전교회에 방문하는 기간에는 근방의 사람들은 물론이고 용방, 산동, 구례 전역의 사람들까지 몰려들었다. 교회 밖에 수백 미터의 긴 줄이 이어졌다.

순천에는 선교스테이션의 목적으로 학교와 병원, 교회를 설립하여 복음을 전파하였다. 그야말로 수십만 평의 엄청난 땅을 사들인다. 학교와 병원, 교회, 선교사 사택을 짓는다. 조선 사람들에게 그리스도의 사랑을 무한정 베풀고 또 베풀며 복음을 전파한다. 조선은 일본에 나라를 빼앗기고 지배를 받고 있었다. 참으로 안타까운 일이었다. 3·1 만세운동에도 기독교인들이 주도적으로 참여하는 계기를 만들어 준 일은 선교사들이 세운 학교와 교회에서 운영하는 야학을 통한 교육을 통해서 은밀하게 민족정신을 심어 준 결과였다. 선교사들도 일제의 신사참배 강요를 받았지만, 절대로 받아들일 수 없는 일이었다. 조선 교인들과 함께 신사참배를 강하게 반대했다. 태평양 전쟁이 본격화되자 선교사들이 모두 일본에 의해 강제로 본국으로 추방되었다. 해방된 후에 남한만의 대한민국이 수립되었지만, 공산당이 들어선 북한이 남침했다는 소식을 듣는다. 헨프리는 공산당을 격퇴하기 위하여 군종병으로 자원입대를 하였다. 그야말로 피비린내 나는 전쟁에 참전했다. 인천 상륙작전, 장진호 전투, 흥남 철수… 한국전쟁에 직접 참전하면서 죽을 고비를 여러 번 넘겼다. 군종병으로 전쟁에 참전했지만, 최전선에서 공산당을 격퇴하는 일은 생사가 달린 위험한 일이었다. 전쟁 중에 내가 죽지 않고 살아남은 것은 오로지 하나님의 은혜였다. 하나님의 은혜가 아니면 한국 땅에서 전쟁 중에 죽은 목숨이나 다름없다고 여긴다. 휴전이 되어 겨우 살아서 미국으로 돌아 갔지만, 비참하게 폐허가 되어 버린 한국을 외면할 수 없었다. 전쟁 후 헐벗고 굶주린 한국 사람들을 위해서 기꺼이 헌신하겠노라고 하나님 앞에 계속 기도를 해 오고 있었다. 미국 땅에서 편안하게 좋은 의사 직업을 가지면서 살아가도 되지만, 하나님의 무한한 사랑을 실천하고 복음을 전하는 길을 택한다. 땅끝까지 이르러 하나님의 복음을 전파하고 실천하는 길을 찾아 다시 한국으로 돌아온 것이다. 해방 전에 경험했던 호남 지역을 사역지로 삼는다.

헨프리가 순천 지역에 도착한다. 일제의 신사참배 강요로 학교가 문을 닫았지만, 해방된 후에는 학교가 다시 문을 열어 잘 운영되고 있다. 은성학교라는 학교명으로 처음 시작한 매산학교도 해방 후 다시 문을 열었다. 헨프리는 해방 전에도 봉사했던 순천에서 하나님의 사역을 다시 시작한다. 나환자촌으로 유명한 여수 지역에 자리 잡은 애양 병원의 의사 선교사로 근무 배치를 받는다.

여수 애양원은 광주에서부터 시작됐다. 미국 남장로회 선교사들은 광주 선교를 위하여 광주 기독병원(당시 제중원)을 설립하여 의료 선교를 시작한다. 수피아 여학교와 숭일학교를 세워서 교육 선교에도 나선다. 선교사는 나환자가 길거리에 방치된 것을 발견하자 그냥 지나치지 못한다. 사마리아 정신을 발휘하여 나환자를 데려와 돌보기 시작한 것이 계기가 된다. 벽돌을 구워 내던 가마

터에서 나환자를 돌보기 시작한다. 선교 헌금으로 나환자를 수용
할 건물이 완공되자 나환자가 점점 늘어나게 된다. 광주 봉선리에
나병원을 설립한다. 추가로 본국 선교부로부터의 선교 자금을 지
원받아 350명을 최대 수용할 수 있는 나환자촌이 들어선다. 선교
사들은 기독병원과 나환자촌을 오고 가며 환자를 돌보는 일에 헌
신한다. 천형天刑으로 여겨지는 나병(문둥병, 한센병)은 환자 본인은
물론 가족들까지 꺼려하고 멸시 천대를 받게 한다. 격리 수용되거
나, 부랑자로 살아가는 비참한 신세가 된다. 조선에 도착한 선교
사들은 그들에게 무한한 사랑을 베풀게 된다. 나환자촌을 정착시
키려면 엄청난 돈이 필요했다. 선교사들은 본국으로부터 거액의
선교 지원금을 받아낸다. 나병원을 광주(애양원), 부산(상대원), 대
구(애락원)에 각각 설립한다. 광주 나병원이 규모와 시설이 가장 큰
곳이었다. 광주에 나병원이 설립되자 전국에 있던 나환자들이 몰
려들었다. 광주 나병원은 350명의 수용 시설을 갖췄지만, 최대 수
용 시설을 초과하여 나환자들이 600명까지 늘어난다. 광주 나병
원에서는 나환자들에게 실업 교육을 가르친다. 남자에게는 목수,
양철공, 토수, 석수, 미장 교육을 시켜서 기능공을 양성한다. 여
자는 길쌈, 옷 만드는 일, 양말 깁는 일, 바느질하는 일을 교육시
킨다. 선교사들은 생산한 물건을 판매 알선하는 일까지 한다. 나
병 환자들의 얼굴은 기형적으로 변하여 흉측한 모습으로 변해 버
린다. 일그러진 얼굴을 쳐다보기 힘들 정도이다. 손가락이 잘려서
뭉뚱그려지고, 손목만 남아 있는 환자도 있다. 발가락과 발목이

절단되어 목발을 짚기도 하고, 걸음을 걷지 못하여 앉은뱅이처럼 앉아서 움직인다. 그 모습을 보면서 광주 나병원은 주변 사람들로부터 점점 꺼리는 시설로 눈총을 받는다. 나병 환자를 향해 돌을 던지고 가는 일도 자주 생긴다. 선교사들은 도시 지역을 벗어나 한적하고 외진 곳을 찾아 나선다. 여수 율촌 신풍 반도에 나병 환자들의 숙소인 애양원이 설립된다. 14만 평의 부지에 나환자를 수용하는 시설과 병원(치료소), 학교, 교회를 건축하기에 이른다. 거대한 토목공사는 그야말로 엄청난 돈이 필요한 공사이지만, 본국으로부터 교인들이 십시일반 헌금한 선교 자금을 지원받는다. 나라에서도 하지 못하는 일이 선교사들에 의해 이루어진다. 광주 나병원에서 가르쳤던 기능공들을 선발대로 투입하여 애양원을 건축하는 데 일조한다. 선교사들은 나환자 기능공들에게도 충분한 일당을 보상해 준다. 그야말로 천대받던 나환자들에게 자립의 기반을 만들어 준다. 나환자 집단 거주지와 애양원 교회, 애양원 병원까지 설립된다. 애양원이 완공되자 광주에 있던 600여 명의 나환자가 일반인들의 눈을 피하고자 낮에는 잠을 자고, 일부러 밤에만 걸어서 여수 애양원에 도착하기에 이른다. 나환자들은 집단 거주지에서 병원 시설과 교회를 중심으로 신앙을 지켜 나가게 된다.

헨프리는 애양원 병원에서 근무를 시작한다. 열악한 환경이지만, 그야말로 그리스도의 사랑을 베푸는 일에 헌신한다. 애양원에 도착한 헨프리는 해방 전에 순천에 있으면서 서로 교류했던 손양원 목사에 대해 궁금하다. 애양원 2대 목사로 부임한 손양원 목사는 중증환자실에도 기꺼이 들어갔다. 나환자를 치료하려면 손에 고무장갑을 끼고, 마스크를 쓰고, 의료복을 입고 철저하게 방진복으로 무장을 하여 환자에게 접근해야 했다. 손 목사는 방진복도 입지 않았다. 환자에게서 진물이 흐르고, 땀이 엉겨 붙어 도저히 들어가기를 꺼리는 중환자를 맨손으로 어루만지며, 진물을 닦아 주며 머리를 맞대고 안수 기도를 해 줬다. 일반인으로서는 상상하기 힘든 나환자에 대한 사랑을 몸소 실천하는 데 앞장섰다. 나환자뿐만 아니라 일반인이나 병원 관계자들까지 숙연하게 하였다. 일제의 신사참배 강요에도 선교사들과 함께 강력하게 저항하며 항일운동에도 앞장섰다. 손 목사는 신사참배 반대로 일제에 의하여 불경죄로 감옥에 갇히게 된다. 일제 경찰의 모진 고문으로 감옥에서 순교하는 목사도 생겨난다. 구례읍 교회의 양 목사도 감옥에 투옥되어 손 목사 앞에서 죽어 나갔다. 손 목사는 해방이 되어 석방된다. 애양원 교회로 돌아온다.

제주에서는 남한만의 총선으로 단독정부를 세우려 할 즈음에 4·3 사건이 발발한다. 여수 14연대 군인들에게 제주도 진압을 위한 출동 명령이 떨어진다. 좌익 계열의 군인들이 주동하여 출동 거부를 하고 반란을 일으킨다. 반란 사건이 터지자 순천, 여수는 소용돌이에 휘말린다. 반란군들은 여수, 순천을 장악한다. 총을 든 군인들은 좌익들과 합세하여 거대 세력이 되어 버린다. 반란군들에 의하여 그야말로 무법천지가 되어 버린다. 좌익과 우익으로 나누어져 극심한 대립으로 치닫는다. 총을 든 좌익들은 우익들을 향하여 무차별 학살을 감행한다. 반공청년으로 순천에서 학교에 다니던 손 목사의 두 아들은 반란군들에게 살해된다. 진압군이 진군하여 반란군을 몰아내고 사태를 진압하면서 두 아들을 죽인 좌익 학생이 검거된다. 좌익 학생이 곧 총살을 당하게 된다는 소식을 알게 된다. 손 목사는 계엄사령관을 찾아간다. '나의 죽은 아들들은 자기들 때문에 친구가 죽는 것을 원치 않습니다. 우리 두 아들은 친구의 죄 때문에 이미 죽었습니다. 만일 이 학생을 죽인다면 그것은 동인, 동신 형제의 죽음을 값없이 만드는 것입니다.' 라고 간청하였다. 양 목사의 간청으로 좌익 학생은 풀려난다. 양 목사는 그 학생을 양아들로 삼는다. 아들을 죽인 원수에게 그리스도의 무한하신 사랑을 베풀게 된다. 그 후에 전쟁이 발발하고 공산당이 애양원에 들이닥치자 손 목사는 도망가지 않았다. 주변에서 몸을 피하라고 권고하였지만, 혼자서 살겠다고 목자가 애양원의 양 떼를 두고 떠날 수는 없었다. 기독교를 인정하지 않은 공산당에게 무참하게 순교를 당한다.

헨프리는 손 목사의 소식을 전해 듣고 슬픔에 휩싸인다. 손 목사의 무덤을 찾아 애도한다. 손 목사의 순교가 너무나 아쉽고 안타까운 일이다. 월슨 애양원 원장은 일제의 신사참배로 추방당하였다가 해방 후 미 군정의 '나병 근절 자문관'으로 다시 돌아와 애양원으로 복귀했다. 월슨은 일제하에서 조선총독부의 나환자 분리 정책으로 세워진 고흥 녹동 인근 섬에 있는 소록도와 애양원을 오가며 바쁘게 움직이고 있다. 나환자촌 두 곳 모두의 감독을 맡은 윌슨은 미 군정청으로부터 거액의 지원금을 받아 낸다. 나환자를 위해서 소록도와 애양원을 회복시키는 데 심혈을 기울인다. 애양원 병원도 점차 미국으로부터 의료 기구를 직접 들여와 현대화시켜 나간다. 헨프리도 애양원 병원에서 잠깐 진료 봉사를 하다가, 광주 기독병원으로 자리를 옮겨 의료 선교에 헌신한다.

헨프리가 대전교회에 들어선다. 얼마만의 방문인가? 일제 치하 시절이었지만 헐벗고 굶주린 조선 사람들을 위해서 복음을 전하였던 기억이 생생하다. 대전교회 여름성경학교에 아이들이 구름떼처럼 모여들어 신나게 북을 치며 찬송을 부르며, 선물을 나눠 줬던 기억이 새록새록 하다. 오전에는 여름성경학교를 마치고, 오후에는 아픈 조선 사람들을 무료로 치료해 주었다. 대부분 맨발인 조선인들이 교회 밖에까지 수백 미터 긴 줄이 늘어설 만큼 많은 사람이 몰려들었다. 치료 약 하나 변변치 못하여 상처 난 곳에 소독약을 발라 주었다. 여름성경학교와 무료 진료를 마친 후에는 노고단의 선교대회에 참석하기 위하여 노고단을 올랐다. 헨프리는 그때가 무척 그립다. 노고단 꼭대기에 있는 별장과 각종 시설을 다시 보고 싶다.

염기환 목사 부부와 교인들이 헨프리 일행을 반긴다.

"오! 정만식이!"

헨프리가 정만식을 보자 웃으면서 반갑게 악수를 한다.

"헨프리 선교사님!"

만식은 헨프리를 만나자 놀랍고 기쁘기만 하다. 얼마만의 만남인가? 해방 전에 만나고 전쟁 후에 만났으니 10년도 넘은 세월이다. 일본의 신사참배로 인하여 선교사들이 몽땅 추방당했었다. 헨프리가 다시 대전교회에 나타나다니 어떻게 된 일인지 궁금하다.

"한국에는 언제 오셨당가요?"

만식은 헨프리의 갑작스러운 등장이 무척 궁금하다. 이렇게 헨프리와 또다시 인연이 이어지다니 놀랍기만 하다. 선교사들에게 우리 대한민국 사람들이 얼마나 많은 도움을 받았던가? 헨프리역시 한 목사 대신 염 목사가 반겨 주니 한 목사가 궁금해진다. 헨프리가 교회를 둘러보고 나서 만식과 염기환이 마주 앉았다. 만식은 한 목사가 신사참배 반대로 감옥에 투옥되었던 일을 전한다. 해방 후, 전쟁 중에 공산당에 의해 순교당했음을 전한다. 헨프리는 고개를 끄덕인다. 참으로 안타까운 일이다. 염 목사도 함경도에서 미군들의 도움으로 흥남 철수를 하는 바람에 구사일생으로 살아났다는 소식을 전한다.

헨프리도 한국전쟁에 참전했다는 얘기를 들려준다. 한국에 전쟁이 났다는 소식을 듣고 군종병으로 지원하여 인천상륙작전에도 참전하였고, 원산, 함흥을 지나서 장진호 전투에 참전하였고, 전쟁터에서 구사일생으로 살아남아 흥남으로 철수를 하였다는 얘기를 들려준다. 헨프리의 참전 이야기를 듣고 만식은 그야말로 놀라지 않을 수 없다. 염기환도 흥남항에서 미군의 도움으로 피난선을 탔던 기억을 생생하게 전한다. 흥남 철수야말로 하나님의 은혜를 체험하는 현장이었노라고 서로 이야기를 나눈다. 미군들의 도움이 아니었으면, 지금쯤 함흥 땅에서 중공군과 인민군들에게 지배를 당하고 있을 거라고 말한다. 그야말로 하나님의 은혜로 거제도에 피난하였고, 부산 초량교회 '구국기도회' 현장에서 만식을 만나서 대전교회까지 온 것도 아무리 생각해도 기적 같은 일이라고 말한다. 이런 인연이 또 어디 있단 말인가. 전쟁 중에 염 목사와 헨프리는 함경도 땅, 같은 공간에 있었고, 죽음의 사선에서 살아남은 것이다.

헨프리 일행과 만식, 염기환이 노고단으로 향한다. 화엄사에서 출발하여 무넹기 언덕에 올라선다. 노고단 전경이 가까이 다가온다. 노고단 서쪽 능선에 건축되었던 건물이 흔적만 남기고 사라져 버렸다. 예배당, 호텔, 수십 채의 건물로 가득 찼던 건물 형체가 모두 사라져 버렸다. 그 많던 건물이 모두 불에 타고 없어져 버렸다. 서양인 마을을 방불케 했던 어마어마한 시설이 모두 폐허가 되어 버렸다. 노고단 서쪽 능선이 민둥산이 되어 버렸다. 그 흔적 중에 3층 호텔이 있었던 곳에 담벼락만 앙상하게 남아 있을 뿐이다.

"아!"

헨프리는 노고단에 들어섰던 수많은 건물의 모습이 보이지 않자, 탄식 소리가 저절로 나온다. 개울을 따라 천천히 노고단을 향하여 오른다. 무넹기는 1년 내내 콸콸 흐르는 노고단 물줄기를 구레 방향으로 수로를 변경하여 돌려 놓은 시설이다. 헨프리 일행은 걸어서 물이 콸콸 흐르는 폭포 지점에 도착한다. 노고단 정상 부근은 구름이 수시로 머물다가 가는 지역이다. 구름은 수증기를 잔뜩 머금은 안개비가 되어 수시로 내리는 지역이 된다. 정상에서 내려오는 물줄기가 냇물을 형성하고 있다. 그 물이 폭포가 되어 떨어진다. 이곳부터 별장이 들어서 있었던 자리이다. 오솔길을 따라 정상을 향하여 천천히 발걸음을 옮긴다. 오솔길 양쪽에 집터 흔적만 곳곳에 남아 있다. 건물이 들어섰던 자리 곳곳에는 시멘트 바닥 위에 큰 돌덩이 몇 개만 나뒹굴고 있다. 오솔길을 따라 더 올라가니 예배당과 3층 호텔이 있었던 곳에 도착한다. 돌로 지은 3층 벽체만 앙상하게 자리를 지키고 있다. 얼마나 견고하게 지은 벽체인지 전쟁 중에 폭격을 맞았어도 벽체는 우뚝 서 있다. 헨프리가 벽체만 남아 있는 곳으로 가까이 다가간다. 벽체를 손으로 어루만진다. 만감이 교차한다. 헨프리 눈에는 눈물이 고인다.

'그레이엄 캠프(Camp Graham)'가 열리는 노고단에는 이백여 명의 선교사와 가족들이 모였었다. 각각의 별장에서 가족들이 양장 차림을 하고 손에는 성경책과 찬송가를 들었다. 각 별장에서 나와서 예배당으로 향한다. 예배당으로 향하는 행렬이 장관을 이룬다. 예배당 안에서는 피아노 소리가 울려 퍼진다.

"예수 사랑하심은 거룩하신 말일세. 우리들은 약하나 예수 권세 많도다. 날 사랑하심…"

예배당에서는 아이들과 어른들이 함께 큰 목소리로 부르는 찬송가 소리가 울려 퍼진다. 예배당에 모여서 찬송을 부르며 예배를 드린다. 예배가 끝난 후 정구장에서는 시합이 한창이다. 배구 시합이 시작된다. "와와와." 노고단에 모인 선교사 가족들이 함성을 지르며 응원한다. 골프장에서 골프를 치는 사람들도 보인다. 야생화가 지천으로 피어 있다. 곳곳에서 그림을 그리는 사람도 눈에 띈다. 야생화가 지천으로 피어 있는 노고단 고지는 그야말로 한 폭의 수채화가 되어 간다. 조선 전역에서 복음을 전하던 선교사들이 모여서 우의와 친목을 다졌던 일이 주마등처럼 스쳐 간다.

만식은 그동안 구례 지역이 반란 사건과 전쟁으로 얼마나 큰 피해를 당했는지를 설명한다. 전쟁 중에는 노고단 고지에 군부대 진지가 구축되었다고 전한다. 만식이 직접 군부대 진지를 만들 때 동원되었다고 전한다. 인민군들에 정복당했던 남한 땅에서 인천 상륙작전의 성공으로 인민군들이 북으로 도피하지 못한다. 인민군 패잔병들이 빨치산이 되어 지리산 속으로 숨어들어 또 다른 전쟁을 치렀다. 밤만 되면 빨치산들이 마을로 내려와 식량을 조달하기 위해 민간인들에게 큰 피해를 주었다. 빨치산들을 소탕하기 위한 '쥐잡이작전'이 대대적으로 행해지는 바람에 지리산 산간 마을이 국군에 의하여 초토화되어 버렸다고 전한다. 반란 사건과 전쟁을 겪으면서 구례 지역은 그야말로 쑥대밭이 되어 버렸다. 많은 민간인이 죽어 나갔고, 고아나 과부가 많아졌다는 것이다. 특

히 구례 지역에서도 산동 지역이 가장 큰 피해를 보았다는 것이
다. 아직도 산동 지역에서는 집으로 복귀하지 못한 고아나 과부
들이 어려움에 처해 있다고 전한다.

　만식이 헨프리와 염기환을 데리고 산동교회를 방문한다. 산동
교회의 추 목사와 반갑게 인사를 나눈다. 산동교회 마당에 들어
선다. 마당 곳곳에 움막이 줄지어 있다. 갈 곳이 없는 사람들을
교회에서 돌봐 주고 있다. 산동교회에서 구제 사업 역할을 담당해
나가고 있는 현장을 둘러본다. 적십자사를 통해 구호 물품이 도
착하지만, 턱없이 부족하다. 산동교회에서 구호 식량으로 많은 고
아와 과부들의 식사와 잠자리를 해결해 나가고 있는 현장을 살핀
다. 교회 안에는 아이들 수십 명이 두세 명 선생님들의 돌봄을 받
고 있다. 초롱초롱한 눈망울을 굴리며 선생님의 지시에 일사불란
하게 움직이고 있다. 해맑은 아이들이 헨프리 옆으로 다가온다.
헨프리와 염기환은 아이들의 손을 일일이 잡아 준다. 제대로 먹
지도 못하여 아이들의 몰골이 연약해 보인다. 옷도 제대로 갖추
어 입지 못했다. 구호의 손길이 절박함을 느낀다. 산동교회 추 목
사를 통해서 도움의 손길이 필요함을 듣는다. 미국에서 지원해 준
구호 식량으로 먹는 것은 해결한다 해도, 교육과 주거를 해결할
시설이 필요함을 절실하게 느낀다. 현재는 교회 마룻바닥이나 야
외 텐트로 숙소를 해결하고 있다고 전한다. 헨프리와 염기환과 산
동교회 추 목사가 함께 기도한다. 헨프리는 전쟁의 참상으로 어린

이들에게 가장 큰 고통을 주었다는 것을 목격한다. 전쟁고아들에게 도움의 손길이 필요함을 절감한다.

산동 마을을 돌아본다. 산동시장 부근에서 주민들이 움막을 짓고 살아가고 있다. 시장통 다리 밑에도 움막이 곳곳에 설치되어 있다. 여름에 홍수가 지면 모두 피난할 곳을 찾아 떠나야 할 사람들이라고 알려 준다. 산동 지역은 반란 사건에 이어 전쟁까지 겪으면서 집안 가장인 남편이 죽고, 집은 빨치산을 소탕한다고 국군들이 불을 질러 버렸다. 산간 마을이 초토화되어 버렸다. 피난민들은 돌아갈 집이 없다. 남편이 전쟁 통에 죽는 바람에 집을 새로 지을 엄두도 못 내는 사람들이다. 친척 집에 분산된 전쟁고아들은 다행이지만, 그렇지도 못한 사람들은 그야말로 가장 극빈의 생활을 버텨 내고 있다.

헨프리가 미국에 연락하여 전쟁의 참상을 전한다. 본국에 선교 헌금의 절실함을 전한다. 선교 헌금 지원 요청을 한다. 본국으로부터 선교 헌금이 조달되면 우선 급한 대로 산동 지역에 고아원과 모자원을 설립하기 위한 준비를 서두른다.

헨프리가 수시로 산동교회를 방문한다. 산동교회와 협의하여 고아원과 모자원 설립을 시작한다. 고아원 자리는 시장통 주변에 자리를 정한다. 고아원이 들어설 땅은 산동교회 교인들로부터 기부를 받는다. 헨프리는 본국에 선교 헌금을 요청한다. 미국 교인들이 1달러, 10달러 십시일반으로 헌금한 돈은 모여서 한국으로

보내진다. 한국에 도착한 선교 헌금으로 고아원 아이들을 돌보는
데 산동교회와 함께한다. 산동시장 부근에 고아원이 완성된다. 고
아원 이름은 '명산원'으로 지어졌다. 산동교회에 있던 아이들과 모
자들의 쉼터가 생긴 셈이다. 교회에서 돌보던 아이들이 모두 고아
원으로 이사를 했다. 고아원 시설이 확장되자 명산원에는 아이들
이 점점 더 늘어난다. 돌아갈 집이 없는 모자도 함께 고아원에서
임시방편으로 거주한다.

복자는 산동교회에서 수년째 봉사하는 인연이 되어 명산원 아
이들을 돌보는 선생님으로 고아들과 함께한다.

"여러분! 선생님을 따라 해 봐요!"

풍금 소리가 울리고, 음악 소리에 맞추어 아이들이 복자의 율동
을 따라 하며 밝게 웃는다. 복자는 아이들과 함께 행복한 웃음으
로 노래와 율동을 가르친다. 명산원은 아이들의 밝은 웃음소리로
넘쳐난다.

추 목사는 명산원 관리에 심혈을 기울인다. 명산원의 완성으
로 모자들과 고아들이 기거할 건물은 생겼지만, 먹는 문제가 가
장 큰 문제이다. 한창 자라나는 고아들에게 입에 풀칠이라도 하게
하려면 식량을 구하기 위해 백방으로 뛰어다녀야 한다. 전쟁 후
의 나라 경제는 최악으로 치닫고 있다. 먹는 문제가 가장 큰 문제
이다. 교인들이 조금씩 가져오는 곡식과 반찬으로는 세끼 끼니를
해결하기도 어려운 실정이다. 선교사님이 매번 가져다주는 선교

비로 식량을 구매해 와야 한다. 식량을 조달하려면 이미 오를 대로 오른 쌀값 때문에 조금씩만 구매한다. 추 목사는 백방으로 도움을 요청한다. 도움을 요청해 보지만, 전쟁 후의 살림은 모두가 어려운 실정이다. 읍내 교회에 도움을 요청해 보지만, 읍내 교회도 어렵기는 마찬가지이다. 순천 지역 노회 모임에까지 나가서 명산원의 사정을 호소해 보지만, 그쪽에도 고아원이 여러 곳 생겨서 산동교회까지 도와주기 어려운 실정이다. 미국의 무상원조 식량에 기댈 수밖에 없는 형편이다. 추 목사는 면사무소에 가서 통사정한다. 면장도 명산원의 딱한 사정을 보고 받는다. 미국 원조 물품을 산동까지 지원받기 위하여 읍내 군청에 가서 사정을 알린다. 면사무소를 통하여 우윳가루나 옥수숫가루를 배급받는다. 우윳가루나 옥수숫가루를 가져와서 요리한다. 많은 아이에게 나누어 먹이기 위해서 물을 부어서 죽으로 만든다. 교인들이 팔을 걷어붙이고 고아들을 위해서 땀을 흘린다. 큰 가마솥에 분유를 끓여 죽을 쑤어서 아이들에게 조금씩 나누어 준다. 식사 시간이 되면 아이들은 그릇을 들고 길게 줄을 선다. 그릇에 죽을 받아 든 아이들은 줄을 맞추어 앉는다. 복자가 아이들을 지도한다.

"자! 우리 감사의 기도를 하자."

복자의 지도로 아이들이 죽 그릇을 놓고 눈을 감는다.

"오늘도 일용할 양식을 주신 하나님께 감사드립니다. 아멘."

기도가 끝나기가 무섭게 아이들이 죽을 먹기 시작한다. 아이들은 음식을 게 눈 감추듯이 먹어 치운다.

48
연하반
烟霞伴

날씨가 쾌청하다. 구름 한 점 없는 날은 노고단이 성큼 다가선 느낌이다. 읍내 중학교 운동장에서 바라보는 노고단은 그야말로 지척에 있다. 단숨에 뛰어오르면 닿을 듯 가깝게 다가온다. 노고단에서 구례 읍내까지는 미끄럼을 타고 금방 내려올 듯 능선이 거칠 것이 없어 보인다. 지리산 노고단을 코앞에 두고도 몇 년째 오르지 못하고 있다. 동족 간의 피비린내 나는 전쟁이 휴전했는데도 불구하고 빨치산들이 산속에 숨어 있다는 이유로 입산이 금지되어 있다. 인철은 중학교에 근무하면서 동료 교사 배덕기를 만나게 된다. 학교가 파한 후에 동료 교사들과 어울려 대폿집에서 술잔을 기울인다.

"아, 읍내에서 보는 노고단 경치가 끝내줍니다."

광의면에서 바라보는 노고단은 능선만 간간이 보이고 정상은 잘 보이지 않는다.

"그렇네요. 광의 쪽에서는 노고단 정상이 제대로 보이지 않는데, 읍내에서 보는 노고단이야말로 바로 뒷동산처럼 가깝게 느껴지네요."

노고단은 구례 곳곳에서 볼 수 있지만, 읍내에서 보는 경치야말로 능선이 거칠 것이 없는 형태이다. 노고단에서부터 읍내까지 중간에 우뚝 솟은 봉우리 하나 없다.

"아! 노고단!"

노고단만 보면 인철은 만감이 교차한다.

"그리고 봉깨로 지리산이 큰 산은 큰 산이야! 한반도를 통틀어서 산꼭대기에 단壇이란 명칭이 붙은 산은 몇 안 된단 말이야. 강화도 마니산에 참성단塹星壇이 있지. 태백산에 천제단天祭壇이 있고, 지리산에 노고단老姑壇이 있는 거잖아. 그야말로 각 단에서 하는 것처럼 국가에서 하늘에 제사를 지내 왔던 곳이 노고단이었는데, 일제에 의해서 그동안 민족 말살이 되어 버렸지. 그래서 노고단에서 지내 왔던 산신제와 천제도 못 지내게 막아 버렸잖아. 제단을 망가뜨려 버리고, 그것도 모자라서 노고단 꼭대기에 은밀하게 쇠말뚝을 박아서 민족 정기를 말살시키려고 별별 짓을 다 한 일제의 만행을 겪은 노고단이야. 그것뿐만 아니라 노고단 꼭대기에 외국인 선교사 별장을 허락하여 수십 채의 건물이 들어선 광경을 생각하면 아직도 가슴이 벌렁거리고 분노가 가라앉지 않구먼. 내가 그 당시에 노고단 정상에 올라갔을 때의 심정이란…"

인철은 그때를 생각만 해도 울분이 가라앉지 않는다. 잠시 인철이 말을 멈춘다. 전쟁을 겪은 노고단은 바로 시야에만 머물고 있다. 올라가고 싶어도 올라가지 못함이 안타깝다. 맘만 먹으면 단숨에 올라갈 수 있는 곳이 노고단이다. 바로 눈앞에 보이는 노고단을 바라보고만 있자니, 동료 교사들도 인철의 울분에 동감한다.

"나는 해방 전에 노고단을 올라가 보고, 전쟁 후에는 아직 못 가 봤는데, 어떻게 변했는지 궁금합니다."

매일 눈만 뜨면 바라보는 노고단 정상을 코앞에 두고도, 빨치산 출몰로 인하여 군이 통제하고 있다는 사실을 안타깝게만 여기고 있었다.

"입산 금지가 풀리지 않았나요?"

"맞어. 입산 금지가 풀렸을 거야. 읍내 장날에 보니까 노고단까지 올라가서 산나물을 뜯어 왔다고 하면서 팔더라고요."

"맞아요. 입산이 금지됐어도, 요즘은 알게 모르게 사람들이 산에 올라가는 것 같더라고요. 다리가 튼튼한 사람들은 한나절이면 노고단을 다녀올 수 있으니까요. 나물도 뜯고 그러려면 아침 일찍 올라갔다가 나물을 충분히 뜯어서 해 떨어지기 전에는 내려올 수 있을 꺼그만요. 노고단이야말로 구례 뒷동산 아입니까."

"아, 그놈의 빨치산들 땜시로 산에 못 올라갔는데, 빨치산들이 모도 죽고, 살아남은 놈이 있으면 지금쯤은 굶어 죽어 뿌렸을 꺼그만요. 민가에 내려오기만 하면 주민들이 경찰에 신고를 해 붕깨로요."

　주변에 앉아 있던 선생들이 고개를 끄덕인다.

　"아, 빨치산들 땜시로 입산이 금지된 거면, 요새는 빨치산들이 나타났다는 소문은 안 들리는 것 같은 깨로… 산에 올라가도 빨치산들은 마주치지 않을 꺼그만요."

　군인과 경찰이 입산을 금지하는 이유는 빨치산들을 소탕하기 위함이고, 산에 올라갔다가 빨치산들한테 해코지를 당하지 않을까 하는 우려 때문이다. 빨치산들이 나타나지 않으면, 올라가도 괜찮으리라 판단한다.

　"입산 금지도 풀렸다면, 우리 항꾸네 노고단 등반을 한번 합시다."

　배덕기 선생으로부터 노고단을 등반하자는 제안이 나온다.

　"노고단 등반! 좋지요!"

　막걸릿잔을 주고받던 학교 선생들은 노고단을 등반하자는 소리에 즉시 반응한다. 노고단이야말로 수천 년 동안 국가에서 제를 지낼 만큼 유명한 영산靈山이다. 매일 바라보는 노고단이 지척인데도 갈 수 없다는 일은 구례 사람들에게 아쉬울 따름이다. 인철도 노고단만 생각하면 그야말로 안타깝기만 하다. 노고단이 어떻게 변했는지 궁금하다. 민족의 영산인 노고단이 처절하게 망가졌으리라는 생각에 노고단을 빨리 올라가 보고 싶은 심정이다.

　일제 치하 시절에 인철은 만식과 함께 노고단에 올랐다. 외국인 선교사 별장 수십 채가 들어선 광경을 보고 몹시 흥분하여 만식과 다투었던 일이 생각난다. 우리 스스로 노고단을 지키지 못한 울분을 삭이지 못해 만식에게 분풀이했다. 해방 후 반란 사건과 전쟁을 치르면서 노고단 정상은 폭격으로 몇 날 며칠 동안 불길에 휩싸였었다. 연기가 나는 노고단을 바라만 봐야 했다. 노고단의 수많은 별장과 호텔, 예배당 건물들이 어떻게 되었는지 궁금하기만 하다.

"그럽시다. 노고단을 올라가 봅시다. 노고단 정상에 있던 수십 채의 건물이 어떻게 됐는지도 궁금합니다."

인철도 노고단 등반을 하자고 말한다.

"맞아요. 우리나라가 어려울 때마다 노고단도 고난을 함께한 곳이지요. 지금은 전쟁으로 인해서 노고단이 완전히 폐허가 됐을 겁니다. 전쟁 중에 군인들이 작전을 한답시고 노고단 부근에 폭탄을 투하해서 완전히 불바다가 됐었잖아요. 그야말로 엄청난 폭격이었습니다. 몇 날 며칠 동안 불길에 휩싸이는 걸 봤었잖아요. 아마 민둥산이 되어 버렸을 겁니다."

전쟁 통에 비행기로 폭격을 하여 노고단을 초토화해 버리는 바람에 노고단 정상은 온통 불바다가 되어 불길과 연기가 며칠 동안 피어올랐던 기억을 한다.

"말이 나온 김에 당장 올라가 봅시다."

교사들은 기다렸다는 듯이 노고단을 당장에라도 올라갈 기세다.

"언제쯤 올라가 볼까요?"

"모르긴 해도, 입산 금지가 풀렸다고 해도 막상 단체로 입산을 하려면 경찰서에 신고하고, 허가가 떨어져야만 입산이 가능할 겁니다."

"그럴 겁니다. 개인적으로 살며시 올라가서 나무를 해 오거나, 산나물을 뜯어 오는 것은 눈감아 주겠지만, 우리처럼 단체로 노고단을 올라가려면 지리산 입산은 아직은 군이나 경찰에서는 민감한 사안일 겁니다."

"그럼, 군청이나 경찰서에 빨리 알아봅시다."

"입산 금지가 풀렸는지 더 알아봐야겠지만, 만약에 빨치산들의 출몰로 문제가 있었다면 경찰들이 벌써 나무꾼들도 산에 올라가지 못하게 할 겁니다. 그들은 산속에 오랫동안 있는 관계로, 배가 고파서 사람을 만나면 잡아먹을 듯이 달려들 겁니다. 빨치산들이 얼마나 무서운 사람인지 모른당깨라."

빨치산에 대한 경계심이 다시 바짝 달아오른다.

"노고단에 올라가는 것은 아직 위험하지는 않을까요?"

한쪽에서는 아직도 경계심이 남아 있다.

"빨치산이 나타날까 봐 걱정하는 건가요?"

"지금쯤은 군인들에 의하여 모두 소탕이 됐을 겁니다. 요즘은 빨치산들이 민가에 나타났다는 소식도 없고, 그래서 군에서 입산 해제를 시켰을 겁니다."

"어쨌든, 더 상세하게 알아봅시다."

경찰서에서 입산허가서가 나와서 노고단을 등반하는 날이다. 읍내에 모여서 준비물을 챙겨 배낭을 짊어진다. 화엄사를 지나서 산을 오른다. 산에는 인적이 없다. 전쟁으로 몇 년 동안 입산을 금지해 놔서인지 숲이 잡목으로 제법 우거지고 있다. 동료들은 조심스럽게 노고단을 향하여 산을 오른다. 혹시나 빨치산의 출몰을 예상해서인지 긴장을 늦추지 않는다. 산을 오를수록 경사가 급한 구간에 들어선다. 깔딱고개라고 하는 코재를 오른다. 바위투성이의 코재를 지나서 한숨 쉬어 간다. 높은 고지에서 물 떨어지는 소리가 들린다. 무넹기가 가까워졌다는 소리이다. 무넹기 언덕에 올라선다.

"와!"

노고단 정상이 바로 코앞이다. 뒤를 돌아보니 구례가 한눈에 들어온다. 섬진강이 실오라기처럼 유유히 흐르고 있다. 노고단 정상을 바라본다. 노고단은 통째로 민둥산이 되어 버렸다. 수십 채의 선교사 별장이 있던 자리는 흔적도 없다. 노고단 정상을 향하여 발길을 재촉한다. 노고단 정상에서 흐르는 시냇물이 요란하게 흐른다. 여름철이라 계곡에서 흘러내리는 물길이 제법 콸콸거린다. 산등성이에 걸려 있던 구름이 안개비가 되어 노고단 정상 부근인데도 물이 철철 흐르는 특이한 지역이다. 그래서 이곳에 외국인 선교사 별장이 들어설 수 있는 천혜의 지역이 될 수 있었다. 대부분 산의 산꼭대기 부근에 다다르면 물길이 숨어 버린다. 그렇지만 노고단은 산 정상 부근에 냇물이 철철 흐르고 있다. 흐르는 물에 세수도 하고 물도 마신다. 잠시 쉬어 가는 곳이다. 이곳부터 선교사 별장이 시작되는 곳이다. 산길을 따라 오르니 오솔길 양옆으로 별장 터만 남아 있다. 건물이 있던 자리는 폭격으로 인하여 모두 불타 버린 흔적만 남아 있다. 오솔길을 더 올라가자 건물 뼈대만 앙상하게 남아 있는 곳에 다다른다. 3층짜리 호텔이 있던 자리이다. 벽은 콘크리트로 튼튼히 구축되어 있어서 건물 형체만 그대로 남아 있다. 아직도 튼튼한 벽체가 그대로 남아 있다. 남아 있는 벽체 가까이 다가간다. 앙상하게 남아 있는 벽을 어루만져 본다.

"아!"

인철은 만감이 교차한다. 노고단 중턱까지 별장 건물이 즐비하게 늘어서 있던 곳이 흔적도 없이 사라져 버렸다니, 안타까운 마음이 들긴 한다. 전쟁이야말로 잔인한 것이다. 동족의 피비린내 나는 싸움으로 얼마나 많은 사람이 죽어 나갔던가? 산꼭대기 건물까지 폐허가 되어 버렸다는 것은, 전쟁이란 참으로 무섭다는 것을 새삼 느낀다. 노고단 정상 부근은 그야말로 온통 민둥산이 되어 버렸다. 나무도 모두 불타 버리고 잡목만 군데군데 남아 있을 뿐이다. 그야말로 전쟁의 참화가 모든 것을 몰살시켜 버렸다.

"야, 노고단 정상이 그야말로 잿더미가 되어 버렸구먼!"

한편으로는 쓸쓸하기도 하다. 해방 전에 만식이와 노고단에 올라왔을 때의 기분을 떠올린다. 수십 채의 건물이 들어서 있는 것을 보고 기분이 언짢았다. 마음속에서 끓어오르는 분노를 주체할 수 없었다. 나라가 일제에 의해 짓밟히니 국가에서 하늘에 제사를 지내는 곳까지 유린당했다는 생각에 화가 났었다. 이유 없이 시비를 걸고 싶었다. 교회를 다닌 만식과는 생각이 달랐다. 만식과 논쟁을 벌이기까지 했다. 우리 민족이 스스로 지키지 못한 노고단의 광경이 마음이 아팠다. 그 많은 건물이 잿더미가 되어 버렸으니, 한편으로는 속이 시원하기도 하다. 이제부터라도 노고단에서 하늘에 제사를 지내야 하는 생각을 가져 본다. 그런 생각을 하면서 노고단 정상을 향하여 계속 발걸음을 재촉한다. 정상으로 오르는 길은 그야말로 허허벌판이다. 노고단 정상은 혹독한 추위와 거센 바람으로 풀 한 포기 자라나기 어려운 생존 환경이다. 겨울 추위를 견디지 못한 잡목들이 말라비틀어져 있다. 고산에서 견디어 살아남은 잡목만 겨우 버티고 있다. 노고단 정상에 드디어 도착한다. 바로 코앞에 반야봉과 천왕봉이 성큼 다가서는 것 같다. 지척에 지리산 정상인 천왕봉이 우뚝 서 있다.

"야호!"

일행 모두 상기되어 천왕봉을 향하여 두 팔을 벌리며 환호한다. 얼마만의 노고단 정상 등반인가? 노고단 정상을 두리번거리며 살핀다. 하늘에 제사를 지내던 제단이 있던 자리는 흔적도 없이 사라졌다. 늦었지만 이제라도 노고단에서 제를 지낼 준비를 한다. 누가 시키지도 않았지만 서둘러 배낭에 짊어지고 온 음식을 꺼낸다. 음식을 한곳에 모은다. 조촐한 제상이 차려진다. 하늘을 향하여 제를 올린다. 천왕봉을 향하여 절을 한다.

'천지신명이시여! 부디, 저희를 굽어살펴 주시옵소서!'

노고단 등반을 한 후에는 반야봉 등반을 계획한다. 반야봉은 지리산 깊숙이 들어가는 일이라서 경찰서의 입산허가서가 필요하다. 개인 인적사항과 등반 일정을 제출한 후에 경찰서로부터 '지리산 입산허가서'를 추가로 받아냈다. 반야봉 등반은 준비할 게 많다. 산에서 1박을 하려면 밥도 해 먹어야 하고, 텐트에서 잠을 자야 하는 여정이다. 밤에 무서운 짐승들이 나타나지 않을까 하는 걱정을 한다. 주로 밤에 활동하는 빨치산이 있다면 해코지하려고 나타나지 않을까 하는 우려 때문에 1박을 하면서도 무사히 아침을 맞이한다. 반야봉 등정을 마치고 하산한다.

등반을 자주 하다 보니 친목회가 만들어졌다. 이왕에 산악회를 만들 바에는 그냥 산을 오르는 것만으로 만족하지 말고, 지리산을 사랑하는 마음으로 다가가 보자는 것이다. 중학교 교사 중에 배덕기 선생이 서두른다. 산은 우리 인간에게 동반자 역할을 해 준다. 산은 사람을 부른다. 산이 있기에 산을 오르는 것이다. 대자연과 마주치면 인간은 본연의 모습으로 나를 바라볼 수 있게 된다. 자연을 사랑하고, 지리산과 함께하자는 의미로 '연하반'을 조직하기에 이른다. 연하반의 반지와 규칙도 만들어진다.

구례 연하반烟霞伴 반지伴旨

태곳적 먼 옛날 백두산으로부터 뻗어 나린 태백산맥의 큰 줄기가 남쪽 바다 푸른 물결이 그리워 남으로, 남으로 향해 줄달음치다가 굽이

쳐 흐르는 섬진강 푸른 가람에 가로막혀 그 정기가 우뚝 솟아 멈추어 섰다는 유서 깊고 전설 어린 지리영산 아래, 풍광명미하고 산자수명한 연하향烟霞鄉 구례! 여기 연하인들의 모임이 있으니 연하반이라 부른다. 연하는 원래 산수, 즉 자연을 뜻하는 청아한 말이고 보니 자고로 세속적 부귀와 공명을 부운처럼 여기고 속진을 떠나서 한운야학을 벗 삼아 요산요수, 아유양기하는 현인달사를 연하인이라 부른다. 차此에 연유하여 연하인의 아취를 동경하고 또한 아름다운 자연과 더불어 짝한다는 뜻에서 연하반이라 명칭하게 된 것이니 따라서 연하반은 정열적으로 자연을 애호 동경하는 현대 지성적 '연하인'들의 모임인 것이다. 그러므로 우리 연하반은 끝없는 대지 위에 펼쳐진 아름다운 산수를 향해 젊음의 낭만과 정열을 한껏 쏟아 삶의 보람을 느껴 보자는 것이며 청정무구한 대자연의 순결한 광장에서 무언의 감화 속에 천지호연의 영기와 고매한 인간 정서를 길러 심신의 수양을 쌓아 보자는 것이며 또한 날로 황폐해 가는 우리나라의 자연을 애호하고 더욱 아름답게 가꾸어 보자는 것이다. 대지를 맑게 누비며 흐르는 맑은 물줄기와 산야를 덮은 원시림의 푸른 숲은 인류 발생의 원천이요, 원시 문화의 발상지이며 또한 인류의 유일한 마음의 고향이였음에 상도할 때 우리 민족은 조국 강산의 황폐로 인하여 마음 둘 곳 없는 정신적 실향민이 되어 가고 있음을 자각하고 통탄하는바, 이에 우리 연하반은 잃어 가는 녹지대 마음의 푸른 고향을 다시 찾으려는 자연 애호 운동의 선구 되어 민족적 정서 운동의 줄기찬 분수가 되고저 자부하고 이 땅 위에 자연 애호의 연하운동을 저마다, 고장마다 일으

켜 이름 그대로 지상의 낙원 금수강산을 이룩하는 데 기여하고져 함
이니 이 강토 위에 아름다운 자연이 다시 소생되어 우리 겨레가 마음
의 고향을 다시 찾게 되는 날 근역의 삶 위에, 보다 서광瑞光 빛나리.

  누가 뭐라 해도 지리산을 사랑하는 사람끼리의 등반은 즐거운
일이다. 이제는 노고단에서 출발하여 지리산 능선을 따라가서 천
왕봉을 등반해 보자는 의견이 모아졌다. 그야말로 지리산 종주를
해 보자는 의견이 모아진다. 천왕봉은 여러 곳에서 오를 수 있다.
특히 산청이나 하동 지역에서 등반하는 거리가 가깝다. 그래서 대
부분 선현들은 천왕봉을 등반하기 위해서 하동이나 산청 지역에
서 다녀온 유람기를 발표하기도 했다. 구례에서 노고단을 거쳐 천
왕봉까지 접근하는 일은 어려운 일이다.

  지도를 펼쳐 놓고 어디를 거쳐서 갈 것인지 서로 의견을 나눈
다. 천왕봉을 노고단에서 시작하여 임걸령과 반선에서 올라온 등
산로와 만나는 화개재를 거쳐서 연하천과 벽소령을 지나 세석평
전에 도착한다. 세석평전은 예로부터 그야말로 노고단 분지처럼
평전이라 부를 만큼 고원 분지를 이루고 있고 화전민이 살았던 곳
이기도 하다. 세석평전에서 장터목을 거쳐 천왕봉까지 종주한다
는 일은 쉬운 일이 아니라고 여긴다. 몇 박 며칠이 걸릴지 장담할
수 없다. 가보지 않은 길이지만 개척자 정신으로 천왕봉까지 완주
해 보리라 다짐한다. 그러기 위해서는 준비를 철저히 해야 한다.
배덕기의 주도로 일사불란하게 준비물을 꼼꼼하게 챙긴다. 산속

에서 야영하려면 등반 장비를 철저히 갖추어야 한다. 최소한 5일이 걸릴 것으로 예측하지만, 만일을 몰라 6일분의 식량을 준비한다. 음식을 끓여 먹을 도구와 식량, 각종 등산 장비도 갖춘다. 낫과 톱, 칼, 군용 텐트와 침구류도 챙긴다. 개인 여벌 의복과 비상약, 여비도 두둑이 챙긴다. 여름이라 날씨는 춥지 않아 비박을 할 수도 있지만, 갑자기 기상 조건이 돌변하면 산은 갑자기 어떻게 변할지 모를 일이다. 큰비가 올 것인지 기상 상황도 체크한다.

지리산의 정상인 천왕봉을 향해 출발하는 날이다. 지리산 종주 등반은 초행길이어서 등산로를 안내할 포터 2명도 함께 출발한다. 연하반 식구들 등에는 각자 무겁게 짐을 진다. 출발점은 화엄사에서 시작된다. 식량과 등산 장비를 무겁게 짊어지고 산을 오르는 출발이 사뭇 진지하다. 노고단을 거쳐서 천왕봉을 다녀오려면 며칠이 걸릴지 모르기 때문이다. 노고단까지는 등산로가 정비되어 있지만, 그 이후 여정은 등산로가 정비되어 있는 것도 아니다. 연하반 식구들이 등산로를 개척해야 하는 초행길이다. 해방 전후의 근간에도 많은 사람이 노고단의 선교사 별장에서 숙박하고 천왕봉을 다녀왔다고 하지만, 반란 사건과 전쟁을 치르고 나서는 많은 부분이 훼손되어 버렸을 것으로 예상한다. 이 기회를 기반 삼아 노고단에서 지리산의 가장 높은 천왕봉을 종주하는 등산로를 개척하려고 한다.

일행은 노고단에 도착하여 점심을 해결한다. 곧바로 등반을 이어 간다. 임걸령을 향하여 계속 움직인다. 임걸령에 도착하여 1박을 한다. 임걸령은 다행히 샘물이 솟아나는 곳이다. 물을 확보하여 음식을 해 먹기 좋은 곳이다. 더 진행할 수도 있지만, 산에서는 물이 있는 곳을 쉬는 곳으로 삼는다. 더 무리하게 계획성 없이 진행했다가 물을 만나지 못하면 편히 쉴 수가 없다. 음식을 해 먹으려면 물이 있어야 하기 때문이다. 임걸령에서 1박을 무사히 마친 일행은 아침 식사를 마치고 움직인다. 남원 반선에서 뱀사골 계곡을 올라오면 화개재에 다다른다. 화개재를 지나고 나서는 길이 점점 험난해진다. 길을 찾아 계속 전진한다. 길을 찾기 위하여 낫을 들고 나뭇가지를 쳐 가면서 길을 헤치고 나선다. 어느 방향으로 가야 할지 가늠하기가 점점 어려워진다. 수풀을 헤치면서 계속 전진하는 중에 해가 기울어진다. 현재 있는 곳이 어디인지도 모르고 산길을 계속 헤매고 있었다. 다행히 물길을 찾아낸다. 샘이 있는 것이 아니라 능선 주변에 물이 젖어 있는 것을 발견한 것이다. 땅을 파내자 물이 조금씩 모여들어 고인다. 이 정도면 음식을 해 먹고 식수를 확보하는 데 충분하리라 본다. 물을 발견한 곳에서 1박을 하기로 하고 텐트를 설치한다. 이곳이 연하천이었다. 다음 날도 천왕봉을 향한 여정이 시작된다. 세석평전을 향하는 길을 찾아가야 하는데 잡목이 우거져 있어서 도저히 앞으로 전진할 수가 없다. 길을 잃고 세석평전으로 향하는 길은 포기하고 만다. 함양 마천 방면으로 내려간다. 민가에 도착하여 주민들의 도움을 받는다. 마을에서 1박을 하고 주민들이 알려준 길로 천왕봉을 향하여 다시 올라간다.

동이 트자 아침 일찍 서두른다. 천왕봉에 도착하려면 서둘러야 한다. 백무동에서 제석봉을 거쳐서 천왕봉을 찾아가는 등반로는 점점 더 험해진다. 고산지대여서 말라비틀어진 앙상한 죽은 나무가 무더기로 보인다. 곳곳에서 하늘을 찌르고 서 있다. 혹독한 추위를 견디지 못하고 죽은 나무의 행렬이 장관을 이룬다. 그야말로 다른 우주의 공간에 점점 가까이 다가가는 기분에 휩싸인다. 거대한 바위가 길을 곳곳에서 막아선다. 천왕봉에 다다를수록 길은 더 가파르고 험난해진다. 어디로 가야 할지 길을 잃어버리기 십상이다. 거대한 바위를 넘어서야 한다. 바위로 만들어진 문을 통과해야 한다. 그야말로 하늘을 통과해야 하는 통천문이다. 통천문은 동료들이 몸을 뒤에서 받쳐 주고, 먼저 올라간 동료는 손을 잡아 당겨 주고 어렵게 통천문을 통과한다. 통천문을 지나서 천왕봉에 다다른다.

"만세!"

천왕봉에 도착한 일행들이 손을 잡고 만세를 부른다. 천왕봉에서 먼 곳을 바라본다. 천왕봉에서 바라보는 반야봉과 노고단 봉우리는 그야말로 발아래에 놓여 있는 듯하다. 천왕봉에서 먼 곳을 바라본다. 천하를 호령해도 될 듯한 장관이 눈앞에 펼쳐진다. 무수한 봉우리들이 바다 위에 떠 있는 섬처럼 보인다. 시야가 멀어질수록 희뿌연 바탕색 위에 아스라이 봉긋봉긋 솟아 있는 봉우리가 천 겹, 만 겹이다. 그야말로 찬란하게 펼쳐져 있다. 그 어떤

수묵화로 이런 찬란한 광경을 그려낼 수 있을까? 봉우리가 멀어질수록 아련한 모습으로 희뿌연 운무 속으로 한 몸이 된다. 어디가 하늘이고 어디가 구름인지 분간이 어렵다. 하늘과 산봉우리의 연속성이 끝없이 펼쳐진 하늘과 산. 운무의 향연 속에 몸도, 마음도 붕붕 떠다니고 있다. 그야말로 몽환적인 분위기에 도취한다. 자연이 만들어 낸 위대한 풍광에 넋을 잃어버리고 말 지경이다. 천왕봉 정상에 서보니 감회가 남다르다.

이 황홀한 광경을 보기 위하여 선조들이 대대로 지리산을 유람하였나 보다. 선조들이 대대로 지리산을 유람하면서 천왕봉은 강원도 금강산 일만이천 봉 다음으로 여행하고 싶은 유람 지역으로 많이 알려진 곳이다. 옛날부터 선조 대대로 많은 사람이 지리산 천왕봉을 유람하여 지리산을 칭송하며 시를 지어 왔다. 금강산은 일만이천 봉의 기암괴석을 보며 시를 지어 칭송했지만, 지리산은 그야말로 웅장한 모습에 반해 시를 지었다.

천왕봉 표지석이 일행들을 반긴다. 표지석을 언제, 누가 처음 세워 놓았는지 모르겠지만, 앞면에는 '천왕봉'이라고 새겨져 있다. 남면 조식 선생의 시가 바위에 새겨져 있다.

請着千石鐘(청간천석종)

非大叩無聲(비대구무성)

萬古天王峰(만고천왕봉)

天鳴猶不鳴(천명유불명)

청하여 천석종을 보니

크게 두드리지 않으면 큰 소리를 내지 아니한다네

만고의 천왕봉은

하늘은 울어도 오히려 울지 아니하네

요컨대 천 석의 돌로 어마어마한 종을 만들어 놨건만, 크게 두드리지 않으면 소리가 나지 않을 만큼 거대한 종 같은 천왕봉이라네. 만고에 변하지 않을 만큼 우뚝 서 있는 천왕봉. 비바람과 번개가 휘몰아치고, 거센 눈보라가 닥쳐와서 하늘은 울고 있지만, 지리산 천왕봉은 언제나 우뚝 버티고 서서, 울지 않을 거라는 표현으로 지리산의 기개와 웅장함을 치켜세운다.

인철은 전쟁 때를 기억한다. 전쟁이 나서 화개골로 피난하였었다. 인민군들이 구례를 장악했다는 소식을 듣고 황급히 지리산 천왕봉으로 올랐다. 천왕봉은 본체만체하고 황급히 산청으로 내려가서 진주를 거쳐서 부산으로 피난을 갔던 기억을 떠올린다. 전쟁을 피해 피난 가는 길이라 천왕봉 정상을 제대로 느껴 보지도 못하고 급하게 산에서 내려갔다.

천왕봉에 도착하여 정상 부근 중산리 방향의 바위틈에서 고여 있는 천왕샘을 발견한다. 천왕샘에서 물이 쫄쫄 나오고 있다. 물을 확보하여 음식을 해 먹고 천왕봉 부근에서 1박을 한다.

아침이 밝아 오기 전에 일찍 잠에서 깬다. 지리산 천왕봉 일출을 보기 위해서다. 서둘러 지리산 정상 표지석 부근으로 사람들이 모여든다. 동쪽 하늘이 붉은빛을 띠기 시작한다. 찬란한 태양이 솟아오르기 직전이다. 하늘색이 점점 변하기 시작한다. 태양이 솟아오르면서 주변이 불그스레 변하기 시작한다. 주변 구름이 온통 빨갛게 태양 빛을 받아서 작렬하는 순간이다. 오색찬란한 빛이 되어 발산된다. 붉은 덩어리가 서서히 솟아오른다. 위대한 탄생의 순간이다. 장엄한 일출이 시작되고 있다. 지구의 자전으로 인하여 매일 반복되는 우주의 섭리이지만, 인간에게 태양이 떠오르는 찰나를 보여 주는 짧은 시간이다. 소원을 빌기도 하고 용솟음치는 붉은 태양의 기운을 받으려고 두 손을 모으고 기원을 하는 순간이 된다. 일행들은 각자의 소원을 빌며 힘차게 솟아오르는 태양을 향해 마음을 모은다.

"야호!"

인철은 붉은 태양이 솟아오르자 환호를 하며 두 손을 하늘로 치켜세운다. 태양의 기운을 온몸으로 받아들인다. 가슴속으로 태양의 기운을 흠뻑 만끽한다.

서둘러 아침을 챙겨 먹는다. 하산하려면 산청 중산리 법계사 방향으로 내려가도 되지만, 천왕봉에서 지리산 종주 길을 개척해야 하는 목표가 있었기 때문에 장터목으로 되돌아 내려온다. 장터목에서 세석평전을 향해 전진한다. 세석평전으로 가는 길은 주변 경관이 등반객들을 매우 황홀하게 만든다. 고산지대에서 자란 고목이 죽어서 몰골만 앙상하게 남아 곳곳에 우뚝 서 있다. 그 주변에는 새로 자란 침엽수림이 씩씩하고 울창하게 자라고 있다. 고산지역의 새로운 풍광을 접하게 된다. 울퉁불퉁 기암괴석 사이를 비집고 앞으로 전진한다. 길이 없지만 천천히 한 발짝씩 움직인다. 연하반 일행이 가는 곳이 길이 된다. 잠시 쉬어 간다. 바위에 걸터앉아 풍광을 바라보며 즐긴다. 우후죽순 솟아 있는 작은 산봉우리의 항연 앞에 반야봉이 우뚝 서서 길을 안내하는 듯도 하고, 사방팔방의 경관이 원시림에 둘러싸여 있어 눈을 호강시킨다. 반대로 되돌아서면 천왕봉이 우뚝 서서 일행을 반긴다. 천왕봉이 바로 지척에서 어서 오라고 손짓하는 모양새다. 구름과 하늘과 천왕봉의 조화는 인간의 마음을 설레게 한다. 산등성이 길을 따라 걷는 이곳은 양방향 모두 그야말로 멋진 풍광이 돋보이는 곳이다. 일행들은 너무나 멋진 이곳을 연하봉이라 칭하기로 하고 연하선경이라고 찬사를 아끼지 않는다. 주변 풍광을 즐기며 계속 전진하다 보니 세석평전에 도착한다.

세석평전은 그야말로 노고단 분지처럼 완만한 경사의 넓은 지역을 갖추고 있다. 험한 바윗돌로 이루어진 산 정상이 아니다. 전쟁 전에는 화전민이 감자 농사를 지으며 살아왔던 곳이다. 계단식 밭으로 개간할 정도로 완만한 지역이다. 이곳에서 생산한 감자는 춥고 서늘한 지역에서 재배되어 바이러스가 적은 감자로 생산된다. 퇴화가 적은 씨감자로서 손색이 없는 감자로 태어난다. 이른 봄이 되면 이곳에서 생산된 감자를 짊어지고 내려간다. 시장에 비싼 값에 내다 팔아 곡식과 물물교환을 한다. 곳곳에 화전민의 흔적이 아직 남아 있다. 화전민이 살았다면 물길이 분명히 있을 것으로 판단한다. 일행은 물이 나오는 곳을 찾는다. 지리산 천왕봉을 등반하기 위해서는 산봉우리에서 물길을 찾는 일이 가장 중요한 일이다. 식수를 확보하지 못하면 지리산 종주를 할 수가 없다. 세석평전에 넓은 분지 곳곳으로 흩어진다. 물길을 찾으러 비탈길을 더듬거리며 내려가기 바쁘다.

인철은 물길을 찾다가 사람 해골을 발견한다. 해골을 발견하자 흠칫 놀란다. 해골을 보자 가슴이 두근두근한다. 산꼭대기에 사람의 해골이 있다니, 놀라운 일이 아닐 수 없다. 사람의 뼈도 곳곳에 나뒹굴고 있다. 지리산을 등반하기 전에 아직도 빨치산들이 살아남아 있을까 걱정했던 일이다. 살아 있는 빨치산이 아니라, 죽은 빨치산의 해골이 있다니 다행이기는 하다. 그래도 사람 해골은 가볍게 넘어갈 일이 아니다. 전쟁 때 죽은 사람의 해골이라 여기지만, 국군의 해골인지 빨치산의 해골인지는 모르는 일이다. 빨치산이 주로 산속에서 많이 죽어 나갔지만, 빨치산을 소탕하기 위하여 국군도 많이 죽었기 때문이다. 깊은 산중에 죽은 사람의 시신이 방치되었다. 사람의 사체는 세월을 지나면서 썩을 대로 썩어서

뼈만 남은 것이다. 혼자서는 가까이 다가갈 수가 없다. 인근에서 물길을 찾고 있는 일행을 불러 모은다. 일행들이 인철 곁으로 우르르 몰려든다. 다가온 일행들에게 해골이 있는 곳을 향하여 손가락을 가리킨다.

"뭐야?"

"사람 해골이라니까!"

일행들은 해골을 보자 얼굴을 찌푸리며 한발 물러선다. 아무리 강심장이라 해도 사람의 해골을 보고 놀라지 않을 수 없는 일이다. 일행은 고개를 돌리며 발길을 옮긴다. 해골을 땅에 묻어 두면 좋은 일이지만, 일단 자리를 피한다. 물길을 찾다가 또 다른 해골을 계속 발견한다. 비탈길에 뒹굴고 있는 해골을 땅에 묻어 두고 싶지만, 그럴 형편이 못 된다. 땅을 깊게 파낼 장비도 가지고 있지 않다. 일행들은 대수롭지 않게 물길을 찾는 일에 열중한다. 해골 썩는 물일망정 물길을 찾아 물을 확보하여야 한다.

인철은 순간적으로 작은댁 명일이를 생각한다. 나이대가 비슷한 사촌 형제였기에 많은 시간을 함께했던 피붙이다. 시제를 지내기 위하여 시제 장을 보러 읍내 장에까지 함께 갔던 일이 생각난다. 그때만 해도 이념이 뭔지도 모르고 지냈었다. 해방되자, 미국과 소련이 주둔군의 행세를 하며 조선을 남과 북으로 갈라놓아 버렸다. 그러자 많은 젊은이가 돌변해 버렸다. 조선은 하나의 민족이기에 남과 북이 갈라서는 일은 용납하기 힘든 일이었다. 남한만의 단독정부 수립을 반대하고 나서면서 좌익 사상에 몰입되어 버린 것이다. 반란 사건이 일어나자 좋은 세상이 올 거라며 많은 사람이 남로당에 가입하여 좌익에 가담하였다. 특히 학교 선생들을 비롯하여 지식인들이 대거 남로당에 가입하게 되었다. 14연대 군인들이 구례에 진격했을 당시에는 금방이라도 좋은 세상이 올 거라며 너도나도 남로당에 가입하여 반란군 대열에 합류해 버렸다. 이념이나 신념을 따질 시간이 없었다. 반란군이 들이닥치기 전에 명일은 큰집을 걱정했다. 새벽부터 큰집으로 올라왔다. 큰집은 지주 집안이라고 해가 닥칠까 봐 가족들에게 미리 피하라고 귀띔을 해줬다. 한청단 활동을 했던 인영이 몸을 숨겼다. 인철은 강진태가 반란 세력과 함께하자고 권했지만, 한발 물러서는 바람에 반란군의 대열에 합류하지 않았다. 일제 치하에서 일제에 저항하는 일로 강진태와는 각별한 사이였다. 해방 후 총선 반대까지는 함께했지만, 반란 사건이 난 후로는 좌익들과는 경계를 두고 있었다. 구례의 반란군을 제압하기 위한 진압군의 진격으로 반란군 세력들은 살기 위하여 지리산으로 도피를 하였다. 명일이도 남로당에 가입하여 반란군을 따라서 산으로 올라가 버렸다. 그 후로는 명일이가 죽었는지, 살았는지 알 길이 없다. 아직 연락이 없는 것은 죽은 거나 다름없다고 여겨 왔다. 조금 전에 보았던 사람의 해골을 보니 혹시 명일이가 아니었을까 하는 생각을 순간적으로 해 본다. 명일이의 혼이 지리산에 남아 있다면, 극락에서 잘 지내라고 명복을 빌어 본다. 인철은 돌아서서 고개를 숙이고 묵념을 한다.

세석에서 물길을 어렵지 않게 찾아낸다. 1박을 마친다. 지리산 종주 길은 등산로가 확보되지 않은 험난한 일이다. 노고단에서 천왕봉까지의 종주 등산로는 개척하기는 어려운 일이다. 노고단으로 되돌아가는 길은 이번 기회에는 개척하지 못한다. 세석평전에서 일행은 다음 해 여름을 기약하고 섬진강 쪽으로 하산을 결정한다. 하동 방면으로 하산을 한다. 하동 방면에서 다시 화개 장터에 도착한 일행은 버스를 타고 구례로 돌아온다.

연하반은 중학교 교사 이외의 사람들이 회원으로 많이 가입하여 지리산 등반에 동참하게 된다. 연하반의 계속되는 노력으로 여러 고비를 넘기고 노고단에서 출발하여 천왕봉까지 등반하는 종주 길 개척에 성공한다. 화엄사에서 출발하여 '노고단~임걸령~노루목~화개재~연하천~벽소령~세석평전~장터목~천왕봉~중산리'까지의 지리산 종주 길을 4박 5일 만에 등반할 수 있게 되었다. 잡목이 우거진 곳을 낫과 톱으로 잘라내며 험난한 길을 헤치고 등산로를 정비한 것이다. 연하반 일행들이 많이 보강되자, 지리산을 지키고 등반을 함께하는 묘미도 점점 늘어난다. 지리산 등반인들에게 제공할 일이 없을까 계속 고민한다. 연하반이 모여서 이정표에 페인트칠하는 작업을 한다. 수십 개의 이정표를 배낭에 각각 짊어지고 지리산 종주 길에 나선다. 등반로 곳곳에 페인트를 칠한 이정표를 부착한다. 가능하면 등산객들이 눈에 잘 띄는 높은 곳에 이정표를 부착하느라 나무에 오르기도 하고, 시간을 많이 쏟는다. 안내 리본을 수백 개를 만들어 등산로 곳곳 나무에 매달아 놓는다. 천왕봉을 향하는 등산객들이 길을 잃지 않게 한다. 지리산을 사랑하고 자연을 보호하자는 운동이 점점 주목받는다. 연하반 일행은 종주길 안내와 관리뿐만 아니라, 자연보호 활동에도 솔선수범한다.

인철도 가끔 지리산 노고단을 거쳐서 천왕봉까지의 종주 길에 동행한다.

"야호~."

산을 힘들게 등정하여 느끼는 기쁨과 희열은 등산객들을 환호하게 한다. 일행들과 함께 어울림은 일체감을 가지게 한다. 산에서 함께 어깨동무하며, '연하반의 노래'를 신나게 부른다.

장엄한 지리산의 정기를 모아

섬진강 푸른 정열 가슴에 안고

하늘땅 호연지기 기르고 닦아

보람된 인생의 길 나도 가련다

야-호- 산울림이 메아리치면

새 희망 하늘 높이 퍼져 나간다

윙윙윙윙윙…

연하반 십여 명이 천왕봉에서 산청 지역으로 내려오자 요란한 굉음 소리가 들려온다. 연하반 일행들은 굉음 소리가 나는 곳으

로 다가간다. 산속에서 요란한 굉음 소리가 나는 것은 뭐지? 연하
반 일행은 소리가 나는 곳으로 가까이 다가간다. 굉음 소리가 나
는 곳에서는 많은 사람이 분주하게 움직이고 있다. 도벌꾼들이 벌
목장에 기계를 아예 차려 놓고 벌목 작업을 하느라 정신이 없다.
일행들은 그 광경을 보고 놀란다. 산속 깊은 곳에서 기계까지 동
원하여 나무를 베고 있다니 기가 찰 일이다. 나무를 자르느라 땀
을 뻘뻘 흘리며 움직인다. 벌목한 통나무는 일꾼들이 2인조, 4인
조로 어깨에 둘러메고 통나무를 운반한다.

"영차 영차 영차…."

일꾼들의 목소리가 우렁차다. 땀을 뻘뻘 흘리는 일꾼들의 모습
을 보니 안타깝다. 한쪽에서는 트럭 엔진을 가져와 원형 톱날을
매달았다. 요란한 굉음을 내며 돌아가고 있다. 벌목한 통나무를
자르고 다듬느라 정신이 없다. 통나무를 자르면서 나온 톱밥이
산더미처럼 쌓여 있다. 얼마나 많은 벌목을 하는지 짐작이 간다.
그야말로 산속에 제재소를 차려 놓고 나무를 가공까지 하여 산
아래로 운반하느라 정신이 없다.

"와, 뭔 일이당가? 기가 찰 일이네."

"그러게 말이여. 벌목도 모자라서, 아예 제재소까지 차려 놨구먼."

"저 사람들은 허가를 받고 벌목을 하는 건가?"

"허가를 받았겠어? 불법으로 도벌을 하고 있을 거야. 관청에서
산속에까지 제재소 허가를 쉽게 내 줄 리가 없어. 통나무를 운반
하면 불법으로 걸리기 때문에 목재를 산속에서 가공하여 운반하

는 것일 거야. 산속 깊은 곳까지 길도 험하고 통나무를 운반하려면 어려움이 많으므로 그럴 꺼야."

배덕기와 인철은 고개를 끄덕이며 벌목 현장이 불법으로 자행되고 있을 거라 짐작한다. 일행들이 도벌 현장으로 다가가면 다가갈수록 기계 소리는 요란하다. 현장을 잘 봐 둬야 한다. 경찰에 고발하려고 벌목 현장으로 가까이 다가간다. 일행 중에 배덕기와 인철이 앞장서서 현장으로 더 가까이 다가가자, 벌목꾼들이 사람의 인기척을 알아차리고 서로에게 눈짓한다. 연하반 일행들은 등산 배낭만 메고 있다.

"뭐야, 당신들!"

덩치가 큰 남자가 험상궂은 얼굴로 소리를 지른다. 깜짝 놀란 배덕기와 인철은 흠칫 놀란다. 남자 옷은 벌목하느라 너덜너덜해졌다. 큰 나무를 지팡이처럼 손에 쥐고 떡 버티고 서 있다. 인상을 찌푸리며 시비를 걸어온다. 남자 벌목꾼들도 각각 큰 나무를 손에 움켜쥐고 우르르 몰려든다. 여차하면 지팡이를 휘두를 기세다.

"저, 우리는 등산하는 사람입니다."

배덕기는 남자의 몰골에 주눅이 들어서 작은 소리로 대답한다. 주변으로 남자들이 몰려들자 더럭 겁이 난다.

"등산하는 사람인지 누가 몰라? 그냥 등산이나 할 것이지, 왜 가까이 다가오냐고?"

남자는 퉁명스럽게 말하면서 귀찮아하는 눈치다. 그러고 보니 연하반 일행 중에 배덕기와 인철이만 벌목장 가까이 와 있다. 나머지 일행은 걱정하는 눈으로 멀리서 바라만 보고 있다. 연하반 일행이 십여 명인데도 불구하고 나무 지팡이를 든 남자들은 개의치 않는다. 배덕기는 벌목하는 사람들이 도대체 뭘 하는지 가까이 다가가 보고 싶었다. 사실은 산에서 내려가면 경찰에 신고할 속셈도 있었다. 도벌 현장을 자세히 관찰해 놔야 경찰에 신고할 때도 설명을 잘할 수 있을 것 같아서다. 산속에 어마어마한 시설과 인원을 동원하여 불법으로 도벌을 하고 있다니, 그냥 넘어갈 일이 아니라고 여긴다.

"그냥 궁금해서 구경이나 하려고 합니다."

"뭘 구경이야. 당장 꺼지지 못해!"

덩치가 큰 남자는 버럭 소리를 지른다. 손에 쥐고 있던 나무 지팡이를 땅에 쿵 내리친다. 인정사정이 없다. 무력으로 벌목장 가까이 다가온 사람들을 쫓아낼 심산이다. 당장에라도 지팡이를 들고 달려들 기세다. 배덕기와 인철은 겁이 더럭 난다. 벌목꾼들이 해코지라도 하면 속수무책으로 당할 것 같다. 들고 있던 나무 지팡이를 휘두르기라도 하면 꼼짝없이 맞아야만 한다. 배덕기와 인철은 슬금슬금 뒷걸음질하다가 뒤돌아서 빠르게 벌목 현장을 빠져나온다. 연하반 일행들과 합류한다. 연하반 일행들 모두가 벌목장을 뒤로하고 우르르 하산한다. 정신없이 빠르게 걸으며 벌목장 인근을 벗어난다.

인철과 배덕기는 산속 벌목장에서 벌목꾼들과 실랑이가 있었던 일에 가슴을 쓸어내린다. 벌목장을 벗어났는데도, 아직도 가슴이 진정되지 않는다. 무법천지의 벌목 현장을 생각만 해도 가슴이 벌렁거린다.

"벌목꾼들은 돈이 목적이기 때문에 법도 필요 없을 거야. 그리고 저 사람들은 든든한 빽을 가지고 있든지, 경찰이나 더 높은 위치에 있는 사람들과 모두 연결되어 있을 꺼야."

"그러겠지. 그러지 않고서야 저렇게 엄청난 벌목장에 기계까지 차려 놓고 벌목을 할 수가 있겠어? 우리가 다가가 잠깐 구경했을 뿐인데도 깡패 같은 놈들이 인상을 쓰고 달려들잖아. 아까는 등에서 식은땀이 났다니까. 그놈들이 몽둥이라도 휘둘러서 해코지 할까 봐, 가슴이 조마조마했다니까. 그야말로 주먹이 먼저이고, 무법천지가 따로 없는 곳이구먼."

인철과 배덕기는 하산하면서 벌목장에 관한 이야기를 계속하면서 내려온다.

"내가 일제 치하 시절 천은골에서 벌어졌던 도벌 현장에 스님들, 청년들과 함께 습격하고, 우리 일행은 제재소에 불을 질렀던 일이 생각나네. 내가 제재소 사장을 칼로 찔러 버렸지. 그 일로 경찰에 잡혀가 고문도 받고, 감옥까지 갔다 왔다니까."

"이 선생에게 그런 일이 있었어?"

"그렇다니깐."

"만식이 친구라고 있는데, 그 친구는 징병을 피해서 지리산 속에서 숨어 지내면서 천은골 벌목 현장을 스님들과 함께 습격했었거든."

"그런 일이 있었어? 나는 천은골에 그런 사건이 있었는지 전혀 몰랐네."

"말도 마. 그때는 무슨 용기가 났었는지 몰라. 일본 놈들에게 저항하기 위하여 물불을 가리지 않았어. 천은골까지 열차 선로가 깔린다고 소문이 쫙 났었으니까. 철로까지 깔리게 되면 천은골 산림은 남아나지 않는 거지. 벌목을 본격적으로 시작되자 천은사, 화엄사 스님들과 구례 사람들이 벌목 현장을 박살내려고 은밀하게 준비를 한 거지. 천은골 벌목을 막으려면, 어떻게 해서라도 방해를 해야만 했었지. 일본 경찰에 잡히면 죽던 때잖아. 무시무시한 일본 경찰도 무섭지 않았어."

배덕기는 어떻게 천은골에서 벌목장을 습격했는지 궁금해진다. 지리산 곳곳에서 도벌이 자행되고 있는 모습을 목격하니 씁쓸하기만 하다. 배덕기는 산에서 내려오면서도 빨리 경찰에 신고하며 불법 도벌을 막아야겠다고 다짐한다.

인철과 배덕기는 중학교 교사를 퇴임한다. 학교를 퇴임했지만, 지리산을 등반하는 연하반 활동은 계속하고 있다. 배덕기는 연하반의 임원이 되어 중추적인 역할을 담당한다. 연하반 일행이 지리산을 등반하면서 가장 안타까운 일은 전쟁 후 지리산 곳곳에 도벌꾼들이 계속 몰려들어 도벌을 자행하고 있다는 것이다. 구례, 산청, 남원, 하동, 함양 지역에서 지리산에 접근하기 쉬운 곳마다 도벌꾼들이 불법으로 도벌을 자행하고 있다. 도벌의 현장을 목격하고 경찰에 신고해도 도벌은 수그러들 줄을 모른다. 다른 지역을 제외하고서라도 특히 관내에서 가까운 천은골에서 벌어지는 도벌은 어떻게 해서라도 막아야 한다고 다짐한다.

배덕기와 이인철, 정만식이 광일 다방에 모였다. 천은골의 벌목을 막기 위해서다.

"여기는, 내 친구 정만식이고, 여기는 배덕기 선생이야. 서로 인사해."

인철이 둘을 소개시킨다.

"방갑그만이라. 정만식입니다."

"배덕기입니다."

정만식과 배덕기는 악수를 하며 인사를 나눈다. 배덕기는 인철을 통해서 일제 치하에서 천은골 도벌을 온몸으로 막아 냈다는 말을 들었다. 어떻게 일본 경찰에게 대항했는지 궁금하다. 그 경험으로 인철과 만식이 힘을 합하면, 천은골 도벌을 막을 수 있지 않을까 해서 광의로 일부러 온 것이다.

"야, 내가 우리 배 선생을 따라서 천왕봉까지 다녀왔는데, 지리산 곳곳에서 경쟁적으로 도벌을 하는 현장을 봤을 때는 기도 안 차더라. 그래서 무슨 대책이 없을까 해서 이렇게 만나자고 한 거야."

인철은 만남의 이유를 먼저 설명한다.

"일본 놈들이 천은골 원시림을 도벌하여 통나무를 전쟁 물자로 쓰기 위해 실어 나를 때, 천은사 스님들과 함께 천은골 도벌 현장을 습격했다면서요? 두 분 모두 대단한 일을 하신 겁니다."

배덕기는 천은골 벌목 현장을 박살냈다는 이야기가 궁금하다. 만식은 쑥스러운 듯이 잠시 머뭇거린다.

"예. 그때는 지도 징용을 피해서 지리산에 숨어 있었습니다. 지리산에 숨어 있는 사람들에게 천은골 벌목장을 습격한다는 소식이 전해졌습니다. 그 소식을 듣고 가만히 숨어 지낼 수가 없었습니다. 그때만 해도 젊을 때 아닙니까. 일본 놈들에게 큰 타격을 입힐 기회라고 여겼습니다. 벌목한 목재가 일본 놈들의 전쟁 물자로 쓰이는 것이 용납되지 않았습니다. 그러잖아도 일본 놈들이 벌이는 일이라면 폭탄이라도 던지고 싶은 마음이 불타올랐었죠. 지같이 지리산 속에서 숨어 지내던 사람들이 천은골 수도암으로 모여들었죠. 누가 시키지도 않았지만, 목숨을 걸고서라도 일본 놈들에게 대항하고 싶었습니다. 스님들로부터 무술을 지도받았습니다. 무술을 단련한 후에 일시에 벌목장 현장을 습격하였죠. 벌목장은 그야말로 어마어마했습니다. 조선총독부 지시하에 이루어진 일이라 벌목 인원도 많았고, 기계 시설도 엄청났습니다. 그놈들을 대적하기 위해, 누구인지 모르게 검은 천으로 얼굴을 철저히 가리고 변장을 했습니다. 스님의 돌격 명령이 떨어지자 우리는 몽둥이를 들고 벌목장을 단숨에 습격했습니다. 갑자기 습격을 받은 벌목장은 순식간에 파괴되어 버렸습니다. 당분간은 벌목할 수 없도록 기계도 박살내 뿔고, 우리에게 달려드는 놈들을 향해 가차 없이 몽둥이를 휘둘렀습니다. 집중적으로 일본인 감독자들을 몽둥이로 때려눕혔습니다. 일어나지도 못하도록 크게 상처를 입혀 버렸죠. 곳곳에서 몽둥이세례를 맞아 뿐 사람들이 쓰러져 살려 달라고 곳곳에서 앓는 소리가 나고 난리가 아녔습니다. 그야말로 통쾌했습니다. 일행들은 지리산 속으로 순식간에 흩어졌죠. 그 소식을 듣고 일본 경찰이 총을 쏘면서 지리산 속 깊은 곳까지 추격해 왔습니다. 지는 지리산에 꼭꼭 숨어 지내다가 해방이 되어 산에서 내려왔습니다.”

만식은 신이 나서 그때의 일을 소상하게 말해준다. 인철도 그때 일을 생각하면 아직도 가슴이 뛴다.

“정만식은 산에서 스님들과 함께 벌목장을 습격했지만, 나는 강진태와 함께 제재소를 습격하는 일에 뛰어들었죠. 강진태와 스님 간에는 거사를 치르기 위해 비밀리에 긴밀한 관계를 유지해 왔죠. 산속의 벌목 현장은 스님들께 맡기고, 목재를 벌목장에서 빼돌리는 제재소를 밤에 습격한 겁니다. 벌목꾼과 후지하라 순경과 제재소 사장이 은밀하게 통나무를 빼돌려 돈을 챙기는 것을 봐 줄 수가 없었습니다. 천은골 벌목장을 습격하는 날, 밤이 되기를 기다렸습니다. 검은 천으로 얼굴을 가리고 변장을 하였습니다. 제재소에 은밀하게 접근하였습니다. 통나무가 산더미처럼 쌓여 있는 제재소에 사촌 동생 명일이와 함께 제재소에 불을 질러 버렸습니다. 제재소 사장을 습격하여 내가 칼로 찔러 버렸죠. 쥐도 새도 모르게 일을 끝냈지만, 후지하라 순경이 집요하게 범인을 검거한 겁니다. 스님과 강진태는 일본 경찰의 모진 고문에도 주동자를 발설하지 않았습니다. 명일이가 잡혀가 고문을 견디지 못하고 범인들을 발설해 버린 겁니다. 그러는 바람에 나와 강진태, 진목 스님도 고문을 받고, 결국은 감옥에 다녀왔습니다."

배덕기는 만식과 인철의 무용담을 듣고 고개를 끄덕인다.

"그런 일이 있었군요. 아무나 할 수 없는 일인데… 두 분 모두 대단한 일을 한 겁니다. 그때는 까딱했다가는 목숨을 담보해야 했을 테고, 징용, 징병으로 무조건 잡아가는 때잖아요."

"그렇죠. 그렇지만, 그때는 또 그렇게 해야만 마음속의 응어리가 뚫릴 것만 같았습니다. 일본 놈들이 조선에서 벌이는 무자비한 약탈을 두고만 볼 수가 없었죠. 천은골 원시림에서 벌목하기 위하여 일제는 구례구역에서 천은골 입구까지 철로를 깔아서 구례구역과 연결하여 벌목한 통나무를 여수 항구로 실어 나를 것이라는 소문이 파다했습니다. 소문에 의하면 강원도 월정사 근처의 원시림에는 이미 벌목을 하여 철로를 깔아서 통나무를 실어 나른다는 소문이 전해지고 있었습니다. 천은골에 철로가 깔리면 천은골 원시림이 망가져 버리는 것은 순식간이라고 여겼습니다. 천은골 벌목을 막기 위해서는 목숨을 걸고서라도 막아야만 했습니다. 그렇게라도 안 하면, 일제가 벌이는 벌목을 막을 수가 없었습니다. 지는 불의를 보면 못 참는 성격이거든요."

만식은 지금도 지리산에서 벌목이 행해지고 있다고 들으니 가만히 앉아 있어서는 안 된다고 여긴다. 일제 치하에서도 목숨을 걸고 지켜낸 천은골인데, 도벌꾼들에게 양보할 수 없는 일이라고 여긴다.

"천은골은 워낙 나무가 울창해서 벌목하기에 좋은 곳일 겁니다."

만식은 천은골을 잘 알기 때문에 천은골만 생각한다.

"천은골뿐만 아니라 지리산 전체에 벌목꾼들이 그야말로 물 만난 물고기 떼처럼 인정사정없이 달려들고 있습니다. 지리산 천왕봉 등반을 하면서 하산하는 길에 산청 쪽으로 내려오는데, 그곳에서는 군용차의 엔진을 떼어서 큰 원형 톱날을 걸어두면서 아예 제재소를 차려 놨습니다. 벌목한 목재를 현장에서 직접 톱질로 가공까지 하여서 목재를 실어 나르고 있는 곳도 있습니다. 그 시설과 인원이 어마어마합니다. 그 사람들은 만약에 벌목하는 현장에 반대하는 세력이나 경찰이 들이닥치면 무력으로 저항하기 위해 깡패들을 곳곳에 배치해 놓고 있습니다. 깡패들이 무서워서 벌목과 관련 없는 사람은 접근도 못 하게 합니다. 근처에 다가가기만 해도 깡패들이 접근하여 겁을 주면서 접근조차 못 하게 하고 있습니다. 그야말로 무법천지가 되어 버린 벌목 현장입니다."

배덕기는 지리산 벌목 현장을 소상하게 전한다.

"그렇다면, 이러고 있을 때가 아니잖습니까?"

정만식은 배덕기의 말을 듣고 흥분을 한다.

"경찰에 신고하여 당장 경찰이 벌목 현장을 막게 해야 하지 않을까요?"

"당연히 경찰에 신고하면 경찰이 벌목 현장을 습격하여 모두 감옥에 처넣고, 쇠고랑을 채워야죠. 그런데 경찰도 힘이 없는지, 아니면 경찰과 벌목꾼들이 짜고 하는 건지 알다가도 모를 일입니다. 신고를 했는데도 버젓이 벌목은 계속 자행되고 있으니까요. 아마 경찰이 꼼짝 못 하는 높은 사람들이 끼어 있거나, 경찰이 뒷돈을 받아 챙기고 눈감아 줄 겁니다.”

배덕기도 답답하기는 마찬가지이다.

“당장 천은골 벌목을 하지 못하도록 우리가 앞장섭시다.”

일행은 당장에라도 천은골 벌목을 막아 나설 기세다.

혁명 정부는 국토개발과 일자리 확충의 목적으로 ‘국토건설단’을 만든다. 전국 곳곳에서 국토건설단의 활동이 시작된다. 제주에는 제주 남북을 연결하는 관통 도로 공사에 국토건설단이 투입된다. 경상도에는 태백산지구 개발을 위한 철로 공사에, 강원도는 댐 건설과 철로 공사에, 전라도에는 섬진강 댐 건설 공사에, 울산에는 도로 공사에 각각 투입되어 대대적인 국토개발 공사에 많은 인원과 장비가 투입된다. 지리산지구에도 국토건설단이 투입된다. 노고단은 군사적으로 중요한 위치이다. 군인들이 노고단 정상에 군부대를 상주시키고 있다. 국가적으로도 높은 산에 방송 시설도 꼭 필요한 곳이다. 남한의 지리산은 한라산 다음으로 높은 산이다. 지리산 중에서도 접근성이 가장 쉬운 노고단 고지는 물이 철철 흐르는 지역이다. 그곳에 방송탑과 군사기지 건설은 꼭 필요한 시설이다. 국토건설단은 천은사 입구에서부터 성삼재까지 도로를 개통하는 공사를 시작한다. 남원 쪽에서도 달궁 계곡에서 시작하여 성삼재까지 도로를 개통하는 공사가 동시에 시행되어 지리산을 관통하는 도로를 만든다. 구례에서 남원까지 지리산 관통 도로가 1차로 완성되고 난 후에는 2차로 성삼재부터 시작하여 노고단 정상까지 도로를 만드는 공사가 계속된다. 천은골에 많은 인력이 투입된다. 천은골 계곡에는 군용 텐트가 설치되고, 도로 공사에 투입된 많은 인원은 천은골 계속에서 숙식을 해결한다. 군인용 천막의 수가 자꾸 늘어났다. 천은골 계곡에는 민간인 출입이 철저히 통제된다. 소문에 의하면 죄가 가벼운 죄수들을 데려다가 노동을 시키고, 돈을 죄수들에게 준다는 소문까지 퍼졌다. 죄수들이 도망치지 못하도록 군인들이 총을 들고 지키고 있다는 소문이 자자하다. 주민들은 천은골에 얼씬도 못 하는 처지가 됐다.

천은골에 공사판이 크게 벌어진다. 계곡 곳곳에 사람들이 동원되어 측량한다. 한쪽에서는 길을 내기 위하여 벌목한다. 나무 자르는 소리가 요란하게 울려 댄다. 사람들이 동원되어 톱으로 나무를 자르는 데 동원된다. 도로를 내기 위해 벌목한 통나무와 나뭇가지는 도로 공사를 하는 데 모두 사용한다. 통나무를 현지 조달하게 된 셈이다. 엄청난 대공사에는 불도저와 중장비도 동원되지만, 대공사를 하기에는 턱없이 부족하다. 부족한 부분은 대부분 인력으로 해결해야 할 판이다. 삽과 곡괭이로 산허리를 깎아 길을 닦아 나간다. 공사 현장은 열악하다. 국토건설단 일꾼들에게 지급되는 도구도 열악하다. 일꾼들에게는 각 개인에게 삽 1자루와 각종 물건, 흙과 돌을 담아서 움직일 들통이 1개씩 지급된다.

곡괭이는 서너 명이 함께 쓸 수 있을 만큼만 소규모로 지급된다. 도로를 만드는 작업은 주로 수작업으로 이루어진다. 인부들이 직접 곡괭이질을 하고, 삽으로 땅을 파서 들통에 흙을 담아서 옮기는 작업을 반복한다. 들통도 부족하여 볏짚으로 만든 가마니에 통나무를 끼워서 운반 도구를 만들어서 사용한다. 그야말로 중장비가 부족한 부분을 인력으로 채우는 격이다.

쾅, 쾅, 쾅!

폭약을 터트리는 소리가 산을 뒤흔든다. 산속에 비탈 계곡을 따라 점점 더 높은 곳으로 길을 내는 공사는 어렵다. 곳곳에 바위 절벽이라도 나타나면, 사람 손이나 중장비를 동원하여 길을 낼 수가 없다. 폭약으로 발파를 해야 한다. 바위를 산산조각 낸다. 천은골은 폭약이 터지는 굉음과 함께 계곡이 무너져 내리는 소리로 아수라장이다.

국토건설단에 의해 공사가 빠르게 진행된다. 그야말로 난공사이다. 험한 산에 차가 다닐 수 있는 도로를 닦는 일은 어려운 공사이다. 나무를 베어 내고 산을 깎아 내어 길을 내면, 길 주변에 있는 계곡을 튼튼하게 해야 할 일이 전개된다. 비탈을 깎아서 길을 낸다고 끝나는 일이 아니다. 산을 깎아서 길을 내어 놨으니 안전하지 못하다. 큰비라도 내리면 산에서 비탈을 깎아 놓은 곳으로 토사가 쏟아질 염려가 있어 위험하다. 토사가 쏟아져 내려 버리면 길은 막혀 버린다. 토사가 쏟아지지 않도록 보강 공사를 철저히 한다. 산허리를 깎아서 길을 내는 공사라서 계곡에서 흐르는 물을 다스려야 한다. 계곡마다 다리를 놔서 물이 길로 넘치지 않게 한다. 물길을 다리 밑으로 통과하게 해야 한다. 길은 고도가 점점 높아질수록 험난한 공사가 기다리고 있다. 산허리를 돌고 돌아 길을 내는 일은 난공사에 부딪힌다.

우여곡절을 겪으면서 성삼재까지 남북을 관통하는 도로가 완성된다. 군용 트럭이 성삼재까지 이동한다. 성삼재에서 환영식이 열린다. 환영 행사장에는 '국토건설단'을 표시하고 응원하는 아치가 세워진다. 아치 정면에는 '국토건설단'이 큼지막하게 표시되고 반공, 방첩이 쓰여 있다. 아치 양쪽에는 글을 써서 환영 행사를 북돋운다.

> 명랑사회 밝은 마을, 건전한 정신 건강한 체력
> 재건하는 이 강토에 동터오는 새 공화국

성삼재에서 노고단까지의 도로를 완성하는 2차 공사에 속도를 올린다. 경사도는 점점 심해진다. 그야말로 난공사 중의 난공사다. 지형적으로 험한 산비탈을 헤치고 계속되는 오르막길을 내야 하는 곳이다. 더 많은 군인과 건설단원과 중장비가 동원된다. 천은사 입구 계곡에 있던 군용 텐트는 상선암 입구 깊은 산중으로 이동한다. 물이 흐르는 계곡 근처로 옮겨진다. 물이 확보되는 곳에 자리를 잡아 텐트를 설치하고, 그 안에서 숙식을 해결한다.

성탄절이 가까워지고 있다. 북풍한설이 휘몰아치고 있다. 대전교회 교인들을 태운 군용 트럭이 상선암 부근의 군용 텐트에 도착한다. 천은사 입구부터 작전도로는 일반인이 접근하기 어려운 지역이라 철저히 통제한다. 계곡 곳곳에 눈이 소복이 쌓여 있다. 계단식으로 군용 텐트가 줄줄이 설치되어 있다. 중대 병력이 주둔하고 있다. 노고단 꼭대기에도 중대 병력이 주둔하고 있지만, 공사 완공이 미비하여 일반 차량으로는 접근하기 어려운 곳이다. 군용 트럭은 대전교회 교인들과 중고등학생들을 태우고 천천히 올라왔다. 국토건설단을 이끌고 있는 군인들을 위문하기 위해서다. 천은골의 날씨는 찬바람이 거세게 몰아친다. 텐트 안에서 군인들과 교인들이 감격의 성탄 예배를 드린다. 천은골 계곡에 성탄 찬송이 울려 퍼진다.

고요한 밤 거룩한 밤

어둠에 묻힌 밤

주의 부모 앉아서 감사 기도 드릴 때

아기 잘도 잔다 아기 잘도 잔다…

구주 나셨도다 구주 나셨도다.

성탄 찬송을 부르는 군인들의 눈가에는 눈물이 그렁그렁 맺힌다. 고향을 떠나 천은골 산속에서 견뎌내고 있는 군인들에게는 교인들과 함께하는 예배지만, 군인들은 감격에 젖는다. 교인들도 군인들을 따라 눈물이 그렁그렁해진다. 지리산 속에서 드리는 예배지만, 예배를 통하여 많은 위로를 받는다. 산속에 설치된 군용 텐트는 잠깐이지만 예배당이 된다. 군인들과 교인들이 준비해 온 음식을 함께 나누어 먹는다. 군인들은 추위를 달래기 위하여 난로에 불을 피워서 텐트 안을 훈훈하게 한다. 뜨거운 국물을 준비한다. 난로 위에서 가져온 떡국을 끓인다. 가져온 음식과 함께 푸짐한 한 상이 차려진다. 군인들을 대접한다. 운무가 잔뜩 쌓인 지리산 중턱에 설치된 군인 텐트 안에서 군인들을 위한 위문 행사가 진행된다. 학생들이 미리 준비한 장기자랑을 펼친다. 성탄 찬양이 군인 막사에 힘차게 울려 퍼진다. 노래를 부르고 춤을 추자 군인들도 덩실덩실 함께 춤을 춘다. 군인들도 답례로 군가를 힘차게 부른다. 교인들은 힘찬 박수로 답한다. 성탄 이브에 공연할 성극도 군인들 앞에서 보여준다. 대전교회와 천은골에 주둔하고 있는 군인들 사이에서 교류는 계속 이어진다.

천은골에서 노고단까지의 험난한 길을 내는 공사는 완공된다. 국토건설단과 군인들이 수많은 인력과 장비를 투입했는데도 불구하고, 산허리를 돌아가면서 노고단 정상까지 낸 길은 비가 오면 아직도 위험이 곳곳에 도사리고 있다. 공사 주력 인부들을 철수했지만, 아직도 손봐야 할 곳이 많다. 길을 추가로 다듬고 손보는 데는 광의 면민들이 대거 투입된다. 군민들을 동원하여 부역을 시키지는 않는다. 인석은 인부들과 함께 길을 보수하는 데 투입된다.

지게를 지고 삽과 곡괭이와 가마니를 짊어지고 천은사 입구에 모인다. 일꾼들은 주로 광의면 주민들이다. 젊고 씩씩한 인부들만 모였다. 일당을 적당히 주는 공사판이다. 주민들이 모여 노고단으로 향하는 길을 보수하느라 땀을 흘린다. 일부는 노고단을 향하여 짐을 지고 오른다. 노고단까지 트럭이 안전하게 지나갈 수 있도록 곳곳에서 보수 공사가 벌어진다. 인석은 보수 공사에 1년 동안 수시로 참여한다. 노동의 대가는 현금이 아니다. 미국 구호 물품인 밀가루를 인부들에게 나누어 준다. 전쟁 후 남한의 경제 여건은 아직도 나아질 기미가 없다. 미국에서 지원한 원조 식량이 아니면 버텨 내기 어려운 판국이다. 가뜩이나 어려운 시기에 품삯으로 미국에서 지원한 원조 식량인 밀가루를 준다는 소문이 나자, 서로 노고단 작전도로 공사장에 가려고 경쟁이 치열하다. 인석은 노고단 작전도로 보수 공사를 나가면서 한 달에 한 번씩 밀가루를 지게에 가득 짊어지고 집으로 돌아온다. 화개댁은 밀가루를 가져오자 싱글벙글한다. 작전도로 보수 공사에서 계속 일을 하다 보니, 광의면 사람들에게는 구호 물품인 미국산 밀가루 풍년이 들었다. 품삯으로 받아 온 미국산 밀가루로 끼니도 해결하고, 여러 가지 음식을 만들어 먹는다. 농가에서 식량을 조달하기 위해서는 보리 생산이 우선이다. 보리는 밀과 비교하면 재배 면적도 크고, 소출량이 월등하다. 보리 생산에 밀려서 밀은 많이 재배하기 어려운 작물이다. 밀은 산비탈 모퉁이에 조금씩 재배하는 작물이다. 가정에서 그야말로 꼭 필요한 만큼만 밀을 재배하기 때문에 밀가루 자체가 귀한 식량이었다. 밀을 생산했더라도 밀을 빻는 신식 기계를 갖춘 방앗간이 생기기 전까지는 말린 밀을 절구통에 찧거나, 맷돌에 갈아낸다. 고운 체에 걸러서 밀가루를 만들어야 해서 노동력이 많이 소요된다. 밀가루를 만들어 낸다 해도 고운 밀가루를 만들어 내기는 어렵고, 거친 밀가루를 겨우 만들어 낸다. 여러 가지 이유로 밀가루는 귀한 식량이 되었다. 평상시에는 전이나 수제비도 해 먹을 수 없다. 명절이나 잔칫날에만 밀가루 음식을 조금씩 맛볼 수 있을 만큼 밀가루야말로 귀한 것이다. 인석이 품삯으로 받아 온 밀가루가 점점 쌓여 간다. 아이들에게 수제비를 실컷 먹게 해 준다. 아이들은 밥보다 수제비를 더 좋아한다. 오랜만에 밀가루 풍년을 만난 계기로, 밀가루로 국수를 만들어 먹기에 이른다. 방앗간은 국수를 뽑느라 북새통을 이룬다. 방앗간은 전례 없는 호황을 이룬다. 미국산 밀가루가 시장으로 쏟아져 나와 매매가 이루어진다. 장터에서는 밀가루 포대를 뜯어서 한 바가지씩 판다. 싼 가격에 팔기 때문에 많은 사람이 줄을 서서 밀가루를 사 간다. 노고단 공사판에 나가지 않은 주민들도 미국산 밀가루지만 싸게 살 수 있게 된 것이다. 그야말로 가난한 사람들에게는 먹거리에 숨통이 트인 셈이다. 장터에는 찐빵집도 새로 생겼다. 장날만 되면 찐빵집에는 김이 모락모락 피어오른다. 찐빵을 사 먹으려는 사람들로 문전성시를 이룬다.

성삼재에서 노고단까지 길을 내는 공사도 마무리된다. 노고단 정상은 겨울에 눈이 많이 내리는 지역이어서 군용 텐트가 아닌, 군인 막사와 각종 군용 시설이 지어진다. 노고단 정상에는 군부대가 주둔한다. 군인 막사 부근에는 대대적인 다용도의 방송탑도 세워진다. 군인과 국토건설단을 동원하여 건설한 작전도로는 군인들에 의하여 철저히 통제된다. 일반 차량은 자유롭게 작전도로를 통과할 수 없다. 노고단 정상까지 군용 트럭이 올라갈 수 있는 상태여서 군인들은 가끔 군용 트럭에 통나무를 가득 실어서 내려온다. 한두 번도 아니고 가끔 그런 일이 벌어진다. 군인들이 대놓고 불법으로 산림을 훼손하고 있다. 군인들이 산림을 훼손하는 일이라 누가 감히 제재를 가하지 못한다.

김정식이 노고단 등반길에서 뻘뻘 흐르는 땀을 닦아내고 있다. 연하반 일행도 노고단을 향하여 등반하는 중이다.

"수고하십니다."

"반갑습니다."

산에서 만난 사람들끼리는 누가 먼저랄 것도 없이 서로에게 인사를 먼저 건넨다. 연하반 일행들은 산에 오르는 일이 신나고 즐거운 일이다. 산에서 만난 사람들에게 먼저 인사를 건네고 금방 친해지는 친화력을 발휘한다. 인사를 하다 보면 모르는 사람끼리의 경계도 금방 풀려 버리는 것이 산행의 묘미다. 지리산을 찾은 사람들에 대해 더욱 친절을 베풀고 싶어진다. 특히 구례 노고단을 찾는 등산객들에게 호감을 베풀고 싶은 충동이 강하다. 구례 사람들의 친절을 각인시켜 주고 싶은 마음이 앞선다.

"어디 가시는 길입니까?"

"노고단에 올라가는 길입니다."

배덕기와 김정식은 대화를 주고받으며 산행을 계속한다.

"힘드시죠?"

배덕기는 김정식이 땀을 뻘뻘 흘리며 산을 오르는 모습이 힘들어 보인다. 김정식은 웃는 얼굴로 배덕기의 인사를 받는다.

"저는 말로만 듣던 지리산을 처음 찾아왔는데, 노고단 등반길이 힘들긴 하네요."

"천천히 오르다 보면 금방 도착합니다. 힘내십시오."

배덕기 일행은 기운을 불어 준다.

"힘드신 것 같은데, 천천히 올라오십시오. 저희는 먼저 올라갑니다. 조금만 더 올라가면 노고단에 도착합니다. 파이팅!"

"파이팅! 감사합니다."

배덕기 일행은 김정식에게 천천히 올라오라는 인사를 건네고, 파이팅을 외치며 앞질러 산을 오른다.

배덕기 일행은 노고단 정상에서 김정식을 다시 만난다.

"잘 올라오셨네요!"

"예. 힘들지만 쉬엄쉬엄 올라왔습니다."

"어디서 오셨당가요?"

"저는 서울에서 왔습니다."

"서울에서 오셨다고요?"

"예. 노고단에 올라와서 천왕봉과 반야봉을 바라보니 지리산이 참으로 웅장하고 멋집니다. 제가 우리나라 산을 계속 돌아다니고 있는데, 지리산이 그중에서 최고입니다."

김정식은 땀을 흘리며 말로만 들었던 지리산 노고단을 화엄사에서 시작하여 정상까지 올라와 보니, 접근성도 좋다. 무엇보다도 지리산의 풍경이 장관이 아닐 수 없다. 역시 남한 제일의 산은 지리산임을 실감한다.

배덕기는 등산객이 서울에서 왔다고 하니 호감을 느낀다. 서울에서 뭔 일로 노고단까지 왔는지 궁금해지면서 친절을 베푼다. 김정식도 배덕기 일행의 호의에 대화를 계속 이어 간다. 김정식 교수는 본인을 소개한다. 이화여자대학교 생물학과 교수이면서, 이번에 제1차 세계국립공원 회의차 한국 대표로 미국 시애틀을 다녀왔다고 말한다. 지리산을 탐방하기 위하여 서울에서 구례구역까지 기차를 타고 왔고, 화엄사를 거쳐 올라왔다고 한다. 지리산 중에서 접근성이 가장 좋은 노고단을 먼저 올라와 본 것이라고 한다. 배덕기는 김정식 교수의 소개를 받고 그동안의 연하반 활동과 반지伴旨도 소개한다. '연하반은 끝없는 대지 위에 펼쳐진 아름다운 산수를 향해 젊음의 낭만과 정열을 한껏 쏟아 삶의 보람을 느껴 보자는 것이며, 청정무구한 대자연의 순결한 광장에서 무언의 감화 속에 천지호연의 영기와 고매한 인간 정서를 길러 심신의 수양을 쌓아 보자는 것이다. 또한, 날로 황폐해 가는 우리나라의 자연을 애호하고 더욱 아름답게 가꾸어 보자는 것이다.' 연하반을 소개받은 김정식은 연하반에 대해 특별히 호감을 가진다. 배덕기를 비롯한 연하반 일행들과 대화를 계속하다 보니 지리산의 현재 실정에 대해서도 소상하게 듣게 된다. 특히 지리산은 도벌꾼들에 의해서 산림이 망가지고 있다는 소식을 듣게 된다. 국토건설단에 의해 천은골 입구에서 성삼재를 관통하여 남원 달궁 계곡 입구까지 지리산 관통 도로가 완성되었다고 전한다. 성삼재에서 노고단 꼭대기까지 작전도로가 개통을 하면서 지리산 곳곳이 파헤쳐지고, 몸살을 앓고 있다고 전한다. 김정식은 어떻게 하면 지리산을 지켜낼 것인지에 대해 진지하게 의견을 말한다.

"지리산 생태계의 자연을 영구히 보전할 수 있는 길은, 선진국 전례로 미루어 보아 지리산을 국립공원으로 지정받아 정부 책임하에 관리 수호하는 길밖에 별도리가 없을 것입니다. 정부의 혼란한 틈을 타서 도벌꾼들이 무차별적으로 벌목을 해도 지방의 세력 있는 토호들이나 경찰들까지 매수해 버리면 여간 어려운 일이 아닙니다. 노고단 꼭대기까지 작전도로가 만들어지면서 얼마나 많은 산림과 자연생태계가 파괴되었겠습니까. 이대로 놔두면 더 심한 산림 훼손이 계속되어도 막을 방법이 없을 것입니다. 이러한 전반적인 지리산 생태계를 관리 보전하기 위해서는 제 생각에도 하루빨리 외국처럼 국립공원을 지정하여 국가가 엄하게 관리하는 방법을 찾아야 합니다."

연하반 일행들은 김정식 말을 듣고 고개를 끄덕인다. 앞으로 연하반을 위해서 후원을 약속하고, 연하반도 김정식과 연락을 계속 주고받기로 한다. 김정식은 연하반 사람들을 만난 것도 행운이라고 여긴다. 전국의 여러 산을 등반하여 우리나라 현 산림 상황에 대해 현지답사를 진행하고 있는데, 지리산 연하반처럼 적극적으로 활동하고 있는 조직을 보지 못했기 때문이다. 구례 연하반에 대해 기대를 잔뜩 가진다. 김정식은 국립공원 지정을 위해서 차근차근 준비해야 하는데, 앞으로 해야 할 일이 많다고 설명한다. 연하반의 도움이 절대적으로 필요함을 느낀다. 김정식은 연하반 일행에게 앞으로 도움을 요청할 일이 많을 거라고 한다. 그때 도움을 요청하면 도와줄 거라는 약속을 받아낸다. 배덕기 일행은 언제든지 도움 요청을 하면 돕겠다고 약속을 한다. 연하반 일행은 김정식 교수에게 잔뜩 기대한다. 연하반이 적극적으로 지리산을 사랑하고 지키는 일을 하고는 있지만, 누구의 도움도 받지 못했다. 자발적으로 나서서 지리산 지킴이 활동을 해 오고 있지만, 그야말로 많은 것이 부족하고 미약하기만 함을 느끼고 있던 찰나다. 국립공원 지정이야말로 지리산을 지키는 일임을 인식한다. 김정식 교수와의 우연한 만남이야말로 천군만마를 얻은 기분이다. 서로 연락처를 주고받은 다음 헤어진다.

연하반을 만난 김정식도 구례의 연하반 일행을 만난 것을 참으로 운이 좋았던 일로 여긴다. 민간인들이 자발적으로 나서서 지리산 지킴이 활동을 하고 있다는 일에 고무된다. 서울에 도착하여 대한민국의 국립공원 연구에 박차를 가한다. 대한민국의 어느 산보다도 지리산에 관한 연구를 서두른다. '지리산 지역개발 조사 연구위원회'를 결성한다. 지리산 지역개발 조사를 위해 14개 분야에 걸쳐 각 분담 조를 조직하기에 이른다. 120여 명의 조직을 결성한다. 그중에 지리산 산악 안내에 구례의 연하반 일행을 참여시킨다. 다시 구례로 내려와 조사를 시작한다. 연하반 일행도 김 교수를 적극적으로 돕는다. 김 교수를 중심으로 하는 연구팀을 이끌고 노고단에서 출발하여 천왕봉까지 지리산 곳곳을 산행한다. 연하반이 개척 정신을 가지고 이미 지리산 종주 길을 개척해 놨기 때문에 가능한 일이다. 지리산 종주 길이 개척되지 않았다면 구례에서 산행했다가 내려가고, 하동, 남원, 산청, 함양에서 산행했다가 다시 내려가는 일을 반복해야만 하는 상황이 벌어졌을 것으로 여긴다. 지리산 종주 길을 통하여 단시일 내에 지리산을 탐방하고 연구 자료를 수집하는 일이 마무리된다. 지리산 연구팀과 연하반의 우의도 돈독해진다. 김정식은 연하반 일행에게 빨리 지리산 국립공원 지정 운동을 서두르는 일이야말로 산림을 지켜내고, 도벌을 막는 상책이 될 것이라고 조언한다. 2개월 동안의 현지 조사를 마친 후에 「지리산 지역개발에 관한 조사 보고서」가 출판되고, 국립공원 문제가 정부 부처에서 정식으로 대두된다.

지리산 국립공원에 관한 관심은 점점 고조된다. 미국 윌리암 하트가 농림부 직원과 함께 구례를 방문한다. 하트는 세계국립공원

협의회에서 파견됐다. 아시아 순방길에 대한민국의 국립공원 후보지 조사차 지리산을 등반하여 현지를 답사하기 위하여 방문한 것이다. 김정식 교수의 소개로 하트가 구례에 도착하자 연하반의 배덕기와 군청 직원이 반갑게 인사를 나눈다.

"헬로우!"

"하이!"

배덕기의 안내로 일행들이 함께 노고단을 오른다. 하트는 힘겹게 노고단 정상에 올라와 지리산의 웅장하고 멋진 장관에 푹 빠져 소리를 지른다.

"원더풀!"

하트는 노고단을 지나서 반야봉까지 등반한다. 지리산의 산세를 더 조망하면서 둘러본다. 반야봉에서 하산하여 피아골 계곡으로 향한다.

"지리산은 산세가 매우 웅장하면서도 그 경관이 수려하며, 수림이 아름다울 뿐만 아니라 광활한 원시림의 보존 상태가 매우 우수하며 국제적 수준으로도 매우 훌륭한 국립공원의 후보지다."

하트는 지리산을 등반한 후에 호평과 아울러 찬양을 아끼지 않는다. 연하반의 활동에 대해서도 찬사를 보낸다. 연하반 일행 덕분에 지리산 곳곳을 돌아볼 수 있었던 것에 대한 감사를 표한다. 미국으로 돌아가서도 지리산 연하반 식구들을 오랫동안 기억할 것이라고 헤어짐을 아쉬워한다. 하트가 지리산을 다녀간 후에 정부 부처에서는 지리산 국립공원을 위한 준비에 점점 속도를 낸다.

　지리산 국립공원에 관한 연하반의 활동과 구례 행정기관의 주도로 '지리산 국립공원 추진위원회'를 결성하기에 이른다. 정부 부서에 제출할 건의문 작성과 군민 대표를 선출한다. 추진위원회 임원진에는 연하반의 배덕기를 포함한 일행들이 포진하였고, 절골의 백경 선생과 정만식도 함께 임명된다. 군민 대표들은 서울 정부 부처를 방문하여 국립공원 지정 건의문을 전달한다. 그 비용을 조달하기 위하여 구례군민들에게 경비를 각출한다. 8만 가구 중에 2천 정도의 극빈자는 제외하고 각 호당 10원씩(화폐개혁 전의 1천 환에 해당) 자진 각출하여 10만 원의 군민 성금을 모집한다. 그 군민 성금으로 군민 대표단의 서울 왕복 경비에 보충한다.

　제3공화국 성립 시기에 새로운 정부가 들어섰다. 국정 혼란기를 거치면서 국립공원 지정 건의문에 대한 소식이 감감무소식이다. 그동안 구례군민들이 전달했던 지리산 국립공원 지정 건의문이 지지부진했던 점을 상기시키고자 2차로 군민 대표들이 서울로 상경을 준비한다. 지리산 국립공원 지정이 아무리 좋은 일이지만, 문제는 경비 조달이다. 그 비용을 조달하기 위하여 구례군민 각 호당 20원씩 자진 각출하여 20만 원의 군민 성금을 대표단에 전달하여 경비로 보충하기에 이른다. 재차 정부 부처에 지리산 국립공원 지정 건의문을 전달한다. 구례군민들의 물심양면 협조 정신은 뜨거운 애향 정신과 소망을 표출한 것이다. 행정기관이 아닌 민간인들이 앞장서서 지리산을 보호하기 위한 노력은 자랑할 만한 일이다. 연하반의 노력이 있었기에 가능한 일이다. 지성이면 감

천이랄까? 드디어 구례에서 전달한 지리산 국립공원 지정 건의문
이 건설부에서 빛을 발한 것이다. 건설부는 지리산 국립공원 기본
조사를 시행하기에 이른다. 연하반의 배덕기와 일행은 정부의 현
지답사와 기본조사에 동참한다. 다행히도 그 당시에 구례 출신의
박 과장이 건설부 공원과 과장에 임명되고, 업무는 순조롭게 진행
된다. 드디어 지리산 국립공원의 지정이 건설부 장관에 의해 공고
되고, 선포되기에 이른다. 전 군민들과 연하반은 환호한다. 연하
반은 국립공원 창설의 역사적인 그날을 기념하기 위해 '지리산악
회'로 명칭을 변경한다.

연하반의 명칭을 지리산악회로 변경한 후에는 지리산 보호와
자연 사랑에 대해 애착을 더욱 기울인다. 지리산 등반로 곳곳에
이정표도 더 추가하여 설치한다. 등산객들이 등반 중에 길을 잃
지 않도록 지리산에 둘러싸인 주변의 5개 군에서 올라오는 등반
로까지 리본을 묶는 작업을 마무리한다. 지리산을 등반하는 등산
객들에게는 지리산 종주 길 등반 안내 지도를 만들어 나누어 준
다. 화엄사에서 출발하여 노고단에서 천왕봉까지의 지리산 종주
를 하는 등산객들도 점점 늘어난다.

"왜행~ 윙윙윙윙윙…"
지리산 곳곳에서는 아직도 요란한 굉음이 울려 퍼진다. 도벌꾼
들의 벌목이 계속 자행되고 있는 현장을 마주한다. 연하반 일행

들이 벌목 현장에 다가가 벌목을 방지해 보려 하지만, 도벌꾼들의 무력적인 반항에 힘을 쓰지 못하고 돌아선다. 경찰에게 지리산 도벌 현장을 신고해도 별 효과가 없는 듯하다. 지리산 국립공원이 공고되고, 선포되었어도 지리산의 도벌은 계속된다.

지리산이 국립공원으로 지정, 공포되자 지리산에 엄청난 시설과 일꾼들을 동원하여 제재소까지 차려 놓고 벌목을 하던 곳은 사라졌다. 지리산악회는 지리산을 등반하면서 벌목 현장을 목격하면 즉시 경찰에 신고하여 벌목을 방지하는 파수꾼의 역할을 톡톡히 해 낸다. 국립공원의 지정 효과는 공무원들도 산림을 보호하기 위한 노력에 동참하지 않을 수 없게 만들었다. 지리산악회의 활동이 왕성하고 지리산을 등반하는 등반객들에게 많이 알려지게 되자, 지리산을 등반했던 공무원들에게까지 널리 알려진다. 지리산을 지키는 일에 공무원들도 본격적으로 함께한다. 전쟁으로 인한 산림의 황폐는 그야말로 심각한 수준에 이른다. 국가적으로도 산림을 회복시키기 위한 노력의 목적으로 매년 식목일을 기준으로 전 국민이 접근성이 쉬운 곳부터 산에 나무 심기 운동을 전개하기 시작한다.

지리산악회에 편지가 도착한다. 배덕기가 편지를 확인해 보니 전라남도 도청에 근무하는 산림과 직원으로부터 온 편지이다. 편지의 내용은 다음과 같았다.

천은골에 소나무를 베어 내는 허가 신청이 들어왔다. 정식 문서를 통해 벌목 허가를 요청해 왔기 때문에 법적으로는 문제가 없다. 그래서 관청에서는 어쩔 수 없이 산림 벌목 허가를 내어 주었는데, 국가적으로 산림을 회복시키기 위한 노력을 하는 마당에 나무를 베어 내는 일은 공무원이 생각해 봐도 안 되는 일임을 깨닫는다. 노고단 정상까지 작전도로도 뚫렸는데, 벌목을 시작하면 허가 면적 이상으로 벌목을 할 것은 뻔한 일이다. 베어 낸 나무는 차량을 동원하여 나무를 실어 나를 것으로 예상한다. 지리산악회가 나서서 벌목을 막아 주시기 바랍니다.

누가 봐도 천은골 벌목은 막아야만 할 일이라고 판단한 것이다. 나무를 베어 내지 못하게 하는 방법을 고민하다가 지리산악회가 왕성하게 활동하고 있는 것을 목격한 공무원은 비밀리에 지리산악회로 편지를 보낸 것이다. 국내 국립공원 1호가 지리산으로 지정되면서, 구례에서 활동하고 있는 연하반은 도청 산림과에도 잘 알려진 단체가 되었다.

배덕기를 비롯한 지리산악회는 즉각 움직인다. 군청과 경찰서를 방문하여 천은골의 벌목 허가를 확인한다. 벌목 허가를 내 주었다는 데에 대해 단체로 항의 방문한다. 천은골 벌목의 부당함을 알린다. 어떻게 해서 이루어 낸 지리산 국립공원 지정인가? 온 군민이 힘을 합하여 어렵게 이루어 낸 성과를 하루아침에 망가뜨리려는 세력을 가만히 두고 볼 수가 없는 일이다. 지리산 국립공원으로 지정된 마당에 민간인의 벌목 요청이 들어오면 행정기관에서 막아야 할 처지인데, 벌목 허가를 내 준 일은 안 될 일이라고 강력히 항의한다.

지리산악회는 진정서를 작성한다. 구례군청과 전라남도 도청, 건설부에 진정서를 제출하여 천은골 벌목 허가를 취소하여 줄 것을 강력히 요청한다. 요청이 받아들여지지 않을 때는 대통령 각하에게 진정서를 제출할 것이고, 그것도 안 되면 지리산악회 회원들이 몸으로라도 천은골 벌목을 막을 각오를 단단히 가진다.

진정서를 제출한 후에 경찰이 지리산악회를 찾아온다. 회장인 배덕기에게 경찰서장이 보자고 전한다. 배덕기는 경찰과 함께 경찰서 서장실로 들어간다. 서장실에는 경찰서장과 양복 차림의 신사 둘이 앉아 있다. 이들은 화가 단단히 나 있는 얼굴이다. 빽을 동원하여서 되지도 않은 벌목을 어렵게 허가까지 내 났는데, 지리산악회에서 상급기관에 올린 진정서로 인해 벌목이 어렵게 되어 버렸다. 앙갚음하려고 작정을 하고 찾아온 사람들이다. 경찰서장은 배덕기가 들어서자 고개를 끄덕이며 양복 차림의 신사들에게 이 사람이 지리산악회 회장임을 알린다. 경찰서장의 신호를 알아차린 신사들은 그 자리에서 슬금슬금 일어난다. 인상을 쓰며 배덕기를 째려본다. 시비를 걸 심산이다. 배덕기도 기분이 나쁘지만, 도대체 경찰서장실에서 경찰서장과 함께 보자고 한 사람들이 누구인지 궁금해진다. 천은골 도벌과 관련된 사람일 거라고 짐작한다. '흠흠.' 배덕기도 기침을 하며 정색을 한다. 신사 중 한 사람이 건들거리며 배덕기 앞으로 가까이 다가온다.

"당신이 산악회장이야?"

신사는 다짜고짜 배덕기에게 강하게 내뱉는다. 반말로 시비를 걸어온다. 배덕기도 도벌꾼들임을 알아차리고 단단히 맘을 먹는다. 여기서 절대로 물러설 배덕기가 아니다.

"그렇소!"

신사는 배덕기가 크게 대답을 하자, 즉시 소리를 지른다.

"야, 이 새끼야! 천은골에 필요 없는 소나무를 좀 베어 내고 좋은 나무를 심으려고 하는데, 니가 뭘 안다고 진정서를 내고 지랄이야! 뭐, 이런 새끼가 다 있어!"

신사들은 당장에라도 주먹으로 칠 기세다. 배덕기에게 쌍욕을 해 대며 얼굴을 부라린다. 양복만 입었지 완전히 깡패들처럼 안하무인이다. 처음 만난 사이이고, 공손하게 문제를 해결하려고 해도 어려울 판에, 다짜고짜 욕부터 해 대니 배덕기는 어안이 벙벙하다. 절대로 물러서면 안 된다고 다짐한다.

"왜 이리십니까? 당신들이 누구인지는 모르지만, 지리산을 국립공원으로 지정받을 때는 산림을 보호하려고 온 군민이 나서서 어렵게 지정을 받았습니다. 천은골의 나무를 베어 낸다면 구례군민들이 가만히 있지 않을 거요. 나도 당신들이 이렇게 나오면 우리 지역 국회의원과 대통령 각하에게 부당함을 호소하겠소! 그러니

나무를 베는 것을 단념하시오!"

"뭐야, 이 새끼야! 당장 진정서를 취소할 거야? 안 할 거야?"

진정서를 당장 취소하라는 압박이다. 신사들이 이렇게 나온다면, 배덕기도 한발도 물러설 기미를 보이지 않는다.

"취소! 절대로 못 합니다!"

배덕기는 신사들의 얼굴을 쳐다보며 강하게 말한다. 배덕기가 물러서지 않자, 신사들은 더 팻대를 세우며 주먹으로 칠 기세다. 주먹을 쥐고 높이 들어 올리며 배덕기에게 더 가까이 달려든다. 경찰서장은 주먹을 쥐고 달려드는 신사들을 막아선다. 신사들이 배덕기를 주먹으로 치는 불상사를 막기 위해서다. 만약에 신사들이 배덕기를 주먹으로 쳐서 폭력을 행사하면 골치가 아파진다. 보아하니 이들은 권력의 빽을 믿고, 무력으로라도 벌목을 성사시킬 맘이 있는 듯하다. 신사들은 안하무인으로 그리고도 남을 사람으로 여긴다. 경찰서장이 폭력을 막아서자 주먹을 쥔 손을 내린다. 화가 안 풀렸는지 씩씩거리며 호흡을 가다듬는다.

"내가 누군지 알아?"

신사들은 배덕기가 물러서지 않자, 폭력을 행사하여 겁을 주려고 했던 본인들을 과시하려고 한다. 누구인지 말하려고 하다가 멈춘다. 배덕기도 대꾸하지 않는다.

"뭐, 이런 새끼가 다 있어!"

배덕기에게 주먹을 휘두르지 못함을 아쉬워한다.

"천은골에 있는 나무는 한 그루도 베어낼 수 없습니다. 만약에 도벌을 강행한다면 우리 지리산악회 회원들이 몸으로 막아설 것입니다. 우리를 막을 자신이 있으면 어디 한번 해 보십시오. 가만 안 둘 테니까."

"뭐야?"

신사들은 배덕기가 강하게 나오자 어이가 없다는 듯이 비웃으면서 고개를 하늘로 치켜든다. 배덕기는 오히려 양복을 입은 신사들에게 오히려 협박하며 강하게 배수진을 친다. 배덕기는 신사들이 험한 욕을 하고, 주먹을 휘두르려고 겁박을 해도 한 발도 물러서지 않는다. 신사들이 누구인지 모르지만 겁내지 않는다. 그동안 지리산 국립공원 지정을 위해서 온 군민들이 십시일반 경비까지 조달하여 준 노고를 잊지 않는다. 지리산악회가 지리산 곳곳을 돌아다니면서 산림을 보호하기 위하여 그동안 노력해 왔던 일이 수포가 되게 해서는 안 될 일이다. 구례 관내에 있는 천은골을 지켜내야만 한다. 여기서 물러서면 천은골은 저 사람들에 의해 쑥대밭이 되리라 본다. 천은골 산림 보호에는 관심도 없는 사람들이다. 자기들 배만 잔뜩 채우고 말 사람들로 보인다. 그럴수록 여기서 한 발자국도 물러서면 안 되는 일이다. 벌목 허가를 받고 나무를 베어 내기 시작하면, 허가 면적보다 훨씬 많은 지역까지 벌목할 것이 뻔하다. 벌목 허가는 형식적일 뿐이다. 노고단 정상까지 군인들이 통제하는 작전도로까지 개통된 마당이다. 벌목이 본격적으로 시작되면, 어마어마한 벌목 도구와 시설까지 차려 놓고, 많은 사람을 동원해서 천은골이 몽땅 망가져 버리는 것은 한순간이라고 판단한다. 그동안의 노력과 공든 탑이 단숨에 무너져 내릴 순간이다. 숲이 한번 망가져 버리면 회복하는 일은 오랜 기간이 필요하기 때문이다. 신사들은 배덕기에게 겁박을 주고 벌목하려고 하지만, 씨알도 안 먹힌다. 신사들은 경찰서장에게 다가간다.

"우리는 바빠서 갈 테니, 당신이 책임지고 이 사람을 설득해서 문제가 없도록 하시오. 알겠소!"

"예, 예."

신사들은 경찰서장을 향해 퉁명스럽게 쏘아붙인다. 서장은 상관 대하듯이 머리를 조아리며 대답한다. 신사들은 경찰서장에서 거만하게 말하고 서장실을 나간다. 경찰서장은 신사들을 공손히 따라나선다. 신사들을 배웅하고 서장실로 들어온다. 경찰서장은 초조한 눈빛이다. 배덕기에게 다가간다.

"배 회장님! 그분들은 중앙정보부에서 온 분들입니다. 중앙정보부에서 오신 분들인데, 제가 입장이 곤란하게 생겼습니다. 말단 경찰이 무슨 힘이 있습니까? 안하무인으로 저렇게 경찰서장에게 압박을 가하는데 어쩔 수가 없습니다. 천은골 벌목에 대해 반대하지 않을 수 없나요?"

경찰서장도 오히려 배덕기를 회유하려고 한다.

"중앙정보부면 답니까?"

배덕기는 중앙정보부에 대해 잘 모른다. 권력의 실세라는 소문은 들었어도 무슨 일을 하는지 상세하게 알지 못한다. 배덕기는 중앙정보부에서 온 사람들이라면, 더더욱 산림 보호에 앞장설 사람들 아닌가? 권력을 이용하여 말단 경찰에게 거만하게 명령이나 내리는 모습이 안타깝다. 이대로 물러설 일이 아니라고 여긴다.

"천은골 벌목 허가는 저 혼자만 아는 내용이 아니라, 이미 '지리산악회' 회원들에게도 알려진 일입니다. 군민들로 결성된 '국립공원 추진위원회' 사람들에게도 이미 알려진 사항입니다. 어떻게 해서 허가가 났는지 원인을 밝혀 내려고 야단입니다. 군청에 단체로 항의 방문도 했습니다. 진정서까지 제출한 마당에 허가를 내준 공무원들을 가만히 안 두겠다고 벼르고 있습니다. 저 혼자 결정할 사항도 아닙니다. 누가 봐준다고 해서 해결될 일이 아닙니다. 서장님도 아시다시피 지리산 국립공원 지정을 위하여 온 군민이 기금까지 조달하여 진정서를 정부에 요청하고 전달하여 이루어진 일입니다. 이런 상황에서는 저 사람들의 요구를 절대로 들어줄 수 없습니다. 서장님이 처해 있는 처지를 모르는 것은 아니지만, 서장님은 그분들에게 분명히 전달하십시오. 천은골 벌목은 절대로 안 됩니다. 만약에 벌목이 시작된다면, 중앙정보부보다 더 높은 곳이나, 대통령 각하에게 진정서를 제출할 것이라고 분명히 전달하십시오. 두고 보십시오. 지리산악회가 안 이상은 절대로 천은골 벌목은 꿈도 꾸지 말라고 하십시오. 벌목을 시작하면 더 큰 화를 당할 테니, 시작하지 않는 것이 좋을 거라고 분명히 전달하십시오. 어디, 누가 이기나 한번 해봅시다."

배덕기는 경찰서장에게도 단호하게 천은골 벌목을 허락하지 않는다. 배덕기가 경찰서에 들어가서 단호하게 천은골 벌목을 거절

했다는 일이 지리산악회 회원들에게도 전달된다. 회원들은 혹시라도 천은골 벌목이 진행되는지 수시로 계곡을 등반하면서 감시를 한다. 벌목이 시작되기라도 하면, 몸으로 막아낼 기세다. 경찰서장은 중앙정보부 사람들에게도 벌목을 진행했다가는 지리산악회 회원뿐만 아니라, 군민들이 강력하게 들고일어날 것이라고 전달한다. 만약에 벌목이 시작되면 지리산악회가 대통령께 보고한다는 의사를 전달한다. 더 큰 사단이 날 것이고, 천은골 벌목은 어려울 것이라고 분명히 전달한다. 천은골 벌목 허가 사건은 다행히 무마된다.

지리산을 지키고 보호하는 일은 순탄하게 진행된다. 배덕기는 예로부터 전해져 내려온 지리산 8경에 추가하여 '지리산 10경+景'[1]에 대한 단상을 발표한다.

1. 노고운해老姑雲海

훈풍과 더불어 남쪽 바다에서 운무가 파도처럼 밀려와 산야와 산곡山谷과 온 누리를 메우고, 수려한 노고단 중턱 산허리를 감돌아 흐르면 홀연히 운해만리 구름바다를 이루고 저 멀리 지평선상에 높은 봉만 점점 섬이 되고 완연히 다도해의 절경을 이룬다. 이럴 때면 운해상에서는 청천 하늘에서 태양이 운파雲波를 반사하여 더욱 눈부시게 빛

---

1) 지리산악회장 우종수.

난다. 자연 조화의 신기로운 경관은 오직 높은 고산지대에서만 볼 수 있는 특이한 자연현상이다. 그야말로 숙연한 감동과 외경감을 안겨 준다.

2. 피아골 단풍 ― 직전단풍稷田丹楓

높푸른 10월의 하늘 아래 활엽수 밀림지대 피아골 계곡에도 소슬한 금풍 따라 가을이 오면 울창한 수림의 바다를 오색단풍으로 곱게 수놓아 산과 계곡과 사람마저 붉게 물들어 버리는 삼홍―산홍山紅, 수홍水紅, 인홍人紅―의 명소. 만산 홍염의 붉은 정염의 바다. 피아골 단풍의 눈부신 향연이 펼쳐진다.

3. 반야낙조般若落照

작열하는 여름 태양이 지루한 하루를 마치고 산울림 메아리의 여운을 따라 저 멀리 지평선 너머로 숨어들 때면 아득한 서녘 하늘 끝 오색구름 밭에 휘황찬란한 황금빛 오로라의 극광을 발산하며 대오체념大悟諦念하듯 회색빛 저녁노을 속에 고요히 사라져 가는 반야봉 낙조의 그 처절한 모습은, 마치 한 생애의 보람을 다하고 운명하는 거인의 거룩한 임종처럼 경건한 감동의 여운을 남겨 준다.

4. 벽소명월碧霄明月

지리산이 크고 높아 산 첩첩 심산유처 울창한 밀림의 뱁실령 산령 위에 정에 어린 달이 뜨면, 공산명월은 천추의 한을 머금은 듯 차갑고,

밀림의 월광은 유기마저 감돌아 더욱 현묘한 유수幽邃의 경지 이끄는 태고처럼 고요한 벽소령 달밤의 정적! 벽소 야반에 구슬피 우는 소쩍새의 처량한 울음소리는 적막강산에 한결 더 은근한 유수幽愁의 운치를 돋구어 준다.

5. 세석철쭉 — 세석척촉細石躑躅

높고 넓은 잔돌 평전 해발 1,600m의 황량한 고원에도 눈부신 오월의 태양 아래 철 따라 따스한 봄이 오면 수만 그루의 철쭉꽃이 광막한 고원 벌판 위에 만발하여 마치 산령의 산정인 양 요염한 자색으로 화사현란한 아름다운 꽃밭을 아낌없이 꾸며 주는 지상의 낙원! 암꿩은 꽃밭에서 한가히 알을 품고, 장끼는 목청 놓아 화심을 달래 주는 평화롭고 아름다운 산유화의 황홀한 정경이 펼쳐진다.

6. 불일현폭佛日懸瀑

그 옛날 신라 때 고운 선생 노닐던 쌍계사 후계엔 마치 금강산을 방불케 하는 청학봉과 백학봉이 높이 솟아 맞서고, 험준한 협곡 깊은 골짜기에서 싯푸른 태곳적 비취색 심연이 넘쳐흐르는 지리산 청학동 절승유학絕勝幽壑! 백척단애에서 비류직하 삼천척三千尺 쏟아지는 비폭飛瀑 줄기엔 영롱한 오색의 무지개 백옥 같은 비말飛沫에 서리고, 협곡을 진동하는 폭음의 위압에 심혼이 얼어붙고 간담이 서늘해지는 불일폭포의 장관이 있다.

7. 연하선경烟霞仙境

세석에서 천왕봉으로 뻗어 나간 지리산 크고 높은 산줄기, 고산준령 높은 곳에 층암절벽이 다시 솟고 고색창연 이끼 낀 기암괴석 사이사이엔 향기 높은 온갖 기화요초가 철 따라 난만하고, 산새들도 소림素林 노수老樹 가지에서 즐겁게 노래하는 연하봉 선경! 마치 옛 노선도사가 도장道丈 짚고 표연히 나타날 것만 같은 이 비경은 한 폭의 명화처럼 꿈같이 아름답다. 선골仙骨이 나타날 것만 같은 이 비경은 한 폭의 명화처럼 꿈같이 아름답다. 선골이 앙상한 고사 나목 밑에서 또 다른 생명의 새움이 싱그러이 돋아 오르고 꽃 송이송이 화사하게 미소 짓고 있는 생과 사의 대조미의 극치는 삼라만상의 영고생사榮枯生死와 유상, 무상의 순환 이치가 담겨 있는 것 같아 보는 사람으로 하여금 어느덧 무아오도無我悟道의 경지로 이끈다.

8. 천왕일출天王日出

이른 새벽 동틀 무렵 해발 1,915m의 천왕봉 높은 정상에 오르면, 끝없이 펼쳐지는 회색빛 구름바다의 장관도 좋거니와 저 멀리 동녘 지평선상에 홍일점 희한한 서기가 어리기 시작하면, 드디어 오색광채로 변하며 휘황하게 구름을 수놓아 가다가, 마침내 찬란한 원색의 거대한 태양이 진홍빛 극광을 눈부시게 발하여 위대한 탄생을 고하는 웅위 장엄한 일출. 그 모습은 정녕 태고 원시적 천지개벽을 보는 것 같아서 오직 경이와 감탄 없이는 바라볼 수 없는 천왕봉 아침 해돋이 장관이다.

9. 칠선계곡七仙磎谷

계곡 중의 협곡, 칠선계곡은 천왕봉에서 발원한 급류가 절벽을 뚫고 장장 20킬로미터에 달하는 깊은 협곡을 이루며 의탄의 임천강으로 합류하는 남한의 3대 계곡 중의 하나이다. 반대로 의탄에서 청정한 계류를 따라 거슬러 올라가면 용소, 선녀탕, 비선담 등 10여 개의 무섭도록 싯푸른 담소潭沼가 꼬리를 물고 칠선폭포, 삼층폭포, 등선폭포 등 7개의 대소폭포가 우렁차게 쏟아지는 이 협곡은 칠선동에서부터 오를수록 가경승지佳境勝地요, 합수골에 이르면 더욱 비경의 장관을 이루니 '별유천지 비인간'은 이것을 두고 말함인가. 울창한 원시 밀림은 하늘을 덮고 깊은 협곡에 심연과 폭포와 절벽의 연속이다. 겨우 기어서 오르는 험난한 코스가 가도 가도 길도 없는 전입 미답의 처녀지, 심산유곡엔 오직 요란한 물소리뿐이요. 산새 소리조차도 들리지 않는 태고의 정적은 오히려 깊은 고독감에 사무쳐진다. 아름드리 거목의 밀림 속을 숨 가쁘게 헤매며 막바지 통천문으로 기어오르는 길은 험준하기 이를 데 없으니 이 계곡이 이다지도 험난함은 조화옹의 실수인가? 걸작이랄까?

10. 섬진청류蟾津淸流

진안의 장수에서 수원을 이루고 흐르는 섬진강은 기름진 남녘땅 열두 골들의 아름다운 산야를 곱게 누비며, 지리산을 서남으로 감돌아 겨레의 애환을 청파에 싣고, 남해 바다 그리며 머나먼 3백 리 길을 하동포구 향하여 줄기차게 흐른다. 하류에 접어들면 지리산과 백운산이 정답게 맞절하는 기나긴 80리 협곡 길을 백사청류白砂淸流가 굽이 굽이 청산을 감돌아 흐르는 청산녹수의 강산의 조화미는 아름답기 그지없으며, 청담한 정서와 남국적 부드러운 낭만이 푸른 강물 따라 넘쳐흐른다. 섬진강류는 지리산 높은 연봉에서 조감하는 백사장 중 일의대수一衣帶水의 원경도 좋거니와 태공의 후예들이 강안江岸에서 한가로이 청류에 낚시 던져 강심을 낚고 있는 낭만 어린 정경은 한 폭 의 그림처럼 더욱 아름답다.

천은골에서 군용 트럭에 통나무가 가득 실려 있는 모습이 지리 산악회에 급하게 전달된다. 트럭에 통나무가 가득 실리면 산을 곧 내려갈 것으로 판단한다. 군인들이 천은골에서 불법으로 벌목을 자행하고 있는 것을 막으려면, 군용 트럭에 통나무를 가득 실어 내려가는 현장을 급습해야만 할 상황이다.

배덕기는 광의로 급하게 올라온다. 배덕기가 무턱대고 광의 지 서에 신고하고, 천은골 입구 현장까지 경찰을 긴급 출동하게 한다 는 것은 어려운 일이라 판단한다. 다방에 이인철과 배덕기가 마주 한다.

"이 선생. 급한 일이 생겨서 내가 광의로 왔네. 이 선생도 알다시 피 지리산 작전도로가 몇 년에 걸쳐서 완성됐잖아. 그때는 지리산 이 국립공원으로 지정되기 전이었고, 작전도로 공사를 하느라 천 은골에서 벌목한 통나무를 계속 실어 나가도 그저 그러려니 했는 데, 지금은 국립공원이 지정된 상황에서도 모범을 보여야 할 군인

들이 비밀리에 벌목해서 통나무를 계속 빼돌리고 있다고 하니 절
대로 그냥 지나칠 일이 아니라고 봐. 전에는 공사를 핑계 대고 군
인들이 천은골 통나무를 도벌하여 계속 빼돌리고 있다는 소식이
들려와도 어떻게 막을 방법이 없었고, 노고단까지 도로가 뚫리고
부터는 수시로 통나무를 실어 나른다는 제보가 들어오고 있었지
만, 현장을 잡아야 하는 일이라서 어떻게 손을 쓸 수가 없었지. 오
늘은 노고단에 주둔하고 있는 군인들이 통나무를 한 트럭 적재하
고 있다는 정보가 들어왔어. 곧 산에서 내려올 텐데, 통나무를 실
은 현장을 잡지 못하면 군인들에게 백날 떠들어도 소용없단 말이
시. 그 현장을 잡으려면 광의 지서 경찰을 천은골 입구까지 출동
시켜야 하는데, 광의 지서를 잘 아는 사람이 없을까 해서. 우리가
이러한 사항을 신고한다고 경찰이 움직이지 않을 거란 말이시. 이
선생이 광의 지서 경찰을 잘 아능가?"

배덕기는 경찰을 출동시키는 일이 급하다고 전한다.

"나야, 지서 경찰들을 잘 모르지. 광의 지서라면 정만식에게 부탁
해 보는 게 빠를 거야. 그 친구가 광의면 유지거든. 요즘 공회당 건
립한다고 바쁘기는 할 텐데, 정만식에게 부탁을 해 보자고. 그 친구
도 산악회 회원이니까 이 소식을 알면 가만히 있지 않을 꺼야."

인철은 정만식에게 알려서 이 일을 빨리 해결해야 한다고 본다.
곧바로 정만식을 만나서 급한 일을 협의한다. 정만식은 고개를 끄
덕인다. 정만식도 산악회 회원이라서 심각한 문제임을 알아차린
다. 어떻게 해서 지켜낸 천은골 숲인가? 일제 치하에서도 목숨을

걸고 지켜낸 천은골 숲이 아니던가. 군인들이 불법으로 벌목하는 일을 이대로 놔둬서는 안 될 일이다. 숲을 지켜야 할 군인들이 버젓이 불법을 저지르고 있다고 하니, 만식은 이대로 지나칠 일이 아니라고 판단한다. 군인도 예외 없이 용서할 수 없는 일이다. 이 기회에 천은골 불법 벌목은 뿌리째 뽑아놔야 할 일이라 여긴다. 강력하게 금지하지 않으면 국립공원 지정이 무슨 소용이 있단 말인가. 개인이 아닌 공무원들이 불법을 저지르는 일일지라도 단호하게 막아야 한다.

"아니. 군인들이 그런 일을 계속 벌이고 있단 말이야? 당장에 못 하게 해야지."

만식은 놀라며 이해할 수 없다는 표정이다. 오히려 더 적극적이다. 배덕기는 만식에게 당장 문제점을 알린다. 당장에 경찰에게 불법 도벌 현장을 신고하면서, 군인들이 천은골에서 불법으로 도벌을 하여 통나무를 실어 나르고 있다는 일은 철저히 비밀에 부쳐야 한다고 신신당부한다. 만약에 들통이 나면, 경찰이 출동하지 않으면 아무 소용이 없다고 말한다. 무조건 경찰을 대동하여 현장에 출동하는 일이 가장 중요한 일임을 알린다. 시간이 매우 급하다고 전한다. 머뭇거리는 사이에 통나무를 실은 군용 트럭이 천은골을 빠져나와 읍내를 지나서 다른 지역으로 나가 버리면 허사이기 때문이다.

"경찰에게 곧이곧대로, 군인들이 통나무를 불법으로 실어 나르는 현장을 잡기 위하여 출동하자고 하면 경찰이 움직이지 않을 거란 말이시. 시치미를 딱 떼고, 민간인들이 불법 도벌을 하여 통나무를 차에 실어서 내려오고 있다고 말하란 말이시. 경찰을 불법 도벌 현장으로 무조건 출동시켜야 하니, 말을 잘하여야 한단 말이시. 시간이 매우 급하니까 경찰을 무조건 천은골 입구로 우리와 함께 출동을 시키지 못하면 도로 아미타불이란 말이시. 알것능가?”

배덕기는 정만식이 경찰을 천은골로 출동시키지 못할까 봐 걱정이다. 정만식은 광의면 공회당 건립을 위하여 지역 유지들과 자주 회합했었다. 정만식은 광의 이동농업협동조합장까지 당선되었다. 광의면의 유지가 되었다. 지서장과도 각종 행사를 하면서 함께 만났던 사이라서 어렵지 않을 거라 여긴다.

배덕기는 정만식, 이인철과 함께 광의 지서로 들어선다. 정만식은 지서장에게 천은골에서 불법으로 벌목을 하는 차량이 통나무를 한 트럭 실어서 작전도로로 곧 내려올 것이라고 신고한다. 천은사 입구 현장에 당장 출동하여 달라고 강력히 요청한다. 만식은 긴급한 사안임을 계속 독촉한다. 군인들이 트럭에 통나무를 빼돌리고 있다는 말은 비밀에 부쳐진다. 만식의 강력한 요청으로 시큰둥하던 경찰은 움직인다. 일행은 경찰과 함께 천은사 작전도로 초입으로 즉시 출동한다. 서로에게 눈치를 주면서 군용 트럭이 나타날 때까지는 누가 내려오고 있는지 경찰에게 말하지 않는다. 경찰과 배덕기 일행은 천은사 입구, 노고단으로 올라가는 도로에서 통나무를 실은 트럭이 내려오기만을 기다리고 있다. 한참후에 통나무를 가득 실은 군용 트럭을 발견한다. 군용 트럭에 실린 통나무는 천은골에서 불법으로 도벌한 것이다. 경찰과 배덕기 일행은 군용 트럭을 정지시킨다. 경찰은 민간인도 아닌 군용 트럭에 통나무가 가득 실려 내려오고 있는 것을 발견하고 놀란다. 군용 트럭에 타고 있는 군인들과 잠깐 애기를 나눈다. 서로 고개를 계속 끄덕인다. 경찰복과 군복을 입은 상태다. 경찰은 군인에게 너그러운 태도다. 그러는 사이에 배덕기는 경찰의 눈을 피해 가며 사진을 계속 찍는다. 사진으로 증거를 확보한다. 서로에게 고개를 끄덕이던 경찰은 배덕기 일행에게 다가온다.

"군인들이 어쩌다가 한 번, 통나무를 싣고 오는 거랍니다. 다시는 나무를 베지 않기로 약속했으니 오늘은 그냥 눈감아주고 돌아갑시다."

경찰은 군인들이 한 짓을 없었던 일로 덮으려 한다. 그야말로 예상했던 대로다. 경찰은 군인이 한 불법 도벌을 대수롭지 않게 여기고 있다. 정복을 입은 군인과 경찰이 하는 짓을 그대로 두고 볼 수 없는 일이다. 지리산악회 회원들을 우습게 보고 있다. 배덕기는 경찰의 말을 듣고 가만히 있지 못한다. 군인들은 이런 일을 수시로 하고 있다는 정보를 이미 들었었다. 오늘뿐만 아니라 종종 이런 일이 벌어지고 있단 정보를 이미 입수한 상태다. 이 현장을 잡기 위하여 어렵게 경찰과 함께 출동한 것인데, 절대로 용서할 수 없는 일이다. 사실은 지리산악회 회원들이 통나무를 실어서 내려오는 군용 트럭을 목격해도 막아낼 수는 없는 일이었다. 이 기회에 경찰을 이용하지 못하면, 군인들은 계속 이 짓을 행하리라

본다. 배덕기는 경찰을 향해 강하게 나간다.

"여보시오, 당신은 경찰로써 도벌 현장을 확인했으니, 읍내 구례 경찰서 상부에 사실대로 보고해 주시오. 그렇지 않으면 우리가 찍은 사진을 첨부하여 상급 기관에 진정서를 내겠소."

배덕기는 단호하게 현장에 출동한 경찰에게 요구한다. 이렇게 강력하게 나가지 않으면 군인들은 노고단에 주둔하면서 계속 불법 도벌을 하여 통나무를 빼돌리라 본다. 만약에 상부 기관에 보고하면 군인은 물론이고, 경찰도 크게 다치리라 예상한다. 경찰이 알았으니 상부 기관까지 보고를 올리지 않았으면 한다. 이건 군인이 크게 다칠 일이기 때문이다.

읍내 경찰서장은 광의 지서로부터 군용 트럭이 통나무를 불법 도벌하여 실어 나르는 현장 상황을 보고 받는다. 경찰이 출동한 그 자리에 함께 지리산악회 회원들이 동행하였고, 현장에서 강력한 항의가 있었음을 전한다. 지리산악회에서 현장을 사진으로 촬영하였고, 경찰이 해결하지 못하면 상부 기관에 보고할 것이라는 통보를 받았다고 전한다. 지리산악회 회원들이 의도적으로 불법 도벌 현장을 잡기 위해서 군인이 벌인 짓을 숨기고, 경찰까지 출동시켰으리라 여긴다. 경찰서장은 보고를 받고, 사안이 간단치 않음을 파악한다. 경찰서장은 즉시 연대장에게 지리산악회의 활동에 대해 알린다. 지난번에도 중앙정보부에서 천은골 벌목 허가까지 난 일도, 상부 기관에 진정서를 올려서 벌목이 어렵게 되었던 일도 알려 준다. 중앙정보부에서 벌목이 어렵게 되자, 화가 난 관련자들이 경찰서장실까지 찾아와 지리산악회 회장에게 협박했는데도, 결국은 허가를 받은 벌목을 못 하였던 일을 전한다. 지리산악회 회원들에게 통나무를 빼돌리는 일이 발각되었다면, 그냥 대충 넘어갈 일이 아님을 알린다. 경찰서장은 연대장에게 당장 그 일을 멈춰야 할 사안이라고 전한다. 여기서 더 큰 문제가 발생되지 않도록 연대장이 직접 지리산악회를 찾아가서 정식으로 사과하고, 앞으로는 절대로 이런 일이 발생하지 않도록 해야 할 일이라고 알려 준다. 그러지 않았다가는 군인과 경찰 모두 큰 화를 면치 못할 것이라고 전한다.

지리산악회에 군부대의 연대장이 찾아온다. 연대장은 사정 얘기를 한다. 노고단에 주둔하고 있는 군부대의 부식 사정이 열악하여 통나무를 팔아서 부식을 조달하기 위해서 한 일이니 용서해 달라는 것이다. 다시는 이런 일이 발생하지 않도록 책임지고 조치하겠다고 선처를 구한다. 지리산악회 일행은 연대장에게 다시는 불법으로 통나무를 도벌하는 일이 없도록 단단히 약속하기로 한다. 노고단에 주둔하고 있는 군인들이 과거에 행한 불법 도벌은 없었던 일로 마무리한다.

노고단은 전쟁 후에 군사기지로써 중요한 곳이 된다. 국토건설단이 동원되어 천은사 입구에서 노고단 꼭대기까지 작전도로가 생겼다. 자동차로 노고단까지 이동이 가능해졌다. 군인 막사가 들어서고 군인이 주둔하고 있다.

60여 채의 선교사 휴양관 시설이 몽땅 파괴되어 버렸다. 3층 호텔(여관)이 들어섰던 자리에 아직도 벽체만 덜렁 남아 있지만, 그 자리에 휴양관을 복원하거나, 새로 지을 수 없는 형편에 처하게 된다. 지리산 연하반에 의하여 노고단에서 천왕봉까지의 지리산 종주 코스가 개척되어 등산객들의 왕래도 빈번해지고 있다. 선교사들은 노고단 휴양관을 복원하기는 어렵다고 판단한다. 건물만 다시 복원시키려면 할 수도 있겠지만, 군부대의 주둔과 등산객들의 왕래가 빈번해져서 예기치 않은 여러 가지 문제가 발생될 수 있다고 판단한다. 노고단 인근에 한적한 곳을 찾아 나선다. 노고단 분지처럼 산꼭대기에 물이 있는 천혜의 조건을 갖춘 곳, 왕시루봉을 찾아낸다. 당국으로부터 건축허가 허락을 받아낸다. 노고단 인근 남쪽에 있는 왕시루봉에 12채의 건물과 함께 예배당도 건축한다. 간이 수영장도 조성한다. 미국, 영국, 호주, 노르웨이 건축양식으로 건물을 짓는다. 건축양식은 독특하게 서양식 목조 건축물로 각각 완성된다. 건물 외부는 북미식 오두막 양식으로 지어졌지만, 내부에는 한옥 양식인 아궁이, 온돌, 툇마루 등이 자리 잡고 있다. 노르웨이 산악 주택 건축양식을 바탕으로 한국적인 요소들을 가미해 서까래, 보, 도리 등을 배치하였다. 영국식 농촌 가옥을 변형한 건물에는 지리산 억새를 엮어 만들었다. 일본의 갓 쇼즈쿠리合掌造 양식을 변형한 건물도 들어선다. 건물 대부분은 고지에 눈이 많이 오는 것을 고려한다. 박공지붕의 각도가 급경사지게 하여 폭설의 피해를 방지하도록 건축된다.

헨프리는 여름이 되자 선교사 일행과 함께 노고단을 오른다. 노고단 정상에 도착하여 벽체만 앙상하게 남아 있는 옛 휴양관 터를 만져 본다. 이백여 명이 모였던 그레이엄 캠프가 생생하게 떠오른다. 운동 시합을 하면서 소리 질렀던 환호성이 귀에 쟁쟁하다. 노고단을 넘어서 왕시루봉을 향해 걷는다. 왕시루봉은 노고단보다 지대가 낮은 봉우리이다. 왕시루봉에 도착한다. 왕시루봉은 토지면에서 출발하는 가장 가까운 단거리 코스를 이용해도 된다. 12채의 휴양시설에서 동료 선교사들과 교류를 하면서 휴가를 보낸다. 선교사들이 모여 예배당에서 예배도 함께 드린다.

8권에서 계속